U0661405

文藝月刊

全民族抗戰文藝專號

本书获得暨南大学华文学院学术出版资金资助，是教育部人文社会科学研究青年项目（12YJC751079）成果

《文艺月刊》

（1930—1941）研究

王晶 著

暨南大学出版社
JINAN UNIVERSITY PRESS

中国·广州

图书在版编目（CIP）数据

《文艺月刊》（1930—1941）研究/王晶著．—广州：暨南大学出版社，2018.6
ISBN 978 - 7 - 5668 - 2408 - 0

Ⅰ．①文…　Ⅱ．①王…　Ⅲ．①文艺评论—中国—1930—1941
Ⅳ．①I206.6

中国版本图书馆 CIP 数据核字（2018）第 126938 号

《文艺月刊》（1930—1941）研究
WENYI YUEKAN（1930—1941）YANJIU

著　者：王　晶

······································

出 版 人：徐义雄
策划编辑：杜小陆
责任编辑：亢东昌
责任校对：刘雨婷　林　琼
责任印制：汤慧君　周一丹

出版发行：暨南大学出版社（510630）
电　　话：总编室（8620）85221601
　　　　　营销部（8620）85225284　85228291　85228292（邮购）
传　　真：（8620）85221583（办公室）　85223774（营销部）
网　　址：http://www.jnupress.com
排　　版：广州良弓广告有限公司
印　　刷：佛山市浩文彩色印刷有限公司
开　　本：787mm×960mm　1/16
印　　张：14
字　　数：240 千
版　　次：2018 年 6 月第 1 版
印　　次：2018 年 6 月第 1 次
定　　价：48.00 元

（暨大版图书如有印装质量问题，请与出版社总编室联系调换）

目 录

绪　论

出于对历史真实的追求，出于"重写文学史"的需要，从期刊史料入手，对文学史进行考查和研究，已经逐步成为中国现代文学研究的一种热门模式。任何"史"的存在都依靠叙述。文学史由什么人来叙述，选择什么材料来叙述，具体怎样来叙述，这些都会影响甚至决定着受众眼里文学史的基本面目。叙述的权力远比我们想象中的大，它可以"改变"历史也可能"塑造"历史，它可以发现被遮蔽的历史存在，也可能遮蔽客观存在的历史。

历史的客观流逝性和叙述的主观话语性，决定了世界上不可能存在一种全面完善的、永恒规范的历史叙述，我们与历史原貌总是有着一定的距离。也正是因为这种历史叙述的相对性，使得"重写文学史"成为必要，使得"返回历史现场"变得重要。

人们逐渐意识到对报刊出版进行考查，是熟悉把握文学史材料的有效途径。中国现代文学的产生、发展、繁荣与中国近现代期刊的产生、发展、繁荣基本上同步，基于这种特殊的关系，不管是出于文学史叙述尽可能接近历史本相的尝试，还是表达当代人对文学历史和现实的评价，我们都必须重视文学期刊原始材料的价值，关注影响期刊的各种要素。

早在20世纪30年代，阿英在编撰《中国新文学大系·史料索引》时，就注意到了现代文学期刊的重要性，其中的杂志编目是"五四"以来比较系统的文学期刊编目。1949年后通过影印的方式整理保存了大量现代文学报刊史料，其中有上海文艺出版社的《中国现代文学史资料丛书（乙种）》，主要是1949年前革命文学刊物的影印。20世纪五六十年代又陆续影印了左翼文艺刊物和其他革命刊物40多种。20世纪80年代重印了一批涉及面更广的文学期刊，集中在现代文学第一个十年的各社团、流派的刊物，主要有上海书店出版社的《中国现代文学史参考资料·期刊专辑》和《抗战文学期刊选辑》。就期刊目录而言，影响较大的主要是天津人民出版社的《中国现代文学期刊目录汇编》（唐沅等编，1988年版）、四川省社会科学院出版社的《抗战文艺报刊篇目汇编》以及《抗战文艺报刊篇目汇编（续一）》（王大明、文天行、廖全京编，1984年版和1986年版）、上

海人民出版社的《中国现代文学期刊目录新编》（吴俊、李今、刘晓丽等
主编，2010 年版）。20 世纪 90 年代以来，随着中国现代文学研究视域的
不断拓宽，作为历史原材料的期刊日益受到重视，且逐渐掀起了一股研究
的热潮，出现了从史料的钩沉向期刊本身、传媒和文学的关系等多个方面
的转变。进入 21 世纪以来，期刊研究全面繁荣，成为生机勃勃的学术生长
点，国内文艺刊物和杂志都发表了大量有关此方面的论文。成批的博士、
硕士研究生把期刊研究作为毕业论文的选题，以中国博士学位论文全文数
据库和中国优秀硕士论文全文数据库为例，以"现代文学期刊"为搜索主
题，可以找到 110 多篇相关的博士学位论文和 70 多篇硕士学位论文。最
初，期刊研究以个案研究为主，随着研究视野的扩大，除了经常被关注的
热点期刊，又出现了以不同划分标准来定义的系列期刊研究，如以文学流
派来划分，以文学社团来划分等；而且一些长久以来被忽视的刊物，如
《青鹤》《良友》及"上海小报"等，因为阅读条件的改善也进入人们
视野。

　　整体看来，由于期刊研究方法的不同，现代文学期刊的研究主要可以
分为史料整理爬梳、思想文化研究和传播媒介研究三大类。姜德明的《现
代文学期刊拾零》，钱振纲的《民族主义文艺运动社团与报刊考辨》，封世
辉的《东北沦陷区文艺期刊钩沉》和《华东沦陷区文艺期刊概述》等属于
史料整理爬梳类。思想文化研究类的有很多，如陈平原的《思想史视野中
的文学——〈新青年〉研究》，刘震的《〈新青年〉与"公共空间"——
以〈新青年〉"通信"栏目为中心的考察》，沈卫威的《从〈新青年〉到
〈新潮〉——中国现代文学发生的历史背景》，王晓明的《一份杂志和一个
"社团"——重识"五·四"文学传统》，殷克勤的《简论〈小说月报〉
在中国现代文学史上的地位和作用》等。从传播媒介研究的角度考察，也
为期刊研究打开了一扇新窗户。例如：钱理群的《〈万象〉杂志中的师陀
的长篇小说〈荒野〉》，吴福辉的《作为文学（商品）生产的海派期刊》
和《海派文学与现代媒体：先锋杂志、通俗画刊及小报》，颜浩的《民间
化：现代同人杂志的出版策略——20 世纪 20 年代的〈语丝〉杂志和北新
书局》，左文、毕艳的《论左联期刊的非常态表征》，陈方竞的《学府与报
刊出版：中国新文学发生发展中"症结"透视》，刘淑玲的《〈大公报〉
与中国现代文学》等。近年来，围绕着《申报》及其《自由谈》副刊、
《晨报副刊》、《京报副刊》、《大公报》文艺副刊、《益世报》文艺副刊和
《解放日报·文艺》《学衡》《甲寅》《论语》《七月》《小说月报》《语丝》
《现代》《礼拜六》《紫罗兰》《新潮》《抗战文艺》《文艺复兴》《文学季

刊》《文学杂志》等众多流派报刊的不同角度的研究比较火热。

期刊研究的有关专著也在不断涌现，如陈平原的《大众传媒与现代文学》，应国靖的《现代文学期刊漫话》，周葱秀、涂名的《中国近现代文化期刊史》，杨义的《中国新文学图志》，周海波的《传媒时代的文学》和《现代传媒视野中的中国现代文学》，刘增人的《中国现代文学期刊史论》，冯并的《中国文艺副刊史》，杨联芬等人的《二十世纪中国文学期刊与思潮》，马永强的《文化传播与现代中国文学》，张生的《时代的万华镜：从〈现代〉看20世纪30年代初中国文学的现代性》，李楠的《晚清、民国时期上海小报研究——一种综合的文化文学考察》，杜惠敏的《晚清主要小说期刊译作研究（1901—1911）》，黄群英的《现代四川期刊文学研究》，韩晗的《可叙述的现代性：期刊史料、大众传播与中国文学现代体制（1919—1949）》，李相银的《上海沦陷时期文学期刊研究》，陈建功的《百年中文文学期刊图典》等。

与上述期刊研究热潮形成鲜明对比的是，甚少有人关注右翼文艺期刊，其实同样受人冷落的还有包含了右翼文艺期刊在内的中国右翼文艺。在20世纪80年代相对宽松的环境中，国民党的右翼文学才开始进入研究者的视野。1986年南京师范大学几位教师在《南京师大学报》发表了一组相关的研究文章。1989年的《中国三十年代文学研究》一书中，潘颂德提及了几种右翼文艺期刊。20世纪90年代到21世纪初，研究的自由氛围更为浓厚，国民党的右翼文艺研究得到了更多的关注，有多篇相关的博士、硕士学位论文以此为选题。博士学位论文主要有北京师范大学钱振纲的《民族主义文艺运动研究》，首次比较全面地对20世纪30年代"民族主义文艺运动"中的代表性文艺理论和创作进行了梳理研究。华东师范大学倪伟的《1928—1937年国民党文学研究》，后来他又在这个课题上继续学术积累，在其博士后出站时有论著《"民族"想象与国家统制——1929—1949年南京政府的文艺政策及文学运动》。复旦大学周云鹏的《民族主义文学论》，进一步推动了右翼文艺研究。湖南师范大学毕艳的《三十年代右翼文艺期刊》，主要从宏观上对20世纪30年代40多种右翼文艺期刊进行了重新挖掘和审视，力图真实再现右翼文艺期刊群作为中国现代文学史上一种文学存在的本来面目。华东师范大学牟泽雄的《（1927～1937）国民党的文艺统制》则从国家意识形态建构的角度对文艺政策、社团媒介、审查制度等多个方面进行了论述。硕士学位论文主要有西南大学汪翠华的《战时国民党文艺政策的晴雨表》，四川师范大学付娟的《〈中央日报·青白〉副刊（1929—1930）与国民党文艺运动》，西南大学周津菁的《政治权力与话剧活动——论战时重庆"雾季公演"》等。其他相关的期刊、会议论文有十余篇。

由此可见，与其他文学（期刊）比较，国民党的右翼文学还有广阔的史料整理和学术研究的空间。涉足这一研究领域，有一份必须得到重视的期刊——《文艺月刊》，因为它属于右翼文坛中持续时间较长、在现代文坛影响较大的刊物之一。本书选择《文艺月刊》作为研究对象，主要有以下几方面的价值和意义：

第一，通过右翼文艺期刊的个案研究，开拓三十年代甚至中国现代文学的研究视野，深化国民党右翼文学的研究。

三十年代文学的主流是左翼文学，但同时我们也应该承认国民党右翼文学同样是一只不容忽视的文学力量。而且，右翼文学和左翼文学以及其他各类文学之间存在着错综复杂的紧密联系，通过相关研究可以更加清楚地了解文学场域的丰富性和复杂性。从原始期刊资料入手，努力回到文学史现场，了解文学原生态，是加强目前还比较薄弱的右翼文学研究的务实、科学的途径。

第二，通过微观层面的期刊个案研究，开发利用文学史原始资料，尽可能开发出目前备受冷落的右翼文艺期刊的潜在价值。

整理和研究这些原始期刊，在一定程度上能够挽救珍贵的文学史料。由于历史和意识形态方面的原因，右翼文艺期刊丢失、损害得比较多，这给整理研究带来了不小的难度，但也从中凸显了相关研究的紧迫性和重要性。同时，正因为长期备受冷落和遮蔽，所以发掘出文学新亮点的可能性较大，比如一些创作丰富的右翼作家以及右倾文人的作品情况等，《文艺月刊》就是闪烁着可贵光芒的此类期刊的典型代表。新史料的发掘和整理或者根据被冷落期刊所反映的新信息对旧资料进行重新阐释和理性分析，可以在很大程度上为现代文学研究补充新鲜血液。

第三，通过典型期刊个案的研究，考察南京国民政府统治时期的文艺政策和活动；通过再现期刊个案产生、发展、消亡的全过程，探讨文艺传媒与其所处时代的政治、经济、文化等方面的关系以及相互影响，从而为今天的文学传媒（尤其是官方文艺传媒）生存提供有益的借鉴。

三十年代的文艺期刊是各种文学阵营作家发表文艺观念的重要载体，在特定的政治文化背景下，文艺期刊被赋予了争夺文化话语权的重要使命。《文艺月刊》显示出来的并非右翼民族主义文艺运动过早地销声匿迹，而是此项运动不断演变至多元化的过程，其文艺思潮开启了卢沟桥事变后抗战文学成为主流的先河。以《文艺月刊》为文本背景，在政治、经济、文化等多角度的扫描中，可以探视右翼文学生存发展的过程，从而尽可能多地了解文学在现代性社会进程中应有的文化功能及其生成发展的规律特点。

笔者着手研究之时，国民党右翼文学相关研究对《文艺月刊》有不同程度涉及，而对《文艺月刊》的专门研究如下：

《〈文艺月刊〉研究》，郑蕾，华东师范大学 2009 年硕士论文。

《〈文艺月刊·战时特刊〉研究》，王美花，重庆师范大学 2010 年硕士论文。

《张力与缝隙：民族话语中的文学表达——对〈文艺月刊〉（1930—1937）话语分析》，韩雪林，《文艺争鸣》，2010 年第 7 期。

《时间与空间：民族话语的伺机表达——〈文艺月刊〉（1930—1937）编辑主体分析》，韩雪林，《文艺争鸣》，2012 年第 13 期。

两篇硕士学位论文针对前后两个不同时期的《文艺月刊》进行了基本的史料梳理，韩雪林的两篇论文则在民族主义文艺运动的历史背景下，运用话语研究范式，对《文艺月刊》的刊物特征、编辑主体进行了学理分析。

后来有人持续从不同角度关注了该刊物，主要有 2013 年中国社会科学院赵伟博士学位论文：《〈文艺月刊〉（1930—1941）中的民族话语》，2016年福建师范大学袁小媛硕士学位论文：《在西方尺度与民族立场间：〈文艺月刊〉译介研究（1930—1937）》。

本书在已有研究的基础上，主要采取实证的方法，继续个人化的研究。首先仍然是全面深入地整理爬梳相关原始材料，因为《文艺月刊》前后历时 12 年，共计二百万字左右的篇幅内容，全刊内涵非常丰富，尚需进一步挖掘开发。其次，通过期刊文本阅读，在思想文化方面，主要使用比较研究方法，通过把《文艺月刊》和三十年代不同类型的期刊以及同一文艺阵营内不同编辑策略的期刊进行对比分析，展现出《文艺月刊》作为右翼期刊温和儒雅、兼容并蓄的特殊风貌，努力把《文艺月刊》的史料发掘和文学本体、文学流派、不同知识分子的文化心态以及他们的文艺选择联系起来，尽力表现出当时文坛丰富复杂的活动空间，探讨围绕着这份杂志的文人们在三十年代的文学行动及其成就，揭示《文艺月刊》在中国现代文学史上的独特价值。

第一章 《文艺月刊》创刊发行的背景

第一节 20世纪30年代的文艺期刊出版

　　"30年代是中国新文学的收获期。始终作为新文学作家群体的各种社团和发表作品的各种期刊，在这时期也步入花季，达到繁盛阶段。据不完全统计，整个30年代，伴随着中国社会政治革命、中华民族命运的转化与变幻和文学思潮的多元性，全国各地先后出现的新文学社团达240余个，文学期刊和报纸文艺副刊达1 100余种。"① 在1933—1934年，还出现了"杂志年"的热闹现象。茅盾在《所谓"杂志年"》一文中描述道："有人估计，目前全中国约有各种性质的定期刊三百余种，其中倒有百分之八十出版在上海。"② 阿英在《杂志年》一文记录了当时书市的相对惨淡，"单行本的市面，却跌落得很厉害。在往年，寒暑假期间，是书店的'清淡月'，而现在呢，除掉杂志而外，是每个月都成为清淡的了。许多书店，停止了单行本的印行，即使要出，也是以既成的大作家的作品为限"。③

　　造成"杂志年"热闹景象的原因是多样的，从杂志自身来看，有其固有的特色优势。胡道静在《一九三三年的上海杂志界》中说："好些日子以来，报纸上的巨幅杂志广告是每天刺激着观众的神经；许多的书店里也专开着杂志部，搜集了全国重要的定期刊物陈列着经售"；"杂志渐夺单行本书籍之席，这是出版界普遍的现象。因为杂志有两大优点：（一）每册内包含许多的东西，使读者不觉单调；即使专门性质的杂志，内中仍有许多人的文章；尤其是一册普通的杂志，自庄严的论文至谐谑的小品都有，自然比看一本整个系统的书有兴味。（二）杂志是定期出版的，每期可载

---

　　① 郭志刚、李岫主编：《中国三十年代文学发展史》，长沙：湖南教育出版社1998年版，第413页。

　　② 茅盾（笔名兰）：《所谓"杂志年"》，《文学》第3卷第2号，1934年8月。

　　③ 阿英：《杂志年》，《夜航集》，北京：中国文联出版公司1993年版，第63页。

着最近发生的事情，论文也便于利用最新的资料。"① 经济、政治方面的影响也显而易见。1929 年，从美国开始的经济萧条逐步蔓延到其他主要西方国家，最终演变成一场世界性的经济危机。受此影响，中国的经济变得更加贫弱，读者的购买力相当有限，相对于图书，杂志价格低廉，也就更容易受到读者的青睐。这种情况，当时的出版界也认识到了，如张静庐所说："农村的破产，都市的凋敝，读者的购买力薄弱得很，花买一本新书的钱，可以换到许多本自己所喜欢的杂志。"② 出版界不约而同地把出版重点转向杂志，是摆脱困境努力营利的必然。此外，也有政治上的原因。1927 年国民党在南京建立政权以后，为了维护和巩固其统治，相应地在文化领域施行了一整套的文化方略，而杂志相对灵活的出版经营方式，更适合在这种特殊的政治文化生态环境中生存。

国民党政府颁布禁书令和图书杂志审查法，对书刊市场进行严厉查禁和苛刻审查，形成对文艺创作发展的巨大障碍。在 1930 年底，国民党中宣部向中央递交的审查出版物的"内部报告"中，就曾直言不讳、洋洋得意地讲述进步书籍的出版"渐次减少"的一个重要原因："本部以前，对于此类书籍的发行，采取放任主义，少加查禁"，而"在国内一班青年，又多喜新务奇，争相购阅，以为时髦。而各小书店以其有利可图，乃皆相索从事于此种书籍之发行，故有风靡一时、汗牛充栋之况"，"但是最近数月以来，本部审查严密，极力取缔，各小书店已咸具戒心，不敢冒险，以亏血本了"。③ 左翼文学杂志受此冲击最大，他们的刊物虽常遭查禁，但也不屈不挠，换个刊名、换个出版社名继续出版。为应付查禁，减少损失，有的干脆虚构出版社名称。例如《太阳月刊》被查禁后，于 1928 年 10 月改名为"时代文艺"继续出版，但仅出了一期，以后又改名为"新流月报"，1930 年 1 月，该刊再改名为"拓荒者"继续出版。不仅是左翼文学杂志，当时出现的众多文学杂志现象很大程度上是由于对此类文化政策的种种不同反应而得以形成并呈现出的状况。与书籍相比，杂志要相对灵活一些，在审查中书籍遭禁，出版者、书店便满盘全亏，而杂志则可以用临时撤换一些文章篇目的办法，保住整个杂志。

中国现代文学与中国近现代期刊的特殊亲密关系，从更深层来看是由于杂志作为公众传播媒介对于各文学派别推行自己的文学观有重要作用，

---

① 胡道静：《一九三三年的上海杂志界》，上海通社编：《上海研究资料》，上海：上海书店1984 年影印版。

② 张静庐：《在出版界二十年》，南京：江苏教育出版社 2005 年版，第 107 页。

③ 朱晓进：《论三十年代文学杂志》，《南京师大学报（社会科学版）》1999 年第 3 期。

所以在当时办杂志的人多，文坛呈现一片热闹的景象。杂志为文坛的活跃提供了广阔的空间，而文坛的兴盛也促进了杂志的发展。1927 年国民党"清共"之后，大革命风云消散。一方面，左翼知识分子从政治前线退居到文化幕后，将现实中的革命路线之争带入了知识文化领域。他们迫切需要通过办杂志来使自己的意识形态在当时的高压政治下得到最大程度的社会化，因此，在自办杂志上倾注了巨大的热情，可谓百折不挠。另一方面，国民党政府为加强文化控制，除打压异己之外，也凭借政权的力量提出"三民主义文艺"口号，发动"民族主义文艺运动"，创办多种文艺刊物，但未能形成有号召力的理论，也缺乏比较像样的创作，影响力有限。而在叙述革命文学主旋律之外的还有其他文学群体如京派、海派，他们的文学刊物也呈现了多样的面貌。有学者这样描绘了 20 世纪 30 年代的文学基本面貌：

在 30 年代决定着文学的基本面貌的是无产阶级文学运动及其文学和民主主义、自由主义作家的文学运动及其文学。前者一般又称为左翼文学运动，以"左联"为中心，拥有一批发表园地……形成一种声势。这一时期的"左联"之外的作家无论在政治上与文艺上都具有不同倾向，本身也处于不断分化中：有的民主主义作家受到"左联"巨大影响和帮助，是无产阶级革命文学的同盟军；有的自由主义作家则在不同程度上倾向于国民党（但又不同于专门致力于国民党党治文学的作家），与无产阶级文学存在着矛盾与斗争。这些民主主义、自由主义作家没有"左联"那样共同的严密组织，未形成统一的文学运动，也没有像前一时期一样，组成众多的文学社团。他们往往由于文学见解比较一致而出版刊物，编辑丛书，由此集合一批文学好尚相近的作家，共同开展活动。①

民主主义文学延续了"五四"文学以来对于启蒙功用的重视，坚持着文学"为人生""为平民"的观念。到了三十年代，老舍、巴金、曹禺等作家主要用"民主主义""人道主义"作为自己的创作思想基石，还有一些前文学研究会的成员仍然秉持现实主义作家"人生派"立场的努力，如叶圣陶、王鲁彦、许地山等，使得民主主义文学在艺术上取得了长足的进步并日趋成熟。巴金等人更是凭借文化生活出版社刊行了"文化生活丛

---

① 钱理群等：《中国现代文学三十年》（修订本），北京：北京大学出版社 1998 年版，第 148 页。

刊""文学丛刊""译文丛刊"等大型文学丛书，尤其是"文学丛刊"，历时14年，出版了20世纪三四十年代86位作家的共计160册作品集，涵盖了小说、诗歌、散文、戏剧、杂文、书信、电影剧本等各种文体，内容丰富，销量颇佳，影响深远，是中国现代文学史上规模最大的一套文学丛书。自由主义作家则侧重坚持思想自由的立场，突出文学是为个人的"自己的园地"，新月派的"人性论""天才论"，林语堂的性灵文学以及京派对文学的非功利性、审美独立性的强调，都是自由主义文学的典型体现。尤其是京派，在三十年代以《骆驼草》《大公报》文艺副刊和《文学杂志》为主要阵地，追求人性的、永久的文学价值，与当时主流的党派政治文学运动形成尖锐的对立。此外，在乡土和都市、传统和现代的冲突中，北方京派与南方海派的文学思想也是大相径庭。京派文学关注现代城市文明带来的负面影响，希望用传统人文伦理来进行救治，所以它更乐于书写乡村的文明和生活，对城市则充满了讽刺。海派却敞开胸怀迎接与城市现代化伴生而来的各色欲望，现代派和新感觉派的文学都立足于上海这个大都市，兴趣盎然地描写都市风景，展示市民生活，揭示现代都市人的价值取向、复杂关系、寂寞心理等各方面，努力在现代主义美学与市民消费文学之间找寻契合点。与京派那种试图远离政治、商业的学院式人文气息浓郁的文学期刊不同，海派期刊有鲜明的商业性目的，且兼有一种文学的自觉的现代性追求。比较典型的有施蛰存主编的《现代》期刊，其在顺应读者市场的基础上，海纳百川，先锋求新地使得各文学流派及作品多元共存，造就了"综合性的、百家争鸣的万华镜"式的现代传播园地，培植了日益成熟的现代派文学。在上海这座城市里，还有一类比《现代》更加注重商业性的文艺期刊——鸳鸯蝴蝶派的期刊。他们的创作旨在为人们提供茶余酒后的消遣，将文学的游戏娱乐、休闲消遣性放在第一位，表面上抛弃了文学的政治性，一头扎入商海里，一味迎合小市民的口味，从言情、黑幕、历史、宫闱、武侠、侦探等各种题材中挖掘市民感兴趣的内容。最有代表性的是《礼拜六》周刊，因此鸳鸯蝴蝶派也有"礼拜六派"之称。20世纪30年代仍然活跃在文坛的有严独鹤、赵苕狂主编的周刊《红玫瑰》，严独鹤、周瘦鹃主编的月刊《中华》，许啸天主编的《红叶》（先是周刊，后改月刊）等。

三十年代的文学是在无产阶级革命文学的倡导下拉开序幕的，"五四"以来相对自由的思想氛围和注重个体的启蒙思潮逐步消散，伴随着整个社会大变革的是，尚没有真正统一全国的国民政府在日趋加强专权统治，日本帝国主义的侵略使得民族危机更加严峻，尖锐激烈的阶级斗争和救亡图存促使文学主潮变得空前的政治化。而站在不同的政治立场及审美立场，文学对于现实社会与文明的阐释方式也产生了很大不同，导致文学格局更加多元化，文化内涵更加丰富。三十年代的文艺期刊场域同样非常丰富活跃，许多文学流派都有自己代表性的出版物，诸如创造社的《创造月刊》《文化批判》，论语派的《论语》，现代派的《现代》，南国社的《南国月刊》等，都在利用期刊阵地发出自己的文艺之声。这一时期的文艺期刊出版带有更强的社会化生产性质，如果说"五四"新文学出版是在新文化认同的基础上，更多属于个人和团体的出版行为的话，三十年代的文学期刊已经开始遵循着现代出版的客观规律，自觉地建构起文学的生成方式和体制，商业性的诉求日益明显且不可回避，而文学期刊的文化功能则在政治性、商业性的多重社会环境中需要不断地自我调适，冲突和平衡的情况在不断反复和互现，由此，造就了三十年代文艺期刊出版复杂而多元的活跃局面。刘增人在他的《中国现代文学期刊史论》（新华出版社 2005 年版）中统计出，在《文艺月刊》创刊的 1930 年里，多达 99 种文艺刊物在这个年度创刊发行，我们从中选取比较具有代表性意义的刊物，希望窥一斑而知全豹，在共时态的类型比较中，进一步体会《文艺月刊》的独特魅力。

第二节　1930："左""右"对峙的新期刊

1928 年，创造社、太阳社等发起"革命文学"论争，倡导无产阶级文学，批判"五四"新文学，当时众多知名期刊如《语丝》《新月》等都被卷入论争，互相攻伐，上演一场文艺界话语权争夺大战，这场论争深远影响了整个三十年代的文学格局。"1928 年无产阶级文学运动的倡导与论争，不仅在思想上促成了文坛上的转向，而且为'左联'的成立作了组织上的准备。它成为了 30 年代左翼文学运动的序幕。1929 年，中共中央通过江苏省委批评了创造社和太阳社对于鲁迅的攻击，以及他们内部对立的错误，发出了停止同鲁迅论争的指示，并以创造社、太阳社为基础开始进行'左联'的筹备工作。1930 年 3 月，'左联'在上海成立。'左联'的成立使中国文学进入了前所未有的新时代。党开始了对于文学的直接领导，文学和政治紧密地结合在一起，成为了无产阶级阶级斗争一翼。这使 30 年代文学具有一种特别的色彩，并且与其他时代的文学明显地区分出来。"[1]

---

[1]　旷新年：《1928：革命文学》，济南：山东教育出版社 1998 年版，第 72 页。

文学革命向革命文学的转变，使得三十年代的文学日益政治化。无产阶级革命文学运动推动了马克思主义文艺理论的传播和运用，左翼文学成为文坛上耀眼的主角明星，它与其他类别的文学共生共处，一起丰富着文艺大舞台。左翼文学期刊一直都在南京国民政府的眼皮子底下，屡次创刊屡次被禁，但仍然坚持战斗。1930 年这一年里，左翼新创刊的文学期刊和两个人的努力有密切关系：一个是鲁迅，另一个是蒋光慈。

鲁迅是在 1930 年 3 月 2 日加入"左联"的，并当选为主席团成员和常务委员。而在 1930 年的第一天，《萌芽月刊》在上海创刊，"元旦"与"萌芽"同样的新生蓬勃之意显然不是纯属巧合，该刊由光华书局出版发行，主编是鲁迅，冯雪峰、柔石等人为助编。这份刊物主要也刊载了此三人的译作，注重介绍无产阶级的文艺理论和世界有名的文学作品。与鲁迅以往的文化期刊风格大体相似，"《萌芽》为刊载现今文艺作品及评论之定期刊物，……《萌芽》收登同人外的来稿；……自作的稿件，不论小说，诗歌，随笔，地方写实，以及关于文艺或社会的评论，均所欢迎；但对于文艺或社会取了轻浮的态度，或故意歪曲的稿件，以及只攻击个人而并无社会意义的文字，概不收登"①。

从第一卷第三期开始，《萌芽月刊》成为"左联"机关刊物，在已有的编辑风格上，有了重心从"文艺、文化、社会"的综合性逐步向社会性政治评论转移的趋势。第三期主题为"三月纪念号"，主要纪念马克思、巴黎公社、"三八"劳动妇女节和发生在 1926 年的"三·一八"惨案。第四期的"文艺界消息"栏报道了"左翼作家联盟底成立"的重要内容，同期首次发表了鲁迅著名的《对于左翼作家联盟的意见——在左翼作家联盟成立大会上的演

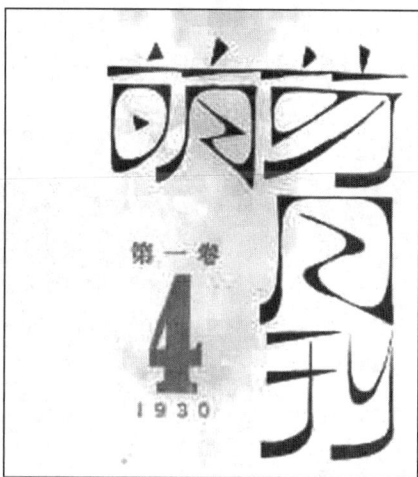

《萌芽月刊》

说》。第五期主题为"五月各节纪念号"，主要纪念"五一""五四"和"五卅"。在被国民党政府查禁之后，1930 年 6 月 1 日《萌芽月刊》改版为《新地月刊》。《萌芽月刊》的执笔者大多是后来新成立的左翼作家联盟的

---

① 萌芽社：《"萌芽"启事》，《萌芽月刊》第一卷第一期，1930 年 1 月 1 日。

重要骨干，其"社会杂观"栏发表了多篇杂文，其中尤以鲁迅的《流氓的变迁》《"丧家的""资本家的乏走狗"》《"硬译"与文学的阶级性》等最有影响。这段时间里，鲁迅和梁实秋分别以《萌芽月刊》和《新月》月刊为阵地，主要围绕着两个问题进行论战，一是文学的阶级性和普遍的人性问题；二是关于翻译中的"硬译"问题。

此外，1930年2月，季刊《文艺研究》在上海创办，鲁迅任主编，该刊仅出版一期。1930年4月11日，《巴尔底山》在上海创刊，同年5月25日停刊，仅出版过五期。这份刊物较少刊载文艺创作作品，大多是关于文化、社会方面的言论评说，第四期详细地报道了"左联"第一次全体代表大会，留下了珍贵的史料。

蒋光慈与鲁迅这位现代文坛宿将不同的地方在于，他是刚在文坛露面的青年，首先是受到革命高潮的激励，然后才投身于革命文学之中。1928年初，他与钱杏邨、杨邨人、洪灵菲、孟超、楼适夷等人组成了革命文学团体——太阳社，创办并主编《太阳月刊》，在这份刊物上发表了《现代中国文学与社会生活》《关于革命文学》《论新旧作家与革命文学》等鼓吹革命文学的论文，并连载了长篇小说《最后的微笑》的部分章节，还大量译介苏联文学作品。《太阳月刊》于1928年7月被迫停刊，10月新的刊物《时代文艺》仅出一期就被停刊，蒋光慈屡禁屡战，又主编了《新流月刊》，以发表小说为主，由现代书局出版。《新流月刊》自第五期起改名为"拓荒者"，仍为太阳社的文艺刊物。第一期特大号出版于1930年1月10日，此刊继续关注马克思主义文艺理论批评的建设。蒋光慈的最后一部长篇小说，也是政治上和艺术上都比较成熟的长篇小说《咆哮了的土地》先是在《拓荒者》上连载，1930年5月《拓荒者》出版第四、五期合刊之后，遭到国民党当局的查禁，临时将该期部分封面改题为"海燕"发行。

鲁迅虽然参加了"左联"，但从来都不愿意让自己成为"左联"的领导人，他显然更乐于引导和帮助

《拓荒者》

这群充满革命理想、激情澎湃的年轻人。他在《对于左翼作家联盟的意见》里强调，在依附工农大众无产阶级的基础上，"左联"需要保持对旧社会、旧势力的警醒，并且需要具备进行长期斗争的坚韧能力。与鲁迅这种人格独立、冷静睿智的"左联"顾问不同，蒋光慈的革命热情如太阳社其名一样火热强烈。他游学俄国，回国时正逢国民军北伐、全国革命情绪高涨的时期，蒋光慈深受震撼，全然投入革命文学的倡导和发展实践中，并认为这才是中国新文学的真正希望所在。不管是他的论文还是小说，都以极端新颖的革命姿态出现，太阳般的自信和热情令当时的文坛异彩纷呈，一时成为流行的文坛焦点。鲁迅和蒋光慈的气质风格虽然不同，但《萌芽月刊》和《拓荒者》等期刊都属于在文艺出版界享有一定名望的文化品牌，随着这些刊物的主编、主要撰稿人加入"左联"，这些刊物也就顺理成章地成了"左联"的文艺阵地。但中国共产党的政治理念却难以很快转变原有的刊物风格和编辑策略，而不管是鲁迅还是蒋光慈都坚守文学阵营的底线，愿意以文学来进行革命，而不愿彻底投入实际的政治斗争中。《巴尔底山》针对这种缺乏实际行动的不肯放下笔的"左联"作家的创作现象，撰文进行了批评，但从另一个侧面也可以看出鲁、蒋等人的文化人本色。

在左翼文学蓬勃发展的压力下，国民党感到制定"本党文艺政策"的迫切性和"发展本党文艺力量"的必要性。1929年6月，国民党中宣部由部长叶楚伧主持召开了"全国宣传会议"，会议通过了两个政策文本：《确定本党文艺政策案》和《规定艺术宣传方法案》，推出"三民主义文艺运动"，成立中国文艺社，出版《文艺月刊》。1930年6月，朱应鹏、范争波等人成立前锋社，发布《民族主义文艺运动宣言》，陆续创办了《前锋周报》《前锋月刊》《现代文学评论》等刊物。在这个文艺阵营里，既有官方人物也有文化人士，还有文学青年们的拥护，主要干将是潘公展、朱应鹏、范争波、傅彦长、王平陵、黄震遐、万国安、张道藩①等。另有一些追随者，根据不同身份背景，不同活动地域，在上海、南京、杭州等城市纷纷成立社团并创办花样繁多的刊物，造就了民族主义文艺期刊热闹非凡的局面。

① 张道藩出生于贵州的一个书香世家，他就读于南开中学，后来在伦敦大学、巴黎国立高等美术学校研修艺术，留学期间加入国民党。三十年代他依次担任过国民党中央组织部副部长、交通部、内政部、教育部常务次长，教育部教科书编辑委员会主任委员，中央宣传部文化运动委员会主任委员等职。1939年8月，任中央政治学校教务主任、教育长，实际主持校政。1942年12月，任国民党中央宣传部部长。

　　"民族主义文学"属于南京政府的文化话语体系，重视文学艺术在政治建设方面所起到的宣传功效和工具效应，试图在文艺战线领域做前锋战士，打造出自己的江山。1930 年 6 月，他们在上海创刊一份 16 开本的小报《前锋周报》，每期只有 8 页，由上海光明出版部出版，该刊于 1931 年 5 月终刊，共出版 46 期。主要撰稿人有李锦轩、范争波、朱大心、李翼之、方光明等，文风偏于尖锐，由于篇幅所限，刊发的文艺作品多为诗歌、散文和短篇小说，设有"谈锋"专栏，刊载讽刺、攻击普罗文学的杂文。该刊创作比较薄弱，更注重民族主义文艺的基本理论建设，由王平陵、邵洵美、黄震遐、朱应鹏等署名的《民族主义文学运动宣言》就发表于《前锋周报》第二、三期。另外在民族主义文艺题材论、批评论、诗歌论、戏剧论等方面都有所论述，其中关于战争和恋爱两大创作主题的阐释比较详细，在文艺创作批评领域既有对中国文坛的检阅及辩论，也有对外国文艺的介绍。1930 年 10 月，大型综合性文艺刊物《前锋月刊》在上海创刊，由朱应鹏任主编，上海现代书局发行，该刊的创刊号上曾提及月刊与周报的分工，月刊和周报"主张当然是一贯的。但文字的性质，我们不能不有相当规定，以免内容的冲突。我们规定今后的《前锋周报》，专刊短篇的文字，以文艺方面为范围；《前锋月刊》，刊登长篇的文字，除了文艺之外，还要刊登关于民族运动及社会科学等各种文字"①。该刊于 1931 年 4 月终刊，共出版 7 期。《前锋月刊》比之《前锋周报》容量更大，内容要丰富得多，其作为"民族主义文艺运动"同人杂志的特点非常鲜明，撰稿人主要是傅彦长、叶秋原、李赞华、范争波、朱应鹏、黄震遐等。无论是从该刊撰稿作家的艺术技巧而言，还是从这个刊物所刊登的理论性文艺文

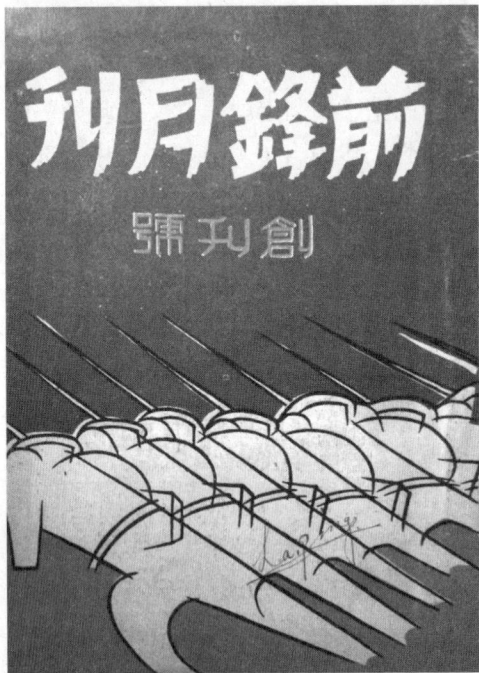

《前锋月刊》创刊号

---

① 《前锋月刊》第一卷第一期《编者的话》，1930 年 10 月。

章来看，都代表了"民族主义文学"的较高水平。

1930 年 6 月成立于南京的线路社，接受南京国民党中央组织部每月 60 元的津贴，主要成员有许少顿、杨昌溪、何乃黄、宋锦章等，他们创办《橄榄月刊》《中央日报·橄榄周刊》《线路》半月刊和《线路》周刊，并出版"线路丛书"，其中《橄榄月刊》刊行时间最长。《橄榄月刊》1930 年春创刊于南京，1933 年 12 月出至第 39 期停刊，实际编辑为何乃黄、宋锦章，何乃黄曾在一篇《编后杂记》中说："上海方面有杨昌溪君负责征稿汇编，据说沪滨愿为本刊作文的有林疑令，毛一波，叶灵凤，段可情，苏灵，厉厂樵，周乐山，赵景深，杨骚，席涤尘等 20 余位；南京方面，有陈大悲，徐公美，何双璧等也极愿帮忙我们，来共同垦殖这片榄园地：因此，这棵橄榄在不久的将来，或许会在昏沉的中国文丛中昂起头来。"① 纵览其刊，主要撰稿人是王平陵、何双璧、杨昌溪等，和别的民族主义文艺派的刊物一样，只要有条件，《橄榄月刊》就发表一些介绍世界弱小民族文学的文章，借以建立他们所谓的民族意识，提倡民族精神。

开展文艺社的《开展》月刊于 1930 年 8 月 8 日创刊，主要人物是潘子农、曹剑萍、卜少夫等一群年轻人，由开展书店发行，每月从南京国民党中央组织部领取经费。《开展》采取比"前锋"两大刊物更强硬的态度提倡"民族主义文学"，其设置的专栏"开展线下"风格比较干脆锋利，不但极力攻击普罗文学及其作家，而且对国民党其他政治倾向不明显的右翼文艺刊物，也给予严厉的批判，痛骂这些刊物"篇幅甚多而实是乌合之众"，并进而斥责"所谓南京的文艺界，原是几个在社会上以及其它什么界里没有地位的人，硬生生自己造起的一个庙宇"，"以求得一种可怜得很的自解自慰与自诩而已"。②《开展》总共出了 12 期，月刊是 32 开本的篇幅，最初由曹剑萍编辑。文章内容侧重于创作，题材方面比较重视对民族意识之唤醒，借此宣扬民族的生存和利益是当今中国社会的首要问题。

右翼文学，包括直接受国民党策划操纵的文学运动、文学思潮和文学创作以及倾向于国民党的文艺政策及政治诉求的文学，相对左翼文学而言，处于一种被动而生的状态。南京国民政府成立以来，一直未能建立起真正合法稳固的统治，1928 年国民党改组派从政府内部进行挑战，1929 年又有李宗仁的兵变，1930 年则是与阎锡山、冯玉祥及北方军阀联合集团爆发了"中原大战"。面对国民党内外的分裂和日本军国主义的步步紧逼，

---

① 何乃黄：《编后杂记》，《橄榄月刊》第 14 期，1931 年 6 月 5 日。

② 编辑："开展线下"，《开展》创刊号，1930 年 8 月 8 日。

国民党政府少有余力把注意力投注到文艺政策和运动上来。右翼文人在民族危机空前严重、民主民生难以企及的历史时刻，视民族主义为"文艺的最高意义"，是一种明智的、吸引眼球的话语选择。20世纪20年代末，傅彦长的《十六年之杂碎》（上海金屋书店1928年版）一书中有多篇文章探讨了民族和文学之间的关系；朱应鹏、张若谷、傅彦长合著的《艺术三家言》（开明书店1929年版）中也明确提出了民族主义文艺观念；1929年6月的国民党中宣部的"全国宣传会议"上，更是由官方正式提出了三民主义文艺政策。然而这些都只是停留在纸面上的理论呼吁，缺少实际中的创作与建设，所以没有什么影响力。1930年的春天，"左联"在上海成立，普罗文化高潮迭起，大有席卷全国之势。右翼文学更加迫切地感觉到争夺文艺话语权的必要，因此，紧随在"左联"的身后，前锋社、中国文艺社等右翼文艺社团出现，民主主义文学运动一时勃兴，大量的右翼文艺期刊在官方资金的扶助下像雨后春笋一样冒出来，《文艺月刊》就是其中之一。因为党内派别和社团组织的不同，右翼文学围绕着"民族意识"呈现了各种不同的理论言说，显得庞杂喧嚣，期刊编辑风格也大相径庭，比如上海前锋社浓郁的政治色彩和对左翼的激烈抨击态度就代表了官方的主流话语形态，《文艺月刊》这份杂志却温和含蓄得多，它不是尖锐战斗的风格，而是摆出一种绅士式的调和态度，在右翼文艺期刊里呈现了一种独特的气质。

实际上，与"五四"反封建的思想启蒙主题相对照，20世纪30年代文学的主题更多的是围绕着"资本主义"来展开的。在商品经济与农村经济的激烈冲突和持续发展中，在中国社会由传统向现代转型的过程中，不管是左翼文学还是右翼文学，都以各自的政治意识形态为出发点，使得文学成为党派政治的诉求方式。左翼文学关注社会巨变中底层人民的困苦生活，反对资本主义经济压迫，希望通过革命文学来张扬并实现消除阶级压迫的政治理想。右翼文学则是以建构现代民族国家为目标，试图通过"民族主义文学"运动来强化整个国家的意识形态，以民族国家认同的方式来整合社会上的各种资源，为国民党政府的资本主义经济发展提供帮助。这样完全对立的党派政治主张，使得它们的文学方式本质相似又天然地处于对峙状态。正如有人指出："国共两党的文艺思想和文艺政策，本是同一棵树上的两个果子，其内容上的相同相异及其渊源和影响，是一个颇为耐人寻味的话题。"[1]我们也应该看到，左翼文学、右翼文学虽然都是从党派

---

① 马俊山：《走出现代文学的"神话"》，北京：中国社会科学出版社2002年版，第8页。

政治需要出发，抱着争夺文化话语霸权的目标，但在具体运作发展过程中，还受到诸如知识分子的文化心态、文艺创作理念和实践等众多其他因素的影响。因此，同一棵树上也常常长出大小、味道都不同的果子来，下面仍然从文艺期刊传媒的角度来深入考察它们的异同。

曾有研究者这样描述左翼文学期刊："办刊宗旨相同或相近的多份刊物，在相同的社会背景下，面向趣味相近的读者群，同时或先后创刊，组成一种自觉的期刊群团，为达到张扬某种思想、倡导某种潮流、控制某种舆论的目的，形成统一的战阵，声势浩大，在读者中造成轰动效应，这种群团性和统一性是左翼文学杂志出版的最大特点。"①群团性和统一性确实是左翼文学期刊的重要特点，在与新月派、第三种人的论争中，多种左翼期刊的联合一致进攻，显示了极大的战斗力。但左翼阵营也并不是铁板一块，派别主义导致自己人内部时常有摩擦矛盾，甚至在一定程度上形成了偏激武断的作风，造成一些不必要的损失。最典型的是 1936 年关于"两个口号"的论争。在"国防文学"和"民族革命战争的大众文学"之间，左翼阵营急剧分化，《文学界》《光明》等刊物支持前者，《文学丛报》《现实文学》等刊物支持后者，论争日趋激烈化，以致当时国民党文人王平陵嘲笑他们是同根相煎，指出两者"都是一样的东西"，并抨击左翼文学作品的弊端——"遵奉着一定的刻板的公式"②。实际上，王平陵也是以五十步笑百步，在同样派别林立的右翼文艺阵营里，同样存在互相较劲攻讦的情况。"三民主义文艺"重地《民国日报·觉悟》就用专文《民族主义文艺应该避免的几种态度》③ 摆出一副教训的脸孔，支持民族主义文艺的《前锋周报》,《开展》月刊马上毫不客气地予以反击。由于思想观念、认同价值、政治经济实质利益等不同因素影响，内部之间也难以杜绝矛盾和纷争。左翼和右翼期刊同属党派性文艺期刊，在刊物政治化、工具化方面有着惊人的一致，只是使用的旗号和服务的对象有差别。更为重要的是，由于实质性政治地位的不同和政治诉求的差异，他们的文艺期刊处于截然不同的生存发展境况，在整体风格面貌上也表现出明显的区别。

首先，代表在野中共的左翼期刊挥舞着红色的"阶级"大旗，有着强烈的革命欲望。也正因为此，左翼期刊屡遭国民党政权的严酷查禁围剿，不但经济上困窘，印刷发行都困难，甚至还威胁到人身自由和安全。刊物

① 秦艳华：《现代出版与三十年代文学》，济南：山东人民出版社 2008 年版，第 56 页。
② 王平陵（史痕）：《中国现阶段的文艺运动》，《文艺月刊》第九卷第三期，1936 年 9 月。
③ 正平：《民族主义文艺应该避免的几种态度》，上海《民国日报·觉悟》，1930 年 10 月 8 日第 3 张第 2 版。

的生命期都较短暂，几乎没有连续出版的可能。相对而言，右翼期刊在政治上有着天然的绝对优势，一般都依托于政府党部的相关部门，不同程度地接受官方资金的援助补贴，主办《文艺月刊》的中国文艺社每月就有1 200元津贴，主办《开展》月刊的开展文艺社每月也可领取120元。因此，右翼期刊的出版印刷都无大碍，发行上更是可以借助官方的传播网络，比较便利。

其次，左翼期刊以传播马列主义文艺理论，宣传中共"左联"的纲领策略为要务，紧密联系现实斗争的需要，具有理论系统集中、实践指导性强等特点。同时左翼期刊以"左联"为中心，联合了鲁迅、茅盾、郭沫若等文学大家，培养了丁玲、柔石、张天翼等优秀年轻作家，涌现出了大量的文学杰作。南京国民政府因内忧外患的政治局面，对文艺政策未能给予足够的重视，右翼文艺的开展在很大程度上是被左翼文艺刺激后的被动反应。在文艺理论上，无论是三民主义文艺还是民族主义文艺，都没能赶超严谨、系统的马列主义理论。更重要的是，它们没有自己的作家队伍，难以形成真正属于自己的文学力量。当时《文学》编辑傅东华对这些情况做出了比较客观的评价："文艺上的无论那一种运动，单挂招牌当然不能成功，总须有实在的货色做后盾。那一次的民族主义文艺运动的一个特色，无可讳言的，是单有理论而没有作品，而况那样的理论也老实不大高明，因而拿它比起郭沫若、成仿吾等人的革命文学理论来，实只是方向不同，浪漫的气分同样的十足。……谁都知道《默示录》是一种符咒式的文学，所以象这样的民族主义文艺的理论也该算是一种符咒式的理论。当时象左联那样一个有背景，有组织，有人材，有策略的集团，而希图拿这样的符咒去咒倒它，至少要算是一种太奢的奢望。"①

最后，我们还发现，正是因为受到官方的围剿难以生存，左翼期刊特别重视出版市场，重视读者的阅读兴趣以及和读者的互动交流，在商业销量良好的情况下才能继续生存发展下去。例如，1930年，刚改头换面的《海燕》发行第一期时就有了两千多册的销量。有研究者还进一步指出，"左翼文学为读者建构的一个关于历史和道德的知识系统（knowledge system）与想象方式"，"这一知识系统和想象方式在左翼写作中归结为'我谁与归？'与'我谁与共？'两个问题方式，前者涉及对未来历史的想象，后者则关乎个人道德位置的选择。'无产阶级''大众'等关键词使这两个

---

① 傅东华：《十年来的中国文艺》，载《十年来的中国》，上海：商务印书馆1937年版。

问题的提出和回答成为可能"。① 其实，右翼文学也试图使用"国家""民族"等话语来建构读者受众的认同，只是在实际运作中，他们有着官方背景，往往没有销售发行的危机，也就缺乏一种积极的建设动力。他们的文学阵营内部，既缺少文艺理论家又缺乏自己的作家，还漠视与读者的关系，对读者或者采取教育俯视的姿态，或者自说自话而疏离了读者；另外，于受众而言，对于权威和政府有着天然的逆反心理机制，而国民政府的脆弱和反动更是激起了民众的反抗之心。以上多种因素的影响导致右翼期刊在市场上销量常常不佳，对受众的传播效用也就无从真正谈起。

左翼文学、右翼文学在本质上的相似性，早在三十年代就有人注意到了："这时也有应时而起的右翼文学，即所谓民族主义的文学，他们的理论政策与左翼一般无二，只是左翼拥护无产阶级，他们拥护民族。此类刊物有《前锋》《长风》《开展》月刊等，寿命最长者为南京之《文艺月刊》。"② 就他们的文艺刊物来看，却有着如此明显不同的特点。美国传播学学者哈罗德·拉斯韦尔（Harold Dwight Lasswell）在其著名的社会"三功能论"中指出，传媒的主要作用在于监视社会环境、协调社会关系、传衍社会遗产三个方面。左翼期刊在揭示民族危机、批判社会黑暗方面无疑有着比右翼期刊更自觉主动的行动和更宽阔深入的成就。左翼期刊的社会协调能力主要面向广大基层民众，右翼期刊则更多地吸引感召中上层精英，两者在不同的舆论宣传领域都产生了一定效果，对抗战时期文艺界统一战线的形成均有所贡献，但真正面向大众的左翼的社会关联力要更强大也更持久。至于传衍思想和文化遗产方面，左翼期刊在克服了前期的机械、幼稚的毛病之后，在中后期逐步成熟，并在文艺创作领域取得了辉煌的成绩，其留给后人累累的文学硕果是右翼期刊难以望其项背的。

第三节　1930："左""右"之间的新期刊

本节以期刊的党派政治性为主要的分类标准，使用了左翼、右翼及其两者之间的文学期刊的称谓，是为了方便研究论述的开展。实际上，我们都清楚，任何一份文学期刊，不管它的编辑理念、文艺倾向如何，也不管

① 曹清华：《中国左翼文学史稿（1921—1936）》，北京：中国社会科学出版社2008年版，第5页。

② 林庚：《新文学略说》，《中国现代文学研究丛刊》2011年第1期，第48页。

是无意还是有意地拉近或疏远现实利益集团，它总是会带有一定的党派政治性，这是由文学期刊的基本社会功能所决定的。现代工业化的发展，促使现代报刊传媒产生并兴盛，这种传媒与生俱来地带有现代社会的政治性和商业性，在中国现代报刊传媒诞生的初期，就被资产阶级改革派发掘出其政治宣传的功用，1902年梁启超主持《新小说》就是为了"新民"的目的，文学的改良只是他们实现社会革命的另一种途径。这种文学功利主义的思路，到"五四"时期被大量继承接受，《新青年》《新潮》等综合性刊物就非常热衷社会文化评论，自此，强烈的政治革命色彩就成为中国现代文学的主要特征。此外，在商品经济时代，出于现代报刊传媒自身发展的需要，其必然朝着商品化方向去发展，文学作品也可以作为商品来进入市场。1872年在上海创刊的《申报》，以企业经营运作的方式来编辑发行，直接目标就是盈利，开创了现代报刊商业化的先河。文学作为商品，就必须要考虑到市民读者的阅读需求，这就促使报刊传媒在编辑出版、刊载内容、新闻广告、文学本体等多个方面都需花心思去满足读者要求，从而形成一定销量，最终达到商业化的目的。在中国现代文学中，小说能够异军突起，成为最流行、最繁盛的一种文学文体，在很大程度上就是因为其以叙述为主的文本模式，促使创作日益通俗化，以适应广泛的市场文化需求。在这种商业化的大潮中，报刊传媒还特别关注文学作品的休闲娱乐性，使用不同的文化编辑策略，极力开发这种功能的潜质，以达到吸引最大数量读者的目的。1914年创刊的《礼拜六》和1932年创刊的《论语》，就分别以趣味娱乐和休闲幽默的刊物风格来达到上述目的。然而，作为文学重要载体的现代报刊，也必然存在对文学自律性的追求和对文学审美价值的重视。不管一份报刊是纠缠在政治场域，还是被商业场重重包围，它都必须立足于文学本体属性，才能展开它的生存和发展，才能真正发挥出社会政治功效，获得较好的商业收益。总而言之，一份文艺期刊，必须在现代传媒的政治性、商业性、文学性动态结构中努力协调平衡，才能建构出繁荣的文化园地。至此，让我们把目光投向与《文艺月刊》同年创刊的，处于左翼、右翼文艺阵营之外的两份文学期刊。

1930年5月创刊于北平的《骆驼草》，是京派早期的一份重要的同人文学刊物，也是知识分子们试图在"左"与"右"之间探寻新的文坛发展道路的一种努力。《骆驼草》主持人为周作人，实际负责编务的是废名、冯至，另有俞平伯、徐祖正、梁遇春、徐玉诺等。同年11月终刊，共出版26期。其《发刊词》这样宣称："我们开张这个刊物，倒也没有什么新的旗鼓可以整得起来，反正一向都是有闲之暇，多少做点事儿"；接着又宣言"不谈国事","不为无益之事","文艺方面，思想方面，或而至于讲闲话，玩骨董，都是料不到的，笑骂由你笑骂，好文章我自为之，不好亦知其丑，如斯而已，如斯而已"。① 该刊发表了大量的小品文，作品主要以周作人、俞平伯、徐祖正、梁遇春等人的散文和废名的小说为主，还间杂着冯至等人的诗歌和文学论文。除了文学创作，该刊也涉及外国文学的翻译，是一份纯文学性质的学院派精英刊物。

《骆驼草》发刊词

从办刊理念看，《骆驼草》具有一种冷然旁观，不参与社会政治，强

---

① 《骆驼草》发刊词，1930 年 5 月 12 日。

《骆驼草》周刊

调纯文学的态度，表现出强烈的自由主义的独立倾向。他们认为文学既不可做政治的工具，也不能成为商业的婢女；形式上更是反对标准化、模式化的大众文化生产方式；他们注重吸收传统文化的精神资源，主张文学应自由地表现个体的情感，认为个体精神自由、个性的自由表现才是文学发展的光明大道。因此，无论草木虫鱼，不管天上人间，只要愿意，姑且谈之。《骆驼草》的文章内容有个人情感的宣泄、民俗掌故的诉说，亦有字斟句酌的翻译、严谨缜密的考辨。以周作人、废名为首的《骆驼草》同人们大都是北大、清华的学院派，其所倡导的"雍容""坚忍"的文化精神更多体现了他们的探寻努力，即试图超越当时左翼文学的粗糙简陋、右翼文学的口号无为和海派文学的浮华鄙俗，从传统的深厚土壤中寻找文学的出路，追求一种平淡和谐的古典风格。

　　同人文学刊物是"五四"以来现代文学传媒的一种主要形式，它承载了某一知识分子群体或学会、社团组织的同人立场和思想倾向。《骆驼草》作家是基于共同的审美理想和文学趣味而聚集在一起的。对于文学本体的回归，在"五四"落潮后的20世纪20年代末30年代初表现得特别明显。美国传播学家乔舒亚·梅罗维茨（J. Meymwitz）在媒介情境理论中关注不同媒介的特质。他认为，印刷媒介（书报类）对传播参与者的教育水平有一定要求，在解码编码能力上的差异会反过来影响和制约人们与印刷媒介的接触，从而形成许多不同的社会群体，而这些不同文化层次和类型的受众群体会强化社会的等级制度。也就是说，同人文学期刊是某一特定的社会知识分子群体表达自身诉求，创造自己话语的一个地方。以胡适为主的《努力周报》《现代评论》，以鲁迅为主的《语丝》《莽原》就是当时处于文化中心地带和边缘状态的两种不同类型知识分子发出自己声音，表达思想意识的文化空间。

周作人在《语丝》时期尚在"社会批评"和"美的生活"之间徘徊，到了《骆驼草》时期则更加倾向于知识艺术的世界，从审美角度与社会现实拉开距离，通过对"纯文学"的追求来表达自由的渴望和精神的安慰。这种期刊的话语权争夺模式，所谓的冷静平淡风格当然是针对文学期刊的政治性、商业性而言。《骆驼草》的一个非常显著的特点是编者与作者身份基本合一，这与三十年代文学期刊出版中编撰分工日益明确有较大的不同，比如当时孙伏园、章锡琛、赵南公等就是专注于编辑出版事业的文化人，而《骆驼草》同人们作为撰稿人的同时，还集编辑、校对以及发行于一身。这种出版模式在商业市场中当然有其明显的弱势，但对于社团组织却有较好的凝聚和发展作用，也适合这一群体的文化人把自我内心的狂热付诸文学的审美追求中。

《骆驼草》这一种社会知识分子群体的追求，是京派文学风貌的早期展示，是"五四"落潮后文学观念的一种自觉自律性的转变。三年后，另外一位京派杰出代表人物沈从文在《大公报·文艺副刊》上发表了《文学者的态度》一文，引发了文学史上著名的京派、海派之间的论争。京派一直传承《骆驼草》时期植根于民族，立足于传统的文学主张，后期的文学期刊如《水星》《学文》《文学杂志》等，都在不同程度上继承着《骆驼草》的风貌，倡导文学本身的性质、规避文学的功利性、追求个体精神自由，延续着学院派刊物固有的矜持和品位。

1930 年 7 月创刊的《现代文学》，表面上看也是选择了文学的道路，实质上却有更为复杂的历史原因。北新书局作为一家想拥有自己独立声音的书局，显然不太乐意向官方屈从，而继续走尖锐批判路线的话，又有上海《语丝》的前车之鉴。作为商业化运作的书局，刊物至少要有一定盈利，这是继续生存下去的必要条件。所以，书局的刊物需要有一种更为稳妥的新定位，于是我们在《现代文学》第 1 期的《编辑后记》中看到了这样的宣称①：

> 我们既没有野心想造成文学上的统一，当然无须揭起什么旗帜，我们愿使这月刊成为一切爱好文学的作者发表他们最得意的作品的机关，我们愿使这月刊成为一切爱好文学的读者最心爱的文学杂志。我们自己是没有什么派别的成见的……无论普罗文学，新写实主义，新感觉派……只要是"现代的"我们都想知道，甚至是古代的，也想知道一些。这样一来，本

---

① 赵景深：《编辑后记》，《现代文学》第 1 期，1930 年 7 月。

刊编的便编得像"杂拌儿"，不过只有"文学"这一个限制罢了，但竭力搜求新的材料和新的力作，却是我们的目标之一。

通过这篇《编辑后记》，我们可以发现《现代文学》的基本编辑思想是要努力做到超越门派之见，对一切新的文学潮流采取海纳百川的态度。与特立独行的《语丝》不同，《现代文学》因其包容的态度而呈现出亲切随和的特征。《现代文学》的主要栏目有"翻译论文、小说、散文、诗选、最近的世界文坛、批评与介绍、编辑后记"等。这份刊物把翻译介绍当作最为重要的事情去做，每一期都会介绍外国文艺思想或文艺研究的文章。同时《现代文学》以"遍尝一切新鲜的'异'味"自许，文章以内容的新颖为重要标尺，当时流行的左翼革命文学自然是不可以忽略的，因此翻译了大量苏俄文学。此外，《现代文学》注意发掘中国本土的新人或新作，尽管仅仅出版了六期，也网罗了不少颇具实力的作家前来投稿，既有新月派的后起之秀朱湘，也有游历在上海的"乡下人"沈从文，以及朴实的乡土作家黎锦明、蹇先艾，信奉无政府主义的巴金，与创造社关系深厚的滕固等。包容多元让《现代文学》找到了生存法则，它自身虽然存世不久，但《现代文学》与《北新》半月刊合并后，就诞生了一份更长久、更有影响力的杂志《青年界》。

读者的阅读需求在很大程度上可以影响甚至决定办刊者的办刊方针和用稿选择。读者的阅读需求正是通过对文学刊物的制约，直接或间接地对三十年代文学的产生和发展起了一种导向作用。身处上海的北新书局显然深谙文学杂志与读者消费之间的密切关系，旗下的《现代文学》充分展示杂志的最大特点"杂"，把各种各样的文学理论和作品放在一起，就像琳琅满目的百货公司商品有序地陈列在货架上，力图迎合读者大众复杂多样的趣味。《现代文学》的办刊宗旨是"我们想遍尝一切新鲜的'异味'"，这里出于一种满足广大年轻读者阅读口味的目的，特别突出文学作品的新颖和奇异性。如果说避开政治纠葛，向文学市场倾斜是《现代文学》的自觉选择的话，那么试图以商业性为主的文学期刊也难免不自觉地要被涂抹上社会政治的色彩。因为三十年代的文坛是被普遍笼罩在政治文化天空之下的，中国现代文学一如既往地具备强大的社会功能，读者和作者都毫无例外地有着浓厚的社会意识，对政治持高度的关注态度。因此，即使不属于左翼文学杂志的《现代文学》，也在公众和青年们普遍的阅读偏爱中无法抗拒革命文学巨潮的影响力，大量推荐左翼文学，同时亦重视新奇趣味的新人新作推出。

三十年代的文艺出版是丰富繁荣的，但也有清醒的人对热闹非凡的"杂志年"发出了真知灼见的声音。茅盾指出，"杂志的'发展'恐怕将要一年胜似一年。不过有一点也可预言：即此所谓'发展'决不是读者人数的增加，而是杂志种数的增加"。① 陈望道也说："'杂志年'尚未过完——还差一个月方始'功行圆满'的当儿，就听得纷纷传说，明年将见大批杂志停刊。似乎'杂志年'这一名儿本身上就不大吉利似的，先就预言了杂志的兴旺不过一'年'……为什么要停刊呢？据说是'不景气'，'难办'。本来在'杂志年'这一名儿刚刚出现的当儿，就有人以为'杂志'之所以风行，倒并不是为的读者骤然加多，而是要办杂志的人骤然加多，这又有许多'原因'……明年又是什么年呢？没有人能够预言。"② 关于这种"杂志年"表面繁荣的原因，沈从文曾经在一篇文章中③提出了自己的见地，他站在时代的高度指出，随着"五四"的落潮，革命文学的兴起，文学期刊出版发行的商业化已经是势不可当的潮流。如果忽略读者市场，尤其是年轻读者的阅读需求，就很容易导致商业上的失败，使得期刊无法坚持下去，从而进入一种停刊的多，创刊的也多的怪圈。

1930年的《骆驼草》选择远离政治和商业，在相对安宁寂静的北京城文化氛围中，为追求文学的纯艺术性而坚守自己的园地。这群以周作人为中心聚在一起的学院派文人，大多领着大学教授的不菲工资，自己掏钱，不用稿酬，他们既是《骆驼草》的作者也是编者。这样虽然短期不用担心经济问题，但缺乏强大经济力量的支持，期刊出版发行也难以持久。另外，同人杂志的有限人员也带来了稿源的窘迫，所以《骆驼草》仅仅支撑半年就悄悄终刊了。幸好还有后续期刊，否则没有了报刊的物质载体传播，其他一切都是空谈。《现代文学》同样不想掺和政治，转而注重读者文学市场，以海纳百川的编辑策略延续了刊物的生命，但在文学成就上却难以形成自己的风格，无法企及京派《骆驼草》在文坛上留存的古典韵味。

从《骆驼草》和《现代文学》，我们可以发现虽然三十年代的文坛政治文化氛围非常浓厚，但在左翼、右翼文学之间还是存在着大量的自觉远离政治场域的文艺期刊，它们或者以文学本体性为主要追求，或者以商业利益为价值取向，在不同程度上进行把握操作，给期刊出版领域带来了丰

---

① 茅盾（笔名兰）：《所谓"杂志年"》，《文学》第3卷第2号，1934年8月。
② 陈望道：《明年又是什么年呢?》，《太白》第1卷第7期，1934年12月。
③ 沈从文：《对于这新刊诞生的颂辞》，《青年作家》创刊号，1936年12月1日。

富多彩的面貌。仍然以 1930 年这个年度为例，刘增人统计出来的 99 种新创刊发行的杂志中，分属左、右翼文学阵营的总共只有近 20 种刊物，足足八成的文艺期刊处于中间状态，并不带有鲜明的党派政治倾向。这里面有各种思潮流派的话语声音，例如以校园教师学生为主要阅读受众的有开明书店的《中学生》（夏丏尊、丰子恺等主编）和《中学生文艺》（夏丏尊、叶圣陶等主编），武汉大学主办的《文哲季刊》，大东书局的《现代学生》（刘大杰等主编）等；面向广大市民的通俗文艺期刊有广州万人社的《万人杂志》，《广州小说杂志》（张桂圃主编），上海的《中华》（周瘦鹃、严独鹤等主编）等；代表不同文艺主张的社团性期刊如《郁大文学月刊》（刘新东主编），专业针对性较强的光华书局的《读书月刊》（顾凤城主编）等。这些期刊是大量中间派文人们交流互动、展开活动的重要场所和方式，他们虽然党派色彩并不明显，但在政治和文艺方面都有着各自的立场倾向，而且他们的这些倾向也不是固定不变的，而是在内外因素的影响下不断分化变换。这样庞大的文人作家群体，无论是左翼文学阵营，还是右翼文学阵营都无法忽视他们的存在，而且为了在文艺话语权的争夺中占据更大的优势或拥有更多的力量，党派政治文学阵营必须尽力争取这些人群和期刊的认可与支持，无论具体采用什么样的策略和行动。我们认为，正是因为清楚地认识到了这种局势，《文艺月刊》的主办者理性地采取了兼收并蓄的编辑策略，用一种儒雅温和的办刊风格来试图吸引大量非党派的文人。当然，除了这种"模棱"的态度，还辅以较高稿酬等经济上的措施。从历史的现实来看，这种策略获得了一定程度上的成功，至少造就了《文艺月刊》蔚为壮观、丰富多样的作者稿源，也有效地拉近了不少自由主义知识分子与南京国民政府的距离。借用葛兰西的"文化霸权"理论考察，《文艺月刊》显然并不愿意仅仅依靠执政党在政治经济方面的天然优势和国家权力，对整个社会实行强制性的文化支配和民众服从，它更愿意官方的文化话语霸权来自于社会民众（被统治阶级）积极主观的内心"同意"。它试图用这种大气兼容的姿态来证明自己作为先进的、合法的、文化权威的存在，而且可以代表国家社会中各阶层的最大利益。客观地说，在三十年代的社会时代背景下，选择"民族意识"作为其争夺文化话语权的利器是比较明智的，另外难能可贵的是，在《文艺月刊》的办刊发行实践中，它能认识到现代传媒期刊在政治、商业、文艺等领域的多重因素及其彼此之间的复杂关系，能主动去利用这些因素和关系为自己的"文化霸权"建构而服务，实际效果先且不论，这种编辑出版的理念与思路有着现代性的积极意义。

　　总而言之，一份文艺期刊，在风云变幻、内外交困的三十年代，究竟应该如何在现代传媒的政治性、商业性、文学性动态结构中协调平衡，有机会生存发展下去，并在文坛产生一定的影响力呢？这是一个没有标准答案的问题，因为影响文艺期刊的因素过于复杂，至少还应该注意到主编人格、编辑策略等其他重要因素。但无论如何，一份文艺刊物不管是想要发挥文学的社会政治功用，还是知识分子的身份诉求功用，又或者是突出文学自身的审美娱乐功能，都必须注意到政治性、商业性、文学性的平衡原则，不可偏颇过甚。如果说，文学性的过度倾斜导致了《骆驼草》的短命，那商业性、文学性之间的适当调整给《现代文学》《青年界》注入了活力。党派性的左翼期刊本来在官方的残酷打压下奄奄一息，但注重读者市场并行之有效，也能帮助它在"地下"状态顽强生长。"左联"后来继续克服自身缺陷，调整政治性过强的倾向，加强文学性的自觉追求，在异常艰难的条件下坚持战斗并收获累累硕果，甚至在"左联"解散之后，左翼文学的影响力都没有消失，一直持续至抗战时期。回过头来看《文艺月刊》，这份刊物简直就是三十年代文艺出版界的一个宠儿，有着绝对强势的政治背景、充裕无忧的经济支持和发达的出版发行网络，还遇上了一位有着文学自觉性追求的主编王平陵，尽管还有缺乏自己文艺力量、忽视读者阅读需求等其他遗憾不足，但这份持续 12 年的大型文艺期刊，毕竟还是给我们留下了眼花缭乱的文艺宝藏。这份温文儒雅的文艺期刊，在被历史蒙尘多年之后，终于逐步进入人们的视野。

第二章　中国文艺社的《文艺月刊》

第一节　主办者中国文艺社

在中国现代文学史中，一个文学社团或同人流派，往往是通过选择现代传媒报刊来形成相关的知识分子公共空间，发出自己的思想之声，达到影响现实社会的目的。而一份运作良好、影响力大的期刊也会吸引容纳更多的同人，不断扩充、强盛社团组织的生命力。在常规状态下，社团和期刊是一种同生共荣、同行对照、双向建构的紧密关系。文学研究会和《小说月报》，创造社和《创造》，语丝社和《语丝》，莽原社和《莽原》，京派和《骆驼草》《文学杂志》，现代派与《现代》，"左联"与其一系列期刊，前锋社和《前锋周报》《前锋月刊》等，都一一印证了这种关系。《文艺月刊》与中国文艺社之间，也具备着常规状态下期刊与社团的此种关系。《文艺月刊》隶属于中国文艺社，它们一起经历了南京国民政府的风和日丽和抗战时期的战云惨淡，这期间随着该组织归属的变动，活动方式的变迁以及影响力大小等因素，期刊面貌也多有变化，《文艺月刊》先结束自己的文学使命，数年后中国文艺社也遭到解散。

一、前期："刊"即是"社"

目前的文学史上均是简单提及这个"接受国民党中宣部津贴"[①] 的官方文艺团体，回到报纸期刊的原始现场，就发现了一个事实，中国文艺社在 20 世纪 30 年代甚至 40 年代都比较活跃，许多报刊上常常能读到关于它的消息，可见在当时有一定影响力。它与"左联"对峙而立，但生存的时间比"左联"长得多。

1930 年 7 月 4 日的南京《中央日报》头版广告栏中，首次登载了三则

---

① 上海文艺出版社编：《中国新文学大系 1927—1937》第十九集（史料·索引 1），上海：上海文艺出版社 1989 年版，第 329 页。

关系密切的广告，分别是《中国文艺社征求会员启事》《文艺月刊征稿启事》《文艺月刊创刊号出版预告》。这些广告日日连载，持续数日有余。

在《中央日报》上的广告

具体内容如下：①

中国文艺社征求社员启事

本社鉴于现代中国文坛之消沉，民族精神之颓废，爰为联合爱好文艺同志，创办中国文艺社，冀以一往无前之勇气，振起时代之沉疴，扫除一

---

① 南京《中央日报》，1930 年 7 月 4—9 日头版。

切混乱之思想，寻求新文艺之途径，同好之士，愿参加本社，共作文艺之研究者，无任欢迎，简章列后：

中国文艺社组织简章

（一）本社定名为中国文艺社。

（二）本社以站在革命的立场，发扬民族精神，介绍世界思潮，创造中国新文艺为宗旨。

（三）凡有同情本社宗旨而酷好文艺者，不论性别，年龄，籍贯，经本社社员二人以上之介绍，或直接闻具详细履历，将作品寄交本社，经审查合格者，皆得为本社社员。

（四）本社在首都设总社，各地遇有社员十人以上经总社许可时得设分社。

（五）本社总社设编辑经理两部，每部设正副主任各一人，办事员若干人，由本社聘任之。

（六）本社已经许可入社之社员，须填写入社书，发给入社证，交入社费一元。

（七）本社经费除社员入社费外，其余不足之处数，由发起人募集之。待将来丛书计划实现时，抽版税百分之五，作本社基金。

（八）本社社员之作品，由编辑股审查合格后，得优先在本社出版之刊物上发表，若有整部作品，审查合格后，得优先由本社发印。

（九）社员在本刊物内发表文稿之报酬，与非社员同样待遇，已经本社印成本之著作，其版权为本社所有。

（十）本社社员得享受本社各种刊物及优先发表审查合格文稿之权利。

（十一）本社社员如有建议，得随时提交编辑经理两部。

（十二）社员如有不履行本社规约，或其它不利于本社动作而有确实证据者，得由本社议处。

本社临时通信处：南京大纱帽巷三十三号王平陵转中国文艺社。

关于中国文艺社具体成立时间，在辛予的《一九三一年南京文坛总结算》中介绍"成立时期大概是 1930 年的 7 月间"[①]。实际上，中国文艺社的正式成立日期比其附属刊物的出版发行还要晚一些，成立大会在 1930 年 9 月 28 日才举办。与 7 月间头版醒目的广告不同，9 月间的《中央日报》只在其第二号《文艺周刊》版面的角落处刊登了启事，前两则都是关于周

---

① 辛予：《一九三一年南京文坛总结算》，《矛盾月刊》第 2 期，1932 年 5 月 25 日。

刊稿酬的，第三、四则才事关成立大会，全文如下：①

　　三，中国文艺社定于下星期日上午十时（本月二十八日）在鸡鸣寺开成立大会，届时，并备有丰富之茶点，以示欢迎。仰各社员尊时参与为盼！

　　四，未填写登记表各社员，望在二十八日以前寄到。如系遗失，可来函声明重寄。

　　当日的成立大会有傅述文、钟宪民、左恭、缪崇群、黄归云、胡天册、罗寄梅、聂绀弩、曹慎修、李伯鸣、程方、殷晓岑、李洁非、黄其起、周子亚、蒋山青、王平陵、杨若海等四十余人出席。傅述文报告了中国文艺社成立的经过，王平陵则介绍了社团刊物《文艺月刊》和《文艺周刊》的编辑情况，李伯鸣主要就活动、出版经费做了汇报。② 紧接着的1930 年10 月26 日，该社举行了第二次谈话会，我们得以更为具体地了解到中国文艺社的主要成员和活动情况。

　　本月二十六日上午九时，星期日，天气清和。……李伯鸣同志是本届谈话会的负责筹备者，他于上午八时即赶到清凉山，随后陆续报到的，有傅述文、汪铭竹、腾刚、左恭、缪崇群、周子亚、庄心在、蒋山青、王平陵、宫碧澄、詹洁悟、杨若海、霍世为、周意彪、张倩英、李湘澜、黄山农等五十余人。社员们坐定，准九时开会，公推王平陵君报告。③

　　王平陵在会上介绍大革命烟消云散之后的文坛局势，举出"民族主义文学"大旗，抨击左翼文学。

　　要知道在现在的世界，谁敢说不要民众，而我们自己就都是真正的民众，并没有丝毫的特殊。民众的痛苦，当然就是我们自己的痛苦。我们替民众谋解放，换句说就是替我们自己谋解放。所以我们在文艺上的抒写，材料正不患共穷，大可不必撷拾着人家的唾余，从间接又间接的日本文艺里，烧制几个新奇的名称，在国人面前直炫其渊博；而且更不必向壁虚

---

① 《启事》，南京《中央日报·文艺周刊》第二号，1930 年9 月18 日。
② 《本社第一次谈话会纪事》，南京《中央日报·文艺周刊》第四号，1930 年10 月16 日。
③ 《本社第二次谈话会纪事》，南京《中央日报·文艺周刊》第五号，1930 年10 月30 日。

构，捏造许多无稽的不合理的幻想，欺侮我们的民众。……我们今后的责任，绝不挂虑这许多废草狗藤，杂生在断溪绝崖；我们只需把灿烂的花朵，充分的繁殖在我们的园中。我们绝不怕瓦釜齐鸣，我们只需把黄钟敲得响。①

王平陵的这番论调偷换了"我们"与"民众"的逻辑概念，遵循了国民党文艺一贯的口号式作风，激烈否定异己却又拿不出具体的东西。当时与会的左恭、傅述文随后做了针对性稍强的演讲，内容要务实一些。

左君希望新进作家努力写作，不要使文艺的园圃，到现在仍旧由几个老园丁所把占着，并提倡自由抒写的精神。傅君阐述文艺上真善美的本质，完全是一贯的意义。凡真的，就是善的美的，不真的，一定也同时失去善与美的本质。所以写文艺尤其要注意到文艺的真实性。②

这个时候的中国文艺社，谈话会并不定期举行，最为主要的活动方式就是编辑出版《文艺月刊》和附属于《中央日报》逢周四出版的《文艺周刊》。后者从 1930 年 9 月创刊至 1931 年 12 月停刊，总计发行 59 期，编辑风格与《文艺月刊》一致，只有一个小小的版面，多是发表本社员的文艺作品，以三四千字以内的评论、小说、随笔居多，同时宣传记录中国文艺社的一些活动。真正能够让人知道有这个中国文艺社组织的原因是"在南京所有的定期刊物中，《文艺月刊》的内容应该站在第一位的"③。这种"刊"即是"社"的形象，一直持续到该社 1935 年的改组。在这种组织方式比较松散，刊物编辑相对自由的状态下，《文艺月刊》主要呈现出主编王平陵的个人文艺风格，另外也有缪崇群、左恭、钟天心等人的有限影响，《文艺月刊》的期号从 1930 年 8 月的创刊号到 1935 年 6 月的第 7 卷第 6 号。

---

① 《本社第二次谈话会纪事》，南京《中央日报·文艺周刊》第五号，1930 年 10 月 30 日。
② 《本社第二次谈话会纪事》，南京《中央日报·文艺周刊》第五号，1930 年 10 月 30 日。
③ 辛予：《一九三一年南京文坛总结算》，《矛盾月刊》第 2 期，1932 年 5 月 25 日。

《文艺月刊》创刊号目录

　　王平陵曾经谈到中国文艺社的成立是"几个爱写写文艺的朋友们一种纯感情的结合，并不荷担着什么伟大的使命"①。外界的评价也有持相似观点的，"谁都知道，中国文艺社乃是一群文艺作者与爱好者之集团"②。这和左翼方面声称它接受国民党中宣部的领导和津贴因而"其经费充足"有所出入。"该社中央月有津贴一千二百元。因经济来源富裕，故能收集一批作家，如沈从文等。月有月刊，已出至二卷一期，格式颇似小说月报，闻每期约印五千册左右"。③从《文艺周刊》多次登载记录的社团活动看，当时中国文艺社的成员以国民党中宣部一般职员和南京的学者文人为

《文艺月刊》第三号封面

① 王平陵:《答胡梦华兄》，南京《中央日报·文艺周刊》第四号，1930 年 10 月 16 日。
② 辛予:《一九三一年南京文坛总结算》，《矛盾月刊》第 2 期，1932 年 5 月 25 日。
③ 《首都文坛新指掌》，《文艺新闻》第 2 号，1931 年 3 月 23 日。

主，党政要员如叶楚伧、张道藩等只是挂了一个空名。虽然有着国民党中宣部的背景，但还是以文艺界力量为主，官方色彩较淡，也正是由于缺乏体制内的稳定保障，《文艺月刊》很快陷入了困顿。当时《文艺新闻》"每日笔记"有一则消息称"中国文艺社月刊编辑左恭赴湘，王平陵近颇潦落，缪崇群患病，故各方面之进展极其消沉"①。现实中是，傅启学（述文）在 1931 年赴美求学，左恭在积极参与"反蒋援胡（汉民）"活动失败之后，于 1932 年东渡日本避难。因此，"（成立）此后两年，因人事上的变迁，便趋于沉寂了。月刊也因负责人和经费的关系，时断时续，一切工作停顿的也不少"②。1932 年的春夏，《文艺月刊》出现了脱期的现象，6月份之后停刊了半年，到 1933 年 1 月才重新出版。这就愈发说明南京国民政府中央宣传部的补助随意性较大，社员陈天的回忆有一段相关的分析比较合乎情理：

> 中央"剿共"军兴，颇无暇注意于文化事业，因此"中艺"仅聊备一格，得政府拨给一点经费，帮助几个与中央有关系而无出息的文人，党部与"政府"皆不以"中艺"为需要的组织。③

这时候，中国文艺社不是一个严格意义上的文艺同人社团，它与文学研究会、创造社那种典型的同人社团相比，虽然在用民族话语对抗阶级话语时给文学留下了一定的空间，但这个空间是含混不清、模棱灰暗的，没有足够鲜明的艺术审美趣味的趋同，也没有创作评论风格的相近和社会意识生命体验的接近。中国文艺社是在民族主义旗帜下文艺家的自由组合，虽然有官方的背景，但并没有受到国民党政府具体的管理和稳定的扶持。除了出版以上两刊，中国文艺社也有一些不定期的聚餐茶话、游艺旅行等活动。例如，1930 年 11 月间组织了栖霞山观红叶活动。1931 年 2 月 14日，在南京蜀峡饭店举行春季聚餐，到会的有六十多人，还特意邀请了陈立夫（1931 年任国民党中央组织部部长）、刘芦隐（1930 年 11 月任国民党中央宣传部部长，次年任考试院代理副院长）两位政府要员讲演中国文艺复兴运动，并随后在《文艺周刊》上刊载了他们的演讲稿。1931 年 3 月22 日，组织了旅行团前往镇江，社员需要交纳车旅餐饮费用，也欢迎其他

---

① "每日笔记"，《文艺新闻》，1931 年 8 月 24 日。
② 石江：《介绍中国文艺社》，《中心评论》1936 年第 1 期。
③ 陈天：《忆中国文艺社》，《光化》1945 年第 5 期。

来宾参加。其时，叶楚伧正在江苏省政府主席任上，于当地热情接待了他们，并专门做了欢迎辞《朋友·自然·文艺——欢迎中艺社镇江旅行团》，该团社员也有多篇文字唱和记游，并在 3 月 26 日的《中央日报·文艺周刊》上出版有"镇江游记专刊"。这一时期，中国文艺社最有影响力的一次活动应该是 1931 年 6 月 13 日至 15 日的《茶花女》演出。这是该社戏剧组的第一次公演，连续三日晚七点在中央大学大礼堂开演，票价 1 元。演出非常成功，获得社会好评。当时有报道如下：

这大规模的演剧着实骚动了阴森的古城，使戏剧界原来死寂的空气为之一变。而且从这次相当成功的结果之中，更为南京的舞台上发现了几个不可多得的人才。但是在这样的时代里选择了这样的剧本来上演，除掉是充分表现了中国文艺社那种一贯的"为艺术而艺术"的态度之外，别的意义却找不出来。①

这些活动形式都带有文人自娱自乐的性质，深受当时南京保守理性的文化氛围影响。虽然偶尔也会有官方的参与，但主要性质与南京城里旧式文人集社的游吟赏玩一般无二，是一种比较自由松散的休闲娱乐交际活动，主要以社员和文艺界的联谊来扩大影响力。

二、改组：一刊一沙龙

随着日本帝国主义加紧侵华和中外形势的变化，中国共产党转变阶级斗争策略，号召全国人民停止内战，一致抗日。1935 年前后，上海左翼作家联盟为了适应新的形势，提出"国防文学"口号，号召各阶层各派别的爱国作家，都来创作抗日救国的作品，把文学上的运动集中到抗日反汉奸的主流里去，在当时影响颇大。此时，国民党的"安内攘外"政策却还在日益加剧的民族危机中继续执行，中央党部注意到了"左联"的文艺新动向，觉得很有应对的必要。鉴于《文艺月刊》蔚然可观的作家作品，在文坛上日益形成了一定的凝聚力，于是有了中国文艺社的改组。

1935 年 10 月 1 日，中国文艺社借华侨招待所，举行中国文艺社改组大会，到会的有一百二十余人。与会人员主要由四部分组成：党政要员有叶楚伧、张道藩、方治、褚民谊等人；供职于政府或与政府有关的人士主要有吴稚晖、谢寿康、华林、王平陵等；南京中央大学文学系、艺术系的

---

① 辛予：《一九三一年南京文坛总结算》，《矛盾月刊》第 2 期，1932 年 5 月 25 日。

学者文人，包括徐仲年、徐悲鸿、罗家伦、吕思伯、吴梅、汪东、汪辟疆、陈之佛、孙福熙等人；另外，还有在南京的非左翼性质的文艺人员。会上叶楚伧发表讲话，指出"中国现在的地位环境以及最近关于域外种种文化上侵略的阴谋"，出于"中国文艺复兴的动机"，改组是在于"我们很想把文艺界的各种人才，都密集在中国文艺社，使文艺社造成一个出品的制造厂，而后分向各种文艺的机构作有组织的发展，努力把生产、消费、运输的各种关系，都收得充分沟通联络一气的便利，我相信中国文艺的复兴，便有可能的把握了"。[①]可见，中国文艺社的改组是国民党在国外侵略和国内反抗的双重困境下，逐步加强控制文艺领域，建构本党话语霸权的一种努力。

（中國文藝社之外觀）

（文藝廳之一角）

中国文艺社社址

中国文艺社号称以提倡文艺事业，联络文艺界感情为宗旨。入会宽松，条件如下：凡品行端正，致力于文艺事业之人事，不分性别，有社员二人之介绍，经本社理事会之许可者，均得为本社社员。在组织上设有社长、副社长各一人，其下设有理事会，理事会之下设有文艺月刊部和文艺俱乐部，经费来源，除了社员入社费、常年费、特别捐献外，主要有赖于国民党中央文化机构补助。因为有了经济方面的稳定支持，社团硬件条件得到极大改善，社址更换到了南京中山北路 247 号一座两层楼的小洋房，有花园、小展览室、文艺厅（可容纳五六十人）、编辑室、职员宿舍、客房等，正屋后有一排平房，那里设有俱乐部办公室、工友宿舍、厨房等。一切摆设无不清雅绝尘，既有文艺气又有绅士气。华林甚至还计划捐集款项来建造一个专门的大社址，但这个计划后来并没有机会实现。

---

① 石江：《介绍中国文艺社》，《中心评论》1936 年第 1 期。

改组后，叶楚伧、陈立夫分别担任正、副社长，常务理事为谢寿康（一说方治）。行政主要是由国民党中宣部副部长方治主管。陈天回忆道：

> 方治常务理事，他是中央党部宣传部副部长，"中艺"实际上由他代叶楚伧氏主持，用流行的话说是少壮派，敢作而有为，对于"中艺"是非常负责的。据华林说，多少烦难的事都由他解决，不必请示叶先生。他几乎每日要到"中艺"一次，不去的时候也在电话中问问有无重要事件……①

中国文艺社改变了原来以办刊为主的活动模式，增加了多种带有沙龙性质的文艺俱乐部活动，形成现代报刊传播与传统人际传播交相辉映、互相促进的社团活动状态。文艺俱乐部的主要负责人是华林，其下设总务组、学术组、游艺组、交际组等组；文艺月刊部常任编辑为王平陵，编辑委员会委员由汪辟疆、徐仲年、范存忠、饶孟侃组成。除了编辑发行《文艺月刊》，另外在正中书局、中华书局出版由王平陵、徐仲年主编的"中国文艺社丛书"。其外围战线的刊物还有上海的《文艺茶话》《弥罗周刊》和南京的《星期文艺》等。

根据以上情况可以了解到，改组后的中国文艺社由于政府文化官员的实质性加入，使得该社的性质发生根本性的转变。虽然行政上还没有正式归属于国民党中宣部，但实际上在经费保障、人员配备乃至日常管理上都已经与一般党政文艺机构没有什么不同了。看得出来，国民党中宣部意欲将原来的文艺爱好者们的园囿，改造成类似"左联"那样的党派政治和文艺的紧密结合体。"左联"是中国无产阶级革命文学运动的实践性组织，也是有着一致政治诉求和明确政治行动的文艺团体。和"左联"联合借用创造社、太阳社和鲁迅三方力量一样，国民党中宣部也是直接在已有的社团基础上改造中国文艺社，但显然还缺少一个如鲁迅那般具有强大号召力的文坛形象。更重要的是，"左联"在组织和纪律上有着严格的规定和要求，尤其在组织身份的建构上有着明确的意识。集体创作定稿的"左联"《理论纲领》（初次发表在1930年3月10日的《拓荒者》上）将"左联"归属于历史的主人——无产阶级："我们知道帝国主义的资本主义制度已经变成人类进化的桎梏，而其掘墓人的无产阶级负起其历史使命，在这必然的王国中作人类最后的同胞战争——阶级斗争，求人类彻底的解放。"

---

① 陈天：《忆中国文艺社》，《光化》1945年第5期。

"左联"的文艺创作需要重视并服务于社会的最宽泛的底层。"我们的艺术不能不以无产阶级在这黑暗的阶级社会中'中世纪'里面所感觉的感情为内容。因此，我们的艺术是反封建阶级的，反资产阶级的，又反对'稳固社会地位'的小资产阶级的倾向。我们不能不援助而且从事无产阶级艺术的产生。"[①] 这种在政治上和文艺上的双重确认功能紧密结合，给予"左联"社团集中统一的方向。中国文艺社的改组则是以提倡文艺事业，联络文艺界感情为宗旨，采用一个比较模糊的"中国文艺的复兴"的目标，并且入会门槛极低，力图在左右翼文艺激烈相争过程中尽量掩饰党派纷争的硝烟，吸引更多中间文化人。从主要刊物《文艺月刊》兼容并蓄的编辑风格可以看出此类策略确有一定效果，尤其是对以南京中央大学文学系、艺术系为核心的知识分子群体具有一定的吸引力。但其所谓"纯文艺"的立场下的官方政治控制意图也不是毫不为人知觉的，所以自由主义文人在控制和反控制之间也有所举动，沙龙文艺俱乐部的主要活动就为我们展示了这种复杂的话语建构空间。

中国文艺社的文艺俱乐部是上海"文艺茶话会"在南京的版本。徐仲年一直对"文艺茶话会"津津乐道，是因为这种活动方式与自由主义知识分子的思想理念非常契合，故而备受喜爱。徐仲年是个勤写多产的文人，同时热衷以文艺为主题的社会活动。作为发起人，当年他与黄天鹏、孙福熙、华林等人模仿法国文艺科学家聚集的"沙龙"形式，于1932年创办了上海的"文艺茶话会"[②]，在上海文坛颇有影响力。第一次文艺茶话会是在1932年6月19日，于上海环龙路花园别墅3号（孙福熙家宅）举行的，参加者有陈抱一、章衣萍、李唯建、李宝泉、沈尹默、黄庐隐等十五六人。上海文艺茶话会全盛时期有四百多人参加，包括诸多文艺界名流甚至到沪的外籍人士，该会同人刊物有《美术生活》《文艺茶话》《艺风》《艺术周刊》《弥罗周刊》《新垒》《文艺春秋》等，一般每个周日的《时事新报》会登出该会的广告。该文艺活动形式灵活多样，影响力遍及南京、杭州、香港等地。"八一三事变"之后，文人纷纷西撤。在重庆，华林、徐仲年、鲁觉吾（即鲁莽）等人又持续举办有类似茶话会的文艺活动。抗战胜利后，1946年10月，上海文艺茶话会重启，由陈承荫、亚尘、王进珊、徐仲年等人主持，另有华林等人筹办的"星六文艺茶座"并存，活动广告

① 许觉民、张大明主编：《中国现代文论·下卷》，合肥：安徽教育出版社2010年版，第143页。

② 徐仲年：《提倡星期茶话会》，《旋磨蚁》，南京：正中书局1948年版，第115页。

改在《申报·春秋》上登载。

徐仲年、华林等人因自身留学经历而模仿法国文艺沙龙，与其说是模仿一种文艺名流交际活动的方式，倒不如说是钦慕接受了"沙龙"自由宽容思想的本质，自觉地在学习推广之。徐仲年曾经多次骄傲地提及文艺茶话会，这个无组织（只有筹备人员）的自由集团，不分宾主，来去自由，只谈文艺不涉及政治宗教等，尽力避免功利主义。

文艺茶话会之所以异于其他的茶话会或座谈会，全在乎它没有组织毫无组织：愿者自来，不愿者自去；没有一个或几个主人，来者都是主人。为何没有组织？质实言之，我们要扫荡一切的功利主义！我们不愿抬人家的轿子，也不愿人家抬我们的轿子；我们的脑子里没有天平；也没有算盘；我们的嗓子应该唱出我们的心曲，而不该充当啦啦队；我们所追求的是纯洁的友谊，而不是充满自利精神的虚荣。①

距离第一次茶话会 15 年之后，1947 年 5 月 4 日，上海文艺作家协会正式成立。徐仲年在谈到该协会与文艺茶话会的渊源时，再次重申了这种自由唯美的文艺思想，认为作品的同一主题，由于作家思想性格的不同，会有不同的艺术表现。这种多元宽广的特性，正是文艺的基本属性，应该尊重并且爱护它。"因此我们只问你是不是忠于艺术？忠于你的感觉体验？忠于写作自由？谁也不必问谁的宗教信仰，政治关系，同样都是好朋友，都希望参加这个团体。这种精神，恰巧是文艺茶话的基本精神：所以在这个'思想自由，和衷共济'的条件之下，上海文艺作家协会和文艺茶话会合作了。"②

南京的文艺茶话会在 1932 年期间也有过王平陵的个人努力，但显然并不成功。③ 中国文艺社改组之后的文艺俱乐部主要负责人是华林，他办理文艺俱乐部的一切具体事务活动，也管理该部的财务、庶务、会计等事宜。华林的实权来自他在政治场上的同学关系。华林是留法前辈，与吴稚晖等人是同窗好友，当时南京国民政府中不少中央要员留法者都是他的后辈。华林自己一副诗人气质，不涉入官场，只在中央大学任教，吴稚晖就选择了他来做中国文艺社的总干事，既投其脾性又照顾有加，因为中国文

---

① 徐仲年：《春风不愁不烂漫（中）》，《旋磨蚁》，南京：正中书局 1948 年版，第 219 页。

② 徐仲年：《文艺之交浓于茶话》，《上海文艺作家协会成立纪念册》，上海：中华书局 1947 年版，第 118 页。

③ 王平陵：《南京文艺茶话的追忆》，《文艺茶话》第一卷第六期，1933 年 1 月 31 日。

艺社的半官方性质，不但使其待遇优厚，而且常有极为可观的活动经费。

文艺俱乐部的活动方式比起文艺月刊部来，要丰富热闹得多，在招收会员方面居功甚大，有当事者回忆该社"由于有了俱乐部之组织，又公开征求社员，加入的人达到三百余人"①。它的制度性常规活动是每周四由华林和张蒨英（交际组组长）主持的文艺晚会，尽量避免形式雷同和格调严肃。新民报《文艺俱乐部》周刊也是逢周四出版，主编陈晓南，持笔者都是社员，每期出版后都分送给外地的社员，用以沟通消息，联络感情。另外，还有一些不定期的旅游团，以及各种歌唱、音乐、书画展览等活动。

随着文艺俱乐部每周四沙龙夜活动的开展，南京知识文化界多了一个声名鹊起的联谊交际空间。许多当事人都回忆过当时的情景：

每周的星期四晚上，文艺社的社员，大家都到社里来聚会一次，这一夜叫做"交际夜"，现在参加的人，每次都是座客常满，宾至如归一般。男女的朋友，个个都喜欢"交际夜"的来临。②

文艺界同人以及爱好文艺者可以自由参加。每次或有小规模演讲，或座谈会，或展览会，或音乐会，或招待华籍和外籍过京的文艺家。总之，每次有些新花样，极力避免形式及太严肃。那时南京的《新民报》是大型报，我们在该报出有《文艺俱乐部》周刊，由陈晓南主编，星期四出版，登载轻松活泼的论文，宣布当天文艺晚会的节目。天气热了，文艺晚会移到后湖或秦淮河去开。如有音乐家过京，我们就借华侨招待所大礼堂开盛大的音乐会。③

陈宛茵的叙述相隔比较久远，可信度有限，但在一定程度上也呈现了这个文艺沙龙的盛况：④

在我入社以后，才得知除了我这无名小卒以外，社友们大多是赫赫有名的文艺界名流。如音乐家马思聪、大画师徐悲鸿夫妇、诗人陈梦家、《新民报》社长陈铭德及其夫人、名律师邓季惺等等。其中也有一些是国

---

① 石江：《介绍中国文艺社》，《中心评论》1936 年第 1 期。
② 石江：《介绍中国文艺社》，《中心评论》1936 年第 1 期。
③ 徐仲年：《凭吊中国文艺社》，《旋磨蚁》，南京：正中书局 1948 年版，第 138 页。
④ 陈宛茵：《蒋碧薇谈攒私房钱》，吴孟庆主编：《文苑剪影》，上海：上海辞书出版社 2006年版，第 215 页。

民党的御用文人，又都是身居高位的"中委"或带"长"字号的人物，堪称俊彦毕集，济济一堂。

按规定每星期四为社员的活动日。届期还安排有各项文娱节目，就本人所见的几次，有马思聪的小提琴独奏，戴爱莲的舞蹈，陈梦家的诗歌朗诵，徐悲鸿的画展等等。

这种耗资不小的文艺沙龙，本意是从党派政治需要出发，交流文艺界人士，发展本社社员。但文化人的自由理念和沙龙活动方式，决定了这个交际夜不可能完全掩盖在官方政治声音之下，所以我们会从当事人的回忆中了解到一些颇为"八卦"的消息，诸如很多人喜欢参加"交际夜"之目的，其时就传得沸沸扬扬的，一是一品华林亲手调煮的意大利咖啡；二是那些经常出现在"交际夜"中的才女美女们，如诗人沈紫曼、蒋碧微女士等。事实上，文艺晚会（交际夜）无论会员非会员都可以参加，不取分文，备有茶点，中央大学的学生更是此地的常客，沙龙交际夜的人员可说是比较混杂。配合发行的新民报副刊《文艺俱乐部》也以同样的思想理念来吸引广大的年青人。这个综合性文艺副刊的发刊词号称"集合文艺界之朋友，努力于光明之追求，认定'生活也是作品，作品也是生活'，因为行为和梦想是一致的，人人都是剧作家而兼演员，行为就是思想情绪之表现，即其价格之表现也；本刊负此使命以推诚与青年相见，以艺术来创造人生"①。该刊设有美术、戏剧、电影、介绍与批评、文艺理论、文学作品等栏目。②

真正官方的政治性任务或者交由专人负责，或者利用联合举办、经济津贴等多种方式来实现其意图。例如，陈天的回忆中叙述到中国文艺社对留京的左翼文化人士，如对田汉、华翰（阳翰笙）、丁玲等，则"按月津贴，多方优待，仅要求他们不要以国民党为敌，所以田汉们就在南京打唱其新剧，成立了中国戏剧协会，出演《洪水》，结合了南北的男女艺人而

---

① 《新民报·文艺俱乐部》发刊词，1935 年 12 月 19 日。

② 《文艺俱乐部》创刊时间是 1935 年 12 月 19 日，1937 年 8 月 5 日停刊，共出版 81 期。主编陈晓南刚从南京中央大学艺术系毕业，应聘在中国文艺社做美术主编，这份副刊不少问世的特刊专页多以美术为主题：例如：第 18 期（1936 年 4 月 23 日）《中国美术会四届美展特刊》（本期由中国美术会撰稿）；第 25 期（1936 年 6 月 11 日）《吕斯百、吴作人、刘开渠绘画雕刻特辑》；第 48 期（1948 年 12 月 10 日）《美术专页》；第 63 期（1937 年 4 月 1 日）《全国第二届美术展览会开幕特辑》；第 65 期（1937 年 4 月 15 日）《全国二届美展批评专号》。另外也有一些戏剧电影的专刊：第 45 期（1936 年 11 月 19 日）《戏剧专版》；第 46 期（1936 年 11 月 26 日）《电影专页》；第 52 期（1937 年 1 月 7 日）《介绍国立戏剧学校公演挪威戏剧家易卜生的（国民公敌）专页》。

演出，成为空前的盛会"。田汉和阳翰笙出狱以后，陈天和王平陵受"社命"作为田汉的"联络专员"，所以他们之间的私人情谊相当不错。① 各类文艺演出展览活动，一般是不定期进行的，但每月都会有一两次，大多数情况下会和相关机构、团体合办。例如 1936 年 2 月 20 日至 26 日的苏联版画展览会在上海八仙桥青年会展出，该展览会由上海中苏文化协会、苏联对外文化协会、中国文艺社联合主办。以合办为主要活动方式，也是中国文艺社多方拉拢各界文艺人士的具体策略。在 1936 年 4 月，文艺俱乐部曾经组织过声势颇大的旅行团，与一般性的社员春季出游不同，这次旅行带有浓郁的官方色彩。旅行团由方治（另有一说是理事会总干事谢寿康）领队，其成员有汪东（中央文学院院长）、华林、王平陵、徐仲年、汪辟疆、徐悲鸿、陈之佛、孙福熙、张蒨英、沈紫曼、杭淑鹃、盛成、陈天、卜少夫等人。旅行团先到江苏镇江，由江苏省教育厅出面接待；后又转道苏州，广泛联谊当地文化人，在沧浪亭召开了欢迎大会；接着去了上海，由于上海是文坛重地且中国文艺社平时在当地活动也颇多，所以旅行团在上海风头尤甚——上海市政府专门举办规模巨大的招待宴会，多达四五百人参加，热闹非凡。当时《人言周刊》"时事写真"（1936 年第 11 期）专题报道"中国文艺社之春季旅行团抵沪参观各文化机关并由吴市长设宴招待"，并刊有该团员与吴市长合影的大幅照片。旅行团在上海待了三天三夜，各文化团体分别招待，每日都不断有宴请、参观、演讲、茶会，上海报纸对相关活动热烈"捧场"，当事人感叹"据说自有上海以来，文艺界之接连三日的如此热闹，是没有过的"。② 4 月底，旅行团最后到了杭州，逗留了两日一夜，节目和在上海大同小异。旅行团执行的重要政治性任务，就是将随团带有的一笔价值不菲的赠品，分送给各地贫困的文人，七天的旅行费用高达十万元。中国文艺社以民间文艺团体身份招摇沪杭各地，借用强势的经济力量来施行官方文化济贫安抚的职责，对上海、南京、杭州一带的文化界造成了不小的影响。因此，在声势颇大的春季旅行团之后，中国文艺社马上下令各地党部成立中国文艺社分社，先后成立有上海分社、武汉分社、宁波分社等。

中国文艺社的性质在改组前后发生了很大的变化，呈现出一种日益被官方政治话语侵袭控制的趋势。早在当日改组大会上，叶楚伧要求各文艺团体放弃门户之见，共谋中国文艺的复兴时，就有自由主义文人注意到了

① 陈天：《忆中国文艺社》，《光化》1945 年第 5 期。
② 陈天：《忆中国文艺社》，《光化》1945 年第 5 期。

这种可能性，在"会员自由演说之际，就有吴瞿安先生乘着酒意，大唱反调，先是引申中央之轻视文人，继言中央之摧残文化。说得义正词严，声色俱厉，全场的人都屏息静气，似乎有什么'事变'快要到来，幸而有张道藩先生出而婉劝，吴氏始默然就座"①。可以说，多方话语权力的争夺和矛盾从一开始就在这个"一刊一沙龙"的社团空间展开了，这个改组当日的纷争小插曲也冥冥之中暗示了中国文艺社的宿命——在官方强势话语霸权的步步紧逼中，在温和怀柔的政策手段下，"思想自由，和衷共济"的知识分子声音终于默然。

三、抗战：衰微中的刊社

"七七事变"导致抗日战争全面爆发，也将文学活动推向了新的高潮。文艺界知识分子们表现出了空前的团结，所有的流派分歧和论争口号，都被淹没在响亮的"抗战"声中。中国文艺社顺应时流，1937 年 10 月将其主要刊物《文艺月刊》改为战时特刊，与抗战之前的《文艺月刊》卷期号分开另起，为 32 开本不定期刊，最初是旬刊，后出版时间不规律，有时半月刊或月刊，有时根本无法固定日期出版，如此到 1941 年 11 月终刊，共出 51 期。1937 年底，中国文艺社迁往武汉，1938 年 1 月 1 日在汉口出版了《文艺月刊·战时特刊》第

抗战文艺专号

5 期。战争时期的颠沛流离使得该社居无定所，先是各方稿件需要通过《武汉日报》的关系收转，后暂居于四民街汉口市立第一女子中学校内，很快又迁址汉口中山路永康里 20 号。武汉时期的中国文艺社担当主要责任的是王平陵、华林（一说月刊部编辑也有陈天在负责），徐仲年等大学教授早于 1937 年 9 月就跟随中央大学入川了。待《文艺月刊·战时特刊》移渝以后，才逐步恢复该刊前期的编委制度，主要成员有徐仲年、王平

---

① 陈天：《忆中国文艺社》，《光化》1945 年第 5 期。

陵、王进珊等人，原来的学者编辑应该或多或少也有参与（有些文章提及宗白华也是编辑，笔者至今尚未能证实此点）。

武汉期间，除了出版《文艺月刊·战时特刊》第 1 卷第 5 期至第 12 期外，中国文艺社在促进"文协"的成立中，起着极其重要的作用与影响，尤其是王平陵的努力不容忽视。1938 年 3 月成立的"中华全国文艺界抗敌协会"结合力量，总会共有 300 多名成员，其中中国文艺社成员仅华林、方浩、王平陵、沙雁和吴漱予五人。华林、王平陵和沙雁三人均当选常务理事，王平陵出任组织部主任，华林任总务部副主任，候补理事吴漱予在总务部成立后被聘为干事，实际上同样参与总务部工作。因此，中国文艺社成员在"文协"人数比例虽少，但几乎都直接参与了"文协"的日常工作。从这一优势地位的事实也可以看出，王平陵和中国文艺社在"文协"建立过程中的重要历史作用。段从学等人的相关研究也证实了此点。[1] 1938 年 8 月，中国文艺社继续西撤，从汉口迁到重庆，首先迁址售珠市 36 号，后来又到观音岩的义林医院。由于日军轰炸，重庆疏散人口，各种组织活动一般只能分散进行。中国文艺社和"文协"共同议定，每月在近郊举行一次流动座谈会，以资交换意见，推动抗战文化工作。1939 年 10 月，中国文艺社和"文协"、戏剧界抗敌协会、电影界抗敌协会、音乐界抗敌协会等文化团体筹备举办了鲁迅先生逝世三周年纪念会，会议由国民党中央委员邵力子主持，各界代表千余人，参与群众数千人，这是鲁迅逝世后最大规模的纪念活动。

这一时期的《文艺月刊》编撰的具体情况，徐仲年曾经这样回忆道：

道藩兄邀我重新主编《文艺月刊》，我立刻恢复委员制。在我负责期间，出有《抗战四年来的中国文艺》，分上下两辑，是抗战四年中中国文艺各部门的总清算。又曾刊出得过中央宣传部奖金的《军歌特辑》；——中宣部聘请郭沫若、汪东、汪辟疆等十余人为评判委员，笔者忝附骥尾。然而时过境迁，人事已不如南京那样单纯，终究我脱离了《文艺月刊》。[2]

国民党政府为了适应重庆战时文艺斗争需求，将中国文艺社人事和经费上的管理，正式纳入政治体制中。胡正强这样描述当时的情形：

① 段从学：《文协是怎样建立起来的》，《新文学史料》2008 年第 4 期。
② 徐仲年：《凭吊中国文艺社》，《旋磨蚁》，南京：正中书局 1948 年版，第 140 页。

其实在 1938 年 9 月后，该刊（《文艺月刊》）的实际主编为王进珊，其集稿、处理、定稿、校对、付印乃至发行的所有日常工作，均由王进珊负责，徐仲年只是名义上的主编，并不参加编务。当时，王进珊在迁渝的中央政治学校（原中央党务学校）任教，并兼任该校教育长张道藩的秘书，而此时中国文艺社的实际负责人就是张道藩。[①]

这个时期的中国文艺社的主要工作就是《文艺月刊》的编辑，俱乐部活动基本已停顿，在重庆"（南京的文艺茶话会即中国文艺社的文艺俱乐部）最初很热闹，过了两年，逐渐有衰老蜕变之感，于是鲁莽华林徐仲年另创星六文艺茶座，办法与文艺茶话会完全相同"。[②] 1941 年 2 月，国民党以"履行思想领导责任"，"统一各地文化领导机构"的名义，成立了国民党中央文化运动委员会（简称"文运会"），主任委员张道藩，内分文艺、新闻、出版、音乐、美术、戏剧等组，中国文艺社并入该会，作为附属机构。自此，中国文艺社结束了其"民间文艺团体"的身份，彻底官方体制化。当事人陈晓南透露出了该社并入"文运会"的政治历史背景：

那时的共产党人宋之的与我们关系较深，他经常来中国文艺社。我在文艺社任美术编辑，又是徐悲鸿的秘书，我们一方面与进步作家有联系，另一方面又把听到的各方面的消息传给进步作家，约有一年的时间，文艺社实际上成了各种消息沟通的联络点。此事当时被国民党的宣传部长张道藩知道了，有一天，张突然闯进文艺社，把我们叫在一起，破口大骂，痛斥华林，又把茶壶、茶杯掷了一地，最后，把中国文艺社改组合并到中央文化运动委员会，又委派亲信林紫贵为负责人，可见当时国共合作在文艺界的斗争也是明火执仗的。[③]

随着国民党从中央到地方不断加强文化专制，作为一个名副其实的官方附属机构，中国文艺社很快泯然于"文运会"中。根据现有材料，相关活动记录如下：1940 年的 4 月初，中国文艺社联手全国美术界抗敌协会和中、法、比、瑞文化协会举办了慰劳将士美术展览会，活动方式依旧保持以往风格。1941 年 4 月 8 日，金石学家滁县王孙由蓉来渝，将《正气歌》

---

① 胡正强：《中国现代报刊活动家思想评传》，北京：新华出版社 2003 年版，第 448 页。

② 徐仲年：《文艺茶话会与星六文艺茶座》，《上海文艺作家协会成立纪念册》，上海：中华书局 1947 年版，第 75 页。

③ 广州美术学院编：《墨香悲秋——晓南纪念集》，长沙：湖南美术出版社 2006 年版，第 136 页。

刻石，借由中国文艺社公开展览。1943 年早春 2 月，傅抱石个人画作展览几经周折终于在重庆观音岩举行，中国文艺社和中华全国美术会是主办者。随着时局人事的变迁日益艰难，以及社团生命力枯竭，中国文艺社表现越来越少，《文艺月刊·战时特刊》与前期的《文艺月刊》比较，呈现出一种无可奈何的式微趋势。

《文艺月刊·战时特刊》的艰难，最明显的是刊物在规模和内容上的萎缩薄弱，与前期动辄每册十多万字的内涵相比，《文艺月刊·战时特刊》的篇幅与内容要贫薄得多。这里做个简单的数字对比：都是 16 开本，《文艺月刊·战时特刊》第三卷第十、十一期合刊（1939 年 9 月 16 日出版）算是比较"丰厚"的一期，共有 55 页（标页从第 208 页到第 263 页）。前期《文艺月刊》第十卷第四、五期合刊（1937 年 5 月 1 日），页数共计 456 页；即使是最早期尚无多少人脉声誉的《文艺月刊》创刊号（1930 年 8 月 15 日），也有 162 页的篇幅内容。从这里可以看到，《文艺月刊·战时特刊》的内容含量刚过前期鼎盛时期的一成，约超创业期的三成。《文艺月刊》一直都有作者人数众多、派别庞杂的特点，抗战以后，由于全国文艺界的大联合更是大方容纳了左翼的撰稿者，显出一片团结的大好景象；但实质上，战争使得文艺工作者们颠沛流离，忙于生计，创作都失去了安定的状态，因此《文艺月刊·战时特刊》的作者虽不少，但大都来去匆匆、零星疏散，没有形成前期《文艺月刊》那种阶段性的作者群落特点，主要撰稿人还是中国文艺社的王平陵、沙雁、华林、吴漱予等人，导致虽然不乏优秀作品偶然出现，但刊物整体创作质量有限。至于针对读者受众的出版发行情况更是落差巨大，以前依托官方的正中书局营销网络有得天独厚的优势和便利，1938 年 1 月移至武汉后就与正中书局杂志推广所总代售解约，从此主要集中在重庆及其附近地区销售，到 1939 年 12 月才准备筹措增加发行西北版、东南版，最后究竟如何不得而知。

《文艺月刊·战时特刊》的艰难应该是战争时期所有文艺期刊挣扎求生存的一个缩影，在其一篇"卷首的话"里有一个比较全面的概述：

因了战时的关系而形成的不能安定，以致使工作不能如期而行，因各种客观环境而形成的出版条件的困难，以致使本刊时常脱期，因编务的不统一，以致使本刊在短期前的内容和形式上，未能做到它的完整。这些一方面是由于综错的客观环境所使然，同时这经济的拮据是主因的主因。①

① 《文艺月刊·战时特刊》第三卷第十二期《卷首的话》，1939 年 12 月 1 日。

　　战争所带来的经济恶化、物质匮乏、纸张昂贵、工厂被炸等一系列连锁反应当然会导致出版条件的困难。"编务的不统一"则体现了《文艺月刊·战时特刊》编委会的矛盾，主要编辑王平陵、徐仲年、王进珊都代表了不同的利益背景和文艺观念，而由张道藩亲自安排来的王进珊应该具备较大话语权，因为重庆阶段也正是张道藩逐步接管国民党文化宣传部门的实权时期。所以徐仲年才会感喟"然后时过境迁，人事已不如南京那样单纯"①，终于徐、王两人逐步"脱离"了该刊该社，当然他的所谓"脱离"是卸去负责之任，并不是真正的离开。事实上，徐、王两人很早之前，就无法把时间精力大量放在《文艺月刊·战时特刊》的编辑上了。1938 年 3 月"中华全国文艺界抗敌协会"成立，王平陵出任该会的组织部主任，工作重心转向"文协"，后来他还兼任国民党中宣部的战地记者，经常赶赴战区前线。热心社会公益活动的徐仲年在重庆除了教书，在 1939 年 5 月至 1943 年 1 月间，还担任了中央大学师生防护团总干事（负总责）及防空队正队长、中大师生员工消费合作社理事主席、教职员伙食团团长等多个职务，用他自己的话说，三件最吃力不讨好的事由他一人负责。② 在这样的情况下，同时是独立出版社编辑的王进珊也就更加顺理成章地担起了主要编辑责任。最后，要说到的是"经济的拮据是主因的主因"。客观看来，《文艺月刊·战时特刊》比战争时期那些出版几期就倒闭的文艺刊物要幸运得多，毕竟有着官方背景优势，有着政府的经济补助，再拮据也坚持了四年，出版了 51 期。但确实比"衣食无忧"的前期《文艺月刊》要窘迫得多，从广告刊登上我们可以看出这一端倪。办刊近 12 年的《文艺月刊》广告登载，基本可以说是种类简单，几乎全是文学艺术、文化教育书刊的广告，只有两个阶段比较"异样"。一个是 1931 年 2 月发行的第二卷第二期，一直到 1931 年 12 月的第二卷第十一、十二期，持续刊登了国民政府的交通银行储蓄部、大陆银行、中国农工银行的广告；另一个就是《文艺月刊·战时特刊》第三卷第八、九期（1939 年 8 月 16 日出版）以后，断断续续有上海冠龙照相材料行、标准药业公司的广告。原因无他，这都是该刊经济拮据的时期：前者是因国民党中宣部的津贴比较随意，尚未形成常规；后者则是由于其文艺宣传重地已经转移。1938—1941 年，国民政府基本上是依托政治部第三厅和"文协"来开展文艺工作，中国文艺社的

---

　　① 徐仲年：《人生由命非由他》，《旋磨蚁》，南京：正中书局 1948 年版，第 131 页。
　　② 徐仲年：《莫道士人无胆气，管城子无食肉相》，《旋磨蚁》，南京：正中书局 1948 年版，第 191 页。

《文艺月刊·战时特刊》相比之下已经无足轻重。到 1941 年，中国文艺社被新成立的中央文化运动委员会全盘收编。就是在这样的内外交困中，式微的《文艺月刊·战时特刊》终于走到了尽头。1941 年 11 月，《文艺月刊》出版最后一期后停刊，该社的社会影响力日趋没落。1945 年抗战胜利之后，王平陵留在重庆，华林去了上海，徐仲年回到南京，基本上已停止各种文艺活动的中国文艺社，终于烟消云散。

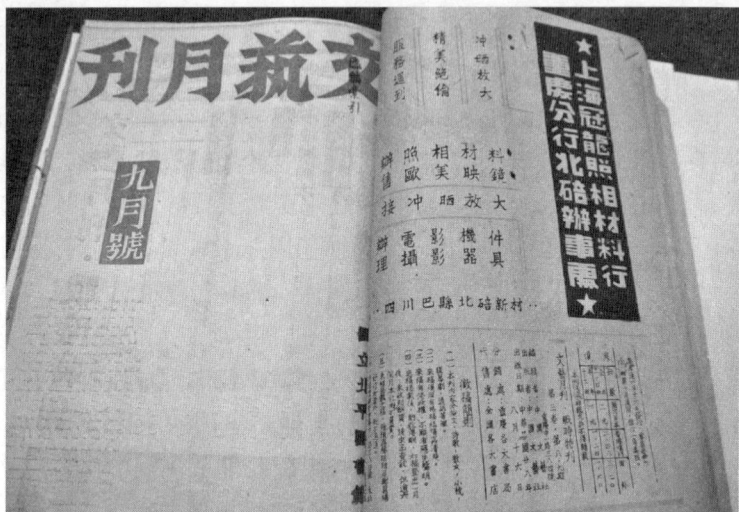

《文艺月刊·战时特刊》封底广告

中国文艺社十多年的变迁，演绎了不同的组织性质面貌，体现了国民党文化话语霸权不断强化、深入控制文艺社团和出版的过程。最初，中国文艺社更像是一个传统旧式文人的社团形式，主要成员包括南京各种非左翼知识分子，在国民政府的文艺统制间亲近官方，但主要还是以新文学的聚会赏玩形式来抒发情怀，交流联谊。这一时期的《文艺月刊》主要是受到主编个人文艺风格的影响。改组是官方加强文艺社团和出版控制的努力，但也遭到了许多文化人尤其是自由知识分子群体的反抗，他们利用社团组织架构和具体运作方式上的特点，来谋求自己的话语空间，聚集自己的力量，向社会发出抗议或改革的声音。文艺创作和社会活动是紧密联系在一起的，所以有了"一刊一沙龙"的活动方式。《文艺月刊》于此开始受到官方意识形态的影响，但以徐仲年为首的学者编辑群守住了文艺的阵地，使刊物主要呈现学院派的风格。抗日战争全面爆发后，全社会的话语主题转为抗战救亡，国民党强制把中国文艺社并入体制内，使得该社从一个官方控制下的知识分子公共活动空间，彻底转化为政府宣传部门的一个机构，各类骨干成员纷纷离去，生命力大减，最终导致刊物、社团依次消亡。《文艺月刊》在不断式微中表现出了抗战文学的大众化特色。

此外，在中国文艺社的历史中，我们还可以看到国民党不同派别之间的权力争斗和转移。最初该社是和西山会议派叶楚伧的中宣部靠近，陈派CC系的张道藩在 1932 年加入并逐渐渗透权力，到改组后，张道藩开始实质性主管社团各项事务，最终在抗战期间把它纳入国民党中央文化运动委员会。这是国民党内新兴政治力量不断夺权争利的结果，也是蒋介石培植自己嫡系政治力量的一种努力。也许，从这个角度可以帮助我们较好地理解《文艺月刊》的主要负责人王平陵，作为叶楚伧的追随者，为何抗战胜利后不愿回南京，而是留在重庆教书写作了。

第二节　不同时期的主编

1930 年 8 月 15 日，《文艺月刊》正式创刊于南京。当时的南京，尚未能蓄养出文化首都的泱泱大气，新文学的文坛更是寂寞而惨淡。就如当事人所感喟的："南京自建都以来，人口日日增加，什么都比以前有生气，但为什么文艺这样的寂寞呢？我这篇谈话，是想略略引起人们的注意，打破一点我们这难堪的沉默与寂寞，但愿我不会失望。在南京的尽有许多文艺研究者，文艺嗜好者，我希望你们担起这有点沉重的担子，给我们这片刻的刘草，放肥料，播点树花的种子，使他们萌芽，生长，使他们开出美丽的花，成荫的树。要打破这寂寞并不是一个人破着嗓子喊得了的，是要大家的努力。文艺上面没有一点界限，只要你肯努力，总会结出丰满的结果。"① 社会时代、历史文化等诸多环境因素确实会在一定程度上影响文学家的批评创作、文学刊物的编辑发行、特定空间的文学活动等。诚如泰纳"三元素"论中对时代风俗力量的强调："伟大的艺术和它的环境同时出现，决非偶然的巧合，而的确是环境的酝酿，发展，成熟，腐化，瓦解，通过人事的扰攘动荡，通过个人的独创与无法逆料的表现，决定艺术的酝酿，发展，成熟，腐化，瓦解。环境把艺术带来或带走，有如温度下降的程度决定露水的有无，有如阳光强弱的程度决定植物的青翠或憔悴。"②

---

① 克川：《十年来中国的文坛》，《文艺月刊》第一卷第三期。
② 丹纳著，傅雷译：《艺术哲学》，北京：人民文学出版社 1963 年版，第 144 页。

　　三十年代初的中国文坛活动空间，如果说北平是"五四"新文化运动退潮后衰落的政治文化旧都，那么上海就是一个革命热潮中喧嚣斑驳的现代大都市。在新文学空间的开拓上，著名高校、学者云集的北平在宽厚的民俗和宁静的学院气息中，逐步发展以校园创作力量为主的年轻作者，大量读诗会、沙龙、学生社团开始活跃在这个古城里，进一步发展为新文学的力量，终于迎来京派文学的繁盛。商业化的大上海是中国唯一接近资本主义社会的城市，也是左翼文学的大本营，这里有现代派的演奏，也有市民文学的欢唱，其海纳百川的兼容力，造就了新文学喧嚣热闹又生机勃勃的活动空间。《文艺月刊》的所在地南京，早在"五四"时期，就"理性"地远远避离新文化运动的主流，诞生繁衍的是主张兼采中西文化之长的学衡派，后来又逐步成为守旧甲寅派的大本营。南京一直以来浓郁的文化保守气质，使其缺乏适宜新文学茁壮成长的气候土壤。但新文学和新文化运动的勃兴，毕竟是不可阻挡的时代趋势，白话文运动在学校的推广，更是促使青年学生们顺应潮流。新旧文学的更替，本来就不可能是泾渭分明、一刀而断的局面，在新旧交织的文化氛围中，新文学那"难堪的沉默与寂寞"的状况逐步被改变，一些文艺期刊开始冒头，如1930年6月创刊的《流露》和《橄榄》，8月创刊的《开展》《长风》《文艺月刊》。1931年之后创办的期刊更多，有《青年文艺》《南华文艺》《中国文学》等。同样是地处首府的原因，南京的新文学活动以右翼党派的文学为主，不同的社团和期刊，文学策略方式有异。《文艺月刊》在创刊六年之后，主编王平陵关于刊物的南京地缘还有自嘲："有一层绝对不能使国内贤豪长者特别通融和谅解的，就是它的出版地是在南京，没有在上海和北平。"① 事实确实如此，在整个20世纪30年代的新文学空间，南京都未能成为重镇，这和它无法媲美京沪的先天不足有关，但更深层的因素还是南京政府文艺策略的粗拙低效。

　　《文艺月刊》显然是为缓解国民党文艺理论和创作的双重困境而生，有着面对左翼文学热潮的被动和仓促。作为宁沪地区如雨后春笋般冒出来的右翼期刊之一，谁也没有料到它居然是最终成活期最长、刊载量最大、留存文艺作品种类最多、艺术瑰宝随处可寻的一份文艺期刊。这份刊物分为前、后两个时期，从创刊到1937年9月1日出版第十一卷第三期止，共出74期，这一时期主要编辑有王平陵、钟天心、左恭、缪崇群、徐仲年等人。因抗战爆发，从1937年10月改出《文艺月刊·战时特刊》，前三期

---

① 王平陵：《我与文艺月刊》，《人言》第2卷第1期，1935年2月2日。

不分卷，从第四期开始，标为第一卷第四期，自 1941 年 4 月 16 日开始又改署第十一年四月号，到十一月号终刊。《文艺月刊·战时特刊》初始为旬刊，后来为不定期刊，主要编辑有徐仲年、王平陵、王进珊等，先后迁往汉口、重庆出版，直至终刊的时候，共出 51 期，另有 1939 年 5 月 20 日出版的"号外"1 期——《敬以此刊献给"五·三""五·四""五·一二""五·二五"死难的弟兄们》。除了号外为 32 开本，其余都为 16 开本，封面简洁，各种文艺绘画、插图、照片一般放在卷首部分，内容栏目繁多。

在三十年代的不少期刊报纸上（尤其是右翼阵营期刊）可以看到关于《文艺月刊》的推销广告，选取其一如下：

文艺月刊创刊于民国十九年，态度严正，内容充实，是国内最负盛名之文艺刊物。执笔者均属现代中国文坛第一流作家。内容系介绍世界各国文学之流变及其新趋势。译述域外作家之名著。登载国内最有价值之文艺创作。旁及世界文坛情报。举凡论著，诗歌，小说，戏剧，杂文等类，每期均分配适当，应有尽有。并附刊欧美及中国名画暨古今木刻名作，中外文艺家肖像及其手迹等等。编制及印刷均极新颖，彻为激兴文学趣味，提高文学素养之让物。[1]

以上广告虽然难免有自吹之嫌，但在刊物内容的介绍上比较中肯。当时的文坛，有人发现了《文艺月刊》一种"模棱灰色"的态度。

由于前面所述的这一点政治上的关系，一般的直觉全都以为这组合必定是竭力在提倡"三民主义文艺"的。实在呢，事实并不如此；他们不仅是没有明显地给自己划下一条应走的路线与准确的目标，甚至否认了文艺与时代的连系而以极端模棱极端灰色的态度，主张艺术至上主义者那种为艺术而艺术（Art for Art's Sake）的论调。[2]

今天的研究者们更喜欢用"开放多元"或"兼容并蓄"等词来概述此刊的特点。"《文艺月刊》最初的创办中着力规避了它的意识形态色彩，意在将该刊办成像《小说月报》具有相当影响的但又能为国民党所控制的刊

① 《中心评论》封底广告，1936 年 11 月。
② 辛予：《一九三一年南京文坛总结算》，《矛盾月刊》第 2 期，1932 年 5 月 25 日。

物，这就使得它在文学和意识形态之间进行平衡。但《文艺月刊》没有成为像《小说月报》那样的刊物，也没有成为民族主义文学的阵营。"① 这显然是一个饶有趣味的复杂现象，其深层缘由的挖掘必须考察到刊物的主体人群——编辑。《文艺月刊》显然并不反对文学的功利观，与左翼文艺的区别只是功利服务的对象不同罢了。如果说左翼文艺的理论政策是拥护"无产阶级"的话，他们则是拿出"民族主义"来做文章。尽管如此，该刊的编辑们并没有让刊物被彻底意识形态化，而是在体制中探索属于文学自身的空间。这种主观努力与客观束缚的抗争，给我们留下了一份独特的刊物。

一、王平陵：另一条坦坦的大道

《文艺月刊》历时 12 年，改版改刊，出版地几经迁徙，编辑人选也屡有变动。然而，从创刊到终刊，作为主要负责人的王平陵从来都没有离开过。改组前的编辑除了王平陵之外，还有缪崇群，其他人员如左恭、钟天心等变动频繁，工作时间不长，对刊物的影响力相当有限。最初登载在《中央日报》的《文艺月刊征稿启事》是这样介绍的：

> 本刊以站在革命文艺的立场，发扬民族精神，介绍世界思潮，创造新中国文艺为宗旨。②

这篇启事平淡而低调，创刊号上的发刊词《达赖满 DYNAMO 的声音》就态度明朗一些，比较明显地站在左翼文艺对立面提出了自己的文艺方针和主张。发刊词借用"人性论"来反驳"阶级论"，认为"文艺家自有其独立不移的真实的人性，文艺所要求的，忠于人性的描写，文艺家的修养，就在如何发挥真实的人性，文艺家的责任，就在如何可以把这真实的人性用纯粹的艺术方式表示出来"。③ 进而言之，文学"并不存心代表任何阶级来说话"，"任何阶级的苦痛确是在文艺家那种明澈无尘的悬镜里映照出来；文艺家并不有意表现什么时代精神，而时代精神却常常在文艺家真情的狂澜里冲荡出来"。在这样的基础上，继续强调文艺的本体性。"艺术的世界，不像政治组织一样，可以直接依据经济的事实；所以经济的理

---

① 韩雪林：《张力与缝隙：民族话语中的文学表达——对〈文艺月刊〉（1930—1937）话语分析》，《文艺争鸣》2010 年第 13 期。

② 《文艺月刊征稿启事》，南京《中央日报》，1930 年 7 月 4 日。

③ 《达赖满 DYNAMO 的声音》，《文艺月刊》第一卷第一期，1930 年 8 月。

论，在艺术的园地里，是不适用的。艺术与经济的关系，无论如何严密，但艺术绝不是由经济生活发生的，这就是艺术的独立性，艺术和政治法律根本上不相同的缘故。"① 作为一份深具官方背景的期刊，《文艺月刊》的文艺理念又不可避免地要受到政治意识形态的影响，于是发刊词里呼吁着"大家走拢一些，手携着手，肩并着肩，把最真实最宝贵的东西贡献出来，为我们自己，为我们的国家，为我们的民族"②。这里，就与前锋社公开主张文艺创作要树立国家民族的"中心意识"，把握"时代精神"一样，试图用民族话语来对抗、化解阶级话语。但《文艺月刊》的策略无疑要含蓄得多，它把这种对抗隐藏在"人性论"的理论框架中，尽力弱化自身的党派色彩。可以认为，这是拉拢当时文艺人士的一种编辑策略，然而，我们也要清楚，三十年代的文学空间里，虽然左翼文艺是个明星，但也有大量坚守文学自律性的文艺流派和文人群体存在，如为艺术的京派，为自由的新月派等。"五四"启蒙以来的自我、人性、个人等核心人文理念，仍然大有市场，甚至是占据了主要市场，作为"五四"时代成长起来的主要编辑王平陵、缪崇群等人，具备这种追求艺术的真诚是情理之中的事。实际上，《文艺月刊》的这种文艺主张切实有效地吸引了很多同道，形成了该刊蔚为壮观的撰稿人群。《文艺月刊》上表述过与发刊词类似观点的还有王平陵的《会见谢寿康先生的一点钟》、缪崇群的《亭子间的话》、克川的《十年来的中国文坛》等。办刊多年之后，王平陵依然把对于文学本体性的关怀放在重要的地位："经营文化事业，我觉得刊物的销数激增，营业发达，生意兴隆，不能当作是一件真正的收获。就是年代久远，也不算是光荣。实在说，文化工作的收获，是无形的，看不见的，而且是整个的。我们只有把现在的作品，和过去的一比，是否是有了进步？有，是别种刊物的收获，也就是《文艺月刊》的收获。没有，是别种刊物的失败，也就是《文艺月刊》的失败。所以，但求这刊物的性质和内容是为整个的中国文化的水准。你设法尽其提高的责任的，就是办了一两期便夭折，或者是因销路激退而停版，总之，在办刊物的真正意义上，无论如何还是一种光荣，在无形之中，依然是有绝大的收获的。"③ 至于刊物性质和内容的水平标准仍然是含混不清的。正如韩雪林指出的：

---

① 《达赖满 DYNAMO 的声音》，《文艺月刊》第一卷第一期，1930 年 8 月。
② 《达赖满 DYNAMO 的声音》，《文艺月刊》第一卷第一期，1930 年 8 月。
③ 王平陵：《我与文艺月刊》，《人言》第 2 卷第 1 期，1935 年 2 月 2 日。

　　《文艺月刊》在反对文学作为阶级斗争武器的功利观的同时，并不否认文学的功利观，不过双方所持的功利服务对象不同罢了。当它竭力强调文学为民族生存、为"民族共同体"的想象而建构文学叙事时；当我们说五四文学的个性的"我"在左翼文学中被阶级的"我们"而取代时，在《文艺月刊》中这个"我"则被"民族"的"我们"所置换，在反对文学的个性主义这个层面上，二者也具有相当的一致性。所幸的是，尽管《文艺月刊》秉持这样的文学观念，作为意识形态体制内的刊物，编辑们作为新文化运动孕育起来的"新文化"人，更多表现出"探索"的气质，虽然这些探索性并没有找到一个合适的平衡点，但却使之在民族话语和阶级话语之间的对抗中存留了一定的间隙，为"文艺"留下了必要的空间。该刊在意识形态内部用文学这一意识形态挑战了意识形态，而正是这些刊物内部的张力、裂缝、挑战的存在，彰显了 30 年代文学时空的迷人景观。①

相对而言，刚从日本回国的年轻的缪崇群②"为文艺而文艺"的主张显得比较纯粹。他在编辑风格与创作方面都倾向于唯美主义，表现艺术自身的"美"，而不是沦为功利说教的工具。他的文风悲哀而忧伤，散文在"平实和精细的文字中，也蕴藏着一种令人回味的情致"③。

缪崇群

王平陵的文学探索气质则要错综复杂得多，这与其个人知识结构、经验背景都有着很大关系。他是右翼文坛阵营中少见的潜心专攻于文艺的人士，而显然不是那种甘愿做政治的留声机和传声筒的文人。他"有意识地从民族国家建构的角度，努力于一种与'在野'的文艺不同面貌的文

---

　　① 韩雪林：《张力与缝隙：民族话语中的文学表达——对〈文艺月刊〉（1930—1937）话语分析》，《文艺争鸣》2010 年第 13 期。

　　② 缪崇群（1907—1945），著名散文作家。笔名终一，泰州人。1925 年旅居日本，就读于东京庆应义塾大学文学部。1928 年回国后开始勤奋地进行散文创作，在当时国内颇具影响的《北新》《语丝》《沉钟》《现代文学》《小说月报》《奔流》等文学刊物纷纷发表了他的作品。1930 年在南京参加中国文艺社，担任《文艺月刊》和《中央日报·文艺周刊》的编辑。1935 年移居上海专事写作。在南京编辑写作期间，缪崇群结识的文友有巴金、靳以、鲁彦、杨晦、韩侍桁、侯朴、左恭等人。

　　③ 林非：《现代六十家散文札记》，天津：百花文艺出版社 1980 年版。

化，并在此过程中，相对保留对艺术本体性的思考"。① 在《中央日报》主编副刊时，他就有意识地靠近拉拢尚处于艺术独立性追求时期的南国剧社，提出文艺的"最高的技巧"，应该既能宣传主义，又能保持文艺的精神，把宣传化在艺术的追求中，使民众有"更深的感悟"。② 针对当时左翼文学创作的弊病，他讽刺"提倡阶级文学者"所谓"宁可不要文学不可没有民众的方式"，抨击"勒令"文艺家"按部就班地遵命去创作"的做法，提出中国文艺社的刊物"不限定某种方向或方式"，只是"企图替中国无量数有希望的作家，以及因为不是臭味相投，致被排挤的作家，另开一条坦坦的大道"。③《文艺月刊》创办五年之后，他仍然在强调："我们认定文化是公器，不但无人与人之间的障隔，而且没有国与国之间的区别；所以还是放宽门户，欢迎大家踏进这块园地里来。"④《文艺月刊》也确实呈现了这种门户大开的姿态，几乎涵盖了三十年代文坛主要派别风格的作家，不仅包括右翼作家、大量中间派作家，也有一些左翼作家，可以说为各类作家提供了一个发表文艺作品的大平台。另外王平陵还特别重视翻译，大量介绍欧美作品和弱小民族文学的翻译。

二、学者编辑：文化的守望和引进

1935 年，随着中国文艺社的改组，《文艺月刊》的编辑工作也发生了很大的变化。这次改组主要是改变了以前较为松散的编辑方式，取而代之的是编辑委员会制，此委员会的成员需要在整个社团范围内推选，并通过理事会的批准。如此规范筛选后成形的编辑委员会里，除了王平陵之外，徐仲年、范存忠、汪辟疆、商承祖等人都是南京中央大学的教授、学者。他们的具体分工如下：范存忠审阅英美文学译稿、论文及自撰，汪辟疆审阅中国文学稿件及自撰，商承祖审阅德国文学译稿、论文及自撰，

徐仲年

---

① 赵丽华：《〈青白〉、〈大道〉与 20 年代末戏剧运动》，《中国现代文学研究丛刊》2007 年第 1 期。

② 王平陵：《戏剧杂谈》，南京《中央日报·青白》，1930 年 5 月 28 日。

③ 王平陵：《本社第一次谈话会纪事》《答胡梦华兄》，《中央日报·文艺周刊》第 4 号，1930 年 10 月 16 日。

④ 王平陵：《我与文艺月刊》，《人言》第 2 卷第 1 期，1935 年 2 月 2 日。

王平陵审阅中国新文学稿件及自撰，作为主编的徐仲年审阅法、比、瑞、加文学译稿、论文和中国新文学稿件及自撰。有这样的编辑委员会，就不难理解《文艺月刊》"顽强地显出学院式的傻气"。这个基本编辑队伍一直保持到《文艺月刊·战时特刊》都没有多少变动（丁谛曾回忆饶孟侃、绛燕也参与过编辑工作）。

《文艺月刊》在这样的编辑风格影响下，以更加宽大的胸怀开始接纳各式各样的文学流派和创作。这些南京国立中央大学的教授编委们都是语言文学专业的大家，他们的从学从教经历使其具备极为深厚的文化民族主义思想底蕴；同时作为"五四"以来的具有独立人格品质的学者，他们也具有自由主义的思想和知识分子本位意识。因此，《文艺月刊》不仅成为南京各高校师生发表的园地，还形成了兼容性强、学究气浓的文艺特色。

教授编委们的基本编辑规划是："每期字数平均总在十五万左右，分为论文、诗歌、小说、小品文，介绍与批评，文艺消息，读者通讯，编辑后记各栏；卷头还加一个艺术栏，容纳名画或创作歌曲。各栏创作与翻译并重。……介绍与批评分'文学'与'艺术'两部，凡国内创作，国外名著，杂志或报章上之论文，国内外重要艺术展览会，国人所著的名曲，国人所摄艺术化的影片，皆在介绍与批评之列。"① 实际的刊物大体也是按照如上理念来进行编辑的，现实中每期的字数总是超过十五万，文艺消息、读者通讯、编辑后记这几个栏目时有时无，并不固定。关于阅稿审稿，有一篇专文表明了他们的客观认真和兢兢业业：

编辑人的看稿，有的只看作者姓名（偶像主义），有的只看题目（印象主义），有的只看首尾（马虎主义）……我们呢，每一稿来，不论长短，不论作者有名无名，必定要自首至尾，仔细看过。有许多稿件，在可用和不可用之间，我们就看两道或三道，然后决定去取。译稿呢，先看稿件有没有意义——外国人的作品不一定是好的——继而看译文清通不清通；在可能范围内，我们把原文来对看，有译错译走的地方，我们一定负责改正。我们这样刻刻质质地看稿，不敢说"绝无"却相信是"仅有"的。②

最为敏感的稿费处理也有专门交代：

---

① 《文艺月刊》第八卷第一期《编辑后记》，1936年1月。
② 《文艺月刊》第八卷第三期《编辑后记》，1936年3月1日。

　　每期杂志一出版，我们就在编辑会——平时每周一次，临时会议在外——中，共同批定稿费。我们先把登出来的文章，依照各文的本自价值，分为"甲""乙""丙"三组；甲组每千字4元，乙组每千字3元，丙组每千字2元。继而依照组类，计算各文应得多少钱：这个数目还是假定的。我们预算每期15万字（特大号在外），实际上期期超过这个数目，大都每期有17万字。可是每期的稿费总额是固定的，一点伸缩都没有。万不得已，只能把甲乙两组的假定数目来减，先从每10元减1元起，直减到3组总数合于固定总额为止。在可能范围内，我们极力不减丙组的钱；因为丙组每千字2元，实在太少了，再要减，未免说不过去！减过了却适合固定的总额，才是确定的稿费。我们请我们的干事，当了我们的面，誊了一张清单；我们把清单复查了一下，然后各人签过字，又加盖了编辑部章，方算完结。

　　承蒙中国文艺社理事会聘请为编辑委员，我们绝对为了兴趣才答应的，不是为了金钱：我们压根儿就没有支过半文钱的"月薪"！我们各人有各人的固定职业，虽不富裕，也足以度日，编委不过是我们的兼职。即就稿费而论，数目是我们负责批的；钱，却不由我们经手。中国文艺社内分"文艺月刊部"与"文艺俱乐部"两部，是并行的，各部的经费也是独立的。可是，我们编辑委员会为了避去种种麻烦起见，把稿费总数寄存于文艺俱乐部，要发时才去取；文艺俱乐部不得我们4个人签过字的稿费清单时，不准支出半文，《文艺月刊》要领稿费时也须凭那张清单去领。①

　　南京国民政府时期的教育经费状况要比北洋时期好很多，当时大学教师按照不同级别每月薪水在180圆至500圆之间。"二十世纪三十年代，大学教师的收入继续增长，其中，一级教授月薪可达500圆（与当年广州方面相当）。1924年北京平民五口之家月均用度14圆2角5分；人力车夫养家月费11圆6角2分，相比之下，教授收入之高可以想见。正因教授在经济实力方面如此强势，致其在社会活动中亦颇有能量。"②《文艺月刊》的稿酬相对于普通人群来讲着实不低，但对于已是高收入人群的大学教师而言，吸引力相对是有限的，所以教授编辑们的自述之言还是有一定的可信度。当然，现实中的稿件审阅以及稿费处理当然不会理想和简单如斯，至少要受到以下一些因素的影响：第一，改组后的中国文艺社已是半官方性

---

① 《文艺月刊》第八卷第五期《编辑后记》，1936年5月1日。
② 刘超：《中国大学的去向——基于民国大学史的考察》，《开放时代》2009年第1期。

质，所以《文艺月刊》的编辑发行不可能逾越政府当局的文艺宣传政策底线。第二，中国文艺社本来就是一个庞杂的社团组织，人事纷繁，派别林立。以"文艺月刊部"与"文艺俱乐部"为例，就常有部门的利益纷争，尤其以王平陵与华林之间的矛盾为主。"（王平陵）因此与华林成'两雄不并立'之势。时生暗潮，中艺之所以无大出息者，王、华的斗争也是原因之一。"① 第三，各位编辑自身的文坛交际圈以及私人喜好关系等诸多方面的影响，这里较为明显的是教授编辑们带来大量南京高校的作者和稿件。

1928 年的南京国立中央大学，是由南京高等师范学校、东南大学等校改制过来的，沿袭了前校文化保守的校风和学风。先锋激进的北大人罗家伦 1932 年来到南京国立中央大学做校长的时候，也不得不在趋同保守的基础上来展开"兼容并包"的办学策略。在 1932 年 10 月 17 日发表的《中央大学的使命》的著名演说中，他强调："民族文化乃民族精神的表现，而民族文化之寄托，当然以国立大学为最重要。"他接着提出大学的使命是为中国"创造有机体的民族文化"，具体含义是指："第一，大学必须具有复兴中华民族的共同意识……第二，必须使各部分文化在这个共同意识之下，成为相互协调的……精神一贯、步骤整齐，以趋于民族文化之建立的共同目标。"② 因此，一个大学存在的意义应该是创立民族文化，领导民族的文化活动。从当年激进的文化批判转变到三十年代稳健的文化建设，罗家伦以"诚、朴、雄、伟"四字作为中央大学的校训，勉励师生们以"泱泱大风"的气度来为人处事与治学。也就是在这样一种校风的逐步形成过程中，中央大学出现了新旧文学交织的风景，既有响应白话文学的新诗刊物《诗帆》，也有旧体诗词的专刊《国风》，还有新旧文学作品并存的《国立中央大学半月刊》。但总体而言，文化古典主义在这所大学里生命力强盛，以黄侃、吴梅为中心的旧体诗词创作活动依然活跃并且影响深远，新诗社团"土星笔会"和《诗帆》社的作者如常任侠、汪铭竹、孙望、程千帆、沈祖棻等人也逐渐走上了古典诗词创作的道路。③

在新旧纷呈的文学空间里，《文艺月刊》的学者编委三位来自中央大学外文系，一位来自中文系，他们都是各自学科专业领域的佼佼者。不管是介绍新知还是整理旧故，主要采取"著"和"译"的方法，前者指对文

① 陈天：《忆中国文艺社》，《光化》1945 年第 5 期，第 18 页。

② 罗家伦：《中央大学的使命》，《中央大学之回顾与前瞻》，重庆：中央大学出版部 1941 年版。

③ 沈卫威：《新旧交织的文学空间——以中央大学（1928—1937）为中心实证考察》，胡星亮主编：《中国现代文学论丛·第二卷·一》，上海：上海人民出版社 2007 年版。

艺的研究方面，有论文、文史、批评、考据、掌故等多种方式，后者是对文献文本的处理，兼有研究和介绍，主要是翻译诗歌、小说、戏剧、散文等各类文体。三位外文系的文艺学者在《文艺月刊》上发表作品并不是特别多，其影响更多的还是体现在刊物的编辑上。从创刊伊始，《文艺月刊》就关注外国文艺的翻译介绍，不过在前期，它的重点是放在弱小民族文学介绍上的，这是特定历史背景下，出于现实需要的考虑。

本刊海外的文艺介绍，过去似乎以弱小民族的方面为多，将来如果可能，还想这样做。因为在弱小民族文学中，不但也有可以和强盛的国家的文学相颉颃的作品，而且对于民族的解放，对于平等博爱自由的希求，对于人生的热情和悲戚，在她们的作品中，有时表现得非常深挚而动人。自然这是有她客观的原因的，她们几乎全体是经历过或正还受着异族的压迫，强国的侵略，因之，国民的生活，一般都陷于贫苦和悲哀。但是她们也不甘于受苦而不反抗，于是民族革命的呼声，便深沉的反映于文学中了。①

于是在前期的外国文艺译著中，我们可以看到大量的南斯拉夫、保加利亚、匈牙利、波兰、俄国、捷克斯洛伐克甚至日本等国家的文艺介绍。1935 年之后，《文艺月刊》仍然重视翻译输入，但上述国家的文艺已经罕见，关注范围已集中在英、美、法、德等国，尤其是对波德莱尔和魏尔伦的法国象征派、现代派的译著最多，这在较大程度上受到学者编辑的影响。1935 年，停刊半年以后，中国文艺社经过了重要的官方改组，在新任的编辑委员会主持下，《文艺月刊》刊行了特大号第八卷第一期（1936 年 1 月 1 日），这期的版面安排恰好体现了编辑们浓浓的"学究气"和对英、法、德语言文学译介的兴趣偏好。这个特大号中，有诗歌、小说、散文作品的翻译，共 4 篇，全是美法文学作品；全期所占比例最重的是文艺论文，共有 9 篇，兹摘录其篇名作者如下：

《敬告德国国民书》　　　　　雨果原作　戴占奎译
《一九三五年的中国文坛》　　汪辟疆
《中国新文学的诞生》　　　　王平陵
《无限凄凉的法国文学》　　　徐仲年

①　编者：《最后一页》，《文艺月刊》第一卷第三期，1930 年 10 月。

《民族社会党治下的德国文学》	商章孙
《一九三五年日本文坛小景》	崔万秋
《阿比西尼亚的文学》	朱　梅
《有声电影演员论》	Vsevolod Putovkin 原作　王梦鸥译
《导演与演员（续）》	Edward Lemis 原著　陈瘦竹译

这种偏重文艺理论性研究的倾向不仅仅出现在西方文艺的翻译引进上，也同样出现在对传统文艺的整理利用上。从刊载的相关文章数量来看，《文艺月刊》的前期（《文艺月刊·战时特刊》出现之前），以学者编委会正式主持编辑工作的第八卷第一期（1936 年 1 月）为界线，从创刊至1935 年 6 月共出版 49 期，这里是新文学的天下，没有出现古典文学的作品，关于传统文学的论述主要只有 5 篇文章；从 1936 年 1 月到 1938 年 9月共出版 20 期，古典文学尤其是诗词作品开始出现在刊物中，传统文艺类主要论著多达 18 篇文章。这与汪辟疆的治学领域、专业兴趣，也与整个编委会的文化编辑方针有莫大的关系。这些文章中有不少是重量级作品①，例如刚从日本归国的傅抱石应徐悲鸿之邀，在南京国立中央大学艺术系担任教授，他接连发表了《石涛年谱稿》《石涛丛考》《石涛再考》等文，对其最推崇的古代画家石涛进行了深入研究。学衡派的汪旭初时任中央大学国文系主任，发表了《国难教育声中发挥词学的新标准》，阐释了词学在国难教育宣传中的作用。施仲言的《南宋民族诗人陆放翁、辛幼安之诗歌分析》则对陆游、辛弃疾两人的诗歌风格进行了辨析，认为均有崇尚理趣的宋诗特点。罗根泽则在《韩愈及其门弟子文学论》指出韩愈"有万死殉道的愿力"，但韩愈"只能作实行的儒家，不能作理论的儒家"。以上种种，都是作者们从各自专业领域以国画家、诗词学家、学者等角度对国家

---

　　① 《文艺月刊》前期关于古典文艺的主要论述一览：《文艺月刊》第八卷第二期汪辟疆《论诗短札》，第五卷第一期 苏雪林《南宋时代陷金的几个民族诗人》，第六卷第四期 圣旦《陶渊明考》、唐圭璋《宋代女诗人张玉娘》，第七卷第六期 程千帆《西昆诗派述评》，第八卷第一期 汪辟疆《1935 年的中国文坛》，第八卷第三期 圣旦《朱淑贞的恋爱事迹及其诗词》，第八卷第六期 王德箴《美髯诗人苏东坡》，第九卷第一期 陈之佛《侍女画中的女性观》、傅抱石《石涛年谱稿》，第九卷第二期 汪旭初《国难教育声中发挥词学的新标准》，第九卷第四期 罗根泽《韩愈及其门弟子的文学论》、徐中玉《旧体闺情诗的研究》，第九卷第五期 袁昌《记天寥上人》、傅抱石《石涛丛考》、周幼农《辛稼轩与陶渊明》，第十卷第二期（日）关野贞作傅抱石译《汉魏六朝之墓砖》、李宝泉《中国画南北宗作者及其地域性之研究》、王叔苹《诗人杜牧》，第十卷第六期 傅抱石《石涛再考》，第十一卷第一期 施仲言《南宋民族诗人陆放翁、辛幼安之诗歌分析》、逸珠《李后主诞生千年纪念》，第十一卷第三期 绛燕《诗经中的农民生活》。

危急局势做出的应对，体现了文化民族主义者的人文关怀。

与其他民族主义类型相比较，文化民族主义是一种对母语文化的强烈认同，它们更倾向从传统的思想资源中来吸取养分，面对民族和国家的危机，主张通过复兴民族文化来达到复兴民族的目的。因此，文化民族主义坚持民族文化的主体性，希望以传统文化为根基来进行社会结构、文化价值的改造创新，在根基守望的同时审慎引进现代西方先进文化，实现民族文化的现代转型、民族生命的健康延续，以及民族独立和国家富强。近代以来，文化民族主义也是社会思潮主流之一。最早以章太炎为代表的国粹派，之后有梁启超、张君劢的玄学派，章士钊的甲寅派，梁漱溟的乡村建设派，东南大学的学衡派，抗战时期的战国策派，现代新儒家等，都是文化民族主义在不同时期不同形态的民族文化诉求，虽然在理论和实践上都各有特色，但从维护中华民族特性，从民族文化的创化中探寻独立富强之路却是一样的。身处以"创造有机体的民族文化"为使命的南京国立中央大学教授编辑们，选择文化建设的路径来编辑《文艺月刊》，发挥相应的话语影响力是一种必然。从他们的文艺创作和编辑风格来看，这几位学者编辑的文化价值取向有着中化西化的明显差异，来自外文系和中文系的治学背景虽然会导致文化创造路径的不同，但并不妨碍他们殊途同归。

应该注意到，文化民族主义由于强调传统历史文化的延续性，反对激进的社会变革，而常常被视为文化上的"保守主义"。这两者虽然都认同守护本土文化，肯定传统价值，但在文化的革新转型方面，文化民族主义者无疑持有更为开放的立场。"文化民族主义并非是要无条件地保存一切传统和民族的东西，它只是要通过回到民族的创造性的生命原则，重建统一民族的不同方面——传统和现代，农业和工业，科学和宗教。"① 即使是最早期的国粹派，也不是要维护中国传统封建的体制，而是为了能竞争于世界民族之林，必须激发培养自觉的民族意识和精神，所以才树立"欧化与国粹并行不悖"的宗旨。② 鸦片战争以来，中国被迫融入世界并追求现代化转型。一方面，西风东渐后的中国社会开始热心学习，积极传播西学，文化民族主义者都受不同程度的西学影响，也都主张消化理解，不盲目照搬，而外来优秀文化通过吸纳也可成为国粹；另一方面，不能被动消极地保存民族固有文化，而是通过对国粹的深入研究，找出救国建国的精

---

① 张汝伦：《现代中国思想研究》，上海：上海人民出版社 2001 年版，第 172 页。
② 郑师渠：《晚清国粹派：文化思想研究》，北京：北京师范大学出版社 1997 年版，第13 页。

神根基和长久旺盛的民族生命力。《文艺月刊》学者编辑们正是遵循了这两条基本理路，从外国文学的翻译输入以及传统文学的坚持整理，来实践民族文化的守望和引进。

三、战时编辑：新开的园地

1937 年"七七事变"之后，中国进入全面抗战阶段。同年 9 月，国共两党在共同抗日的政治基础上达成和解。1938 年 3 月 27 日，中华全国文艺界抗敌协会在武汉正式成立，发行机关刊物《抗战文艺》，标志着全国文艺界暂置分裂和矛盾，组成文艺界抗日民族统一战线。1938 年 4 月 1 日，国民党军事委员会政治部第三厅在武汉建立，郭沫若任厅长，田汉、阳翰笙、洪深等人也担任了一定职务，该机构负责战时全国的宣传和组织发动工作。全国各界文化人的空前团结，使得三十年代以来相互碰撞交织、相互促动深化的右翼文学、左翼文学、自由主义（泛自由主义）文学在"救亡"的主题下逐渐合流为抗战建国的民族主义文学，开启了抗战文学的先河。

《文艺月刊》的《战时特刊》时期，人事变动很大，除了王平陵、徐仲年等编辑继续参与，到末期又加入了一位实力派——王进珊①。1938 年 8 月，王进珊流寓到重庆，后来在中央政治学校当老师，同时担任该校教育长张道藩的秘书。王进珊早年编辑过多种文艺报刊，颇有出版界的实践经验，因此得到张道藩的赏识，命他参与编辑《文艺月刊》。王进珊在半个世纪之后还回忆了这段往事：

王进珊

① 王进珊（1907—1999），江苏南通人，1926 年毕业于南通师范学校，1927 年 9 月考入中央党务学校一期。1929 年 10 月，陈白尘发起组织话剧团体"民众剧社"，王进珊被推为社团秘书。抗战爆发后，加入中华全国文艺界抗敌协会，创作多个剧本，流传较广的有《柳暗花明》等。1938 年到重庆，曾经担任国民党中央宣传部编辑专员、中央文化运动委员会专员、中央政治学校教授等职，先后主编《文艺月刊》和《文艺先锋》半月刊等。抗战胜利后，历任《申报》文艺副刊及《春秋》《文学》主编，兼任中国新闻专科学校教授。1949 年后，历任上海人民广播电台编辑、复旦大学中文系教授、徐州师范大学中文系教授，是现代著名剧作家、编辑家。著作有《山居小品》《戏文叙录》《王进珊选集》等。

当时我是独立出版社的编辑，不知张道藩怎么会想到我，找我去和徐仲年编《文艺月刊》。我说我并非社员，张说："徐仲年是大少爷，有时难免大而化之。"这样，我也到了中国文艺社，和仲年合作商量筹办恢复出版的业务。不久，重庆遭到敌机的狂轰滥炸，仲年常回沙坪坝，我亦迁居南岸长生桥。组稿审稿我们仍照常进行。听到空袭紧急警报，就挟着审阅的稿件进入防空洞。发稿前便携带原稿进城，到中国文艺社和徐仲年、华林、马家融、陈晓南等会商定稿发稿等具体事务。仲年自己写过论著、创作和短评，也拉了不少名家文稿。我只记得约请苏雪林写了一篇题为《偷头》的短篇小说，仲年也很赞赏。审稿发排是连续几天的事，仲年与我便在中国文艺社的一张打乒乓球的大桌上抵足而眠。好在天虽热而无蚊，晚上有时还下楼到对面的小饮食店吃碗大肉面，以作宵夜。记得徐悲鸿也曾在这张桌上作画，多少留有笔情墨趣，我们也睡得舒畅。①

战时艰苦的工作、生活条件，并没有击溃文艺者的热情和努力，加上当时全国文艺界统一抗战的大好形势，《文艺月刊》的战时阵容并不逊色于战前，不但仍有大量名家大作前来捧场，还包括了不少左翼、左倾的作家作品。王进珊的编辑观念向来是"论文论艺不论人"。他自己是文艺学者型才子，又精通画艺，所以对于文艺作品的质量好坏、格调高低具备良好的鉴赏评论能力。王进珊的文艺观念虽然也是写实功利派的，但他反对文艺沦为政治的工具，虽然作家难免会有一定的主观政治倾向，但要尽量避免和文艺创作混为一谈。文艺有其自身的规律和价值，文艺事业应该是一种全人类的事业，他尤其强调文艺的情感论。"作品的主题，基于作家的思想性格，是作家人生观和现实生活的反映。但是这和党派的政治主张，却有广狭之不同，抽象和具体的分别。严格地说，一位作家的责任，就是凭着他的感觉，忠实于他的体验，把握着他的情感，针对现实，反映人生……有人说，文艺事业是一种感情的教育，我同意。我更相信从我们思想行为中激起创造力的是感情，使作家的生命和他的作品合而为一，而放射着暗夜星辰似的光芒的是感情。而作家与作家之间，也就是人与人之间，那灵犀一点，联系和结合的关键，也就是感情。——感情是宇宙最大的神秘。"②他这种从文艺自身角度追求现实主义的创作观念，在很大程度

---

①　王进珊：《忆徐仲年二三事》，《王进珊选集》，北京：文化艺术出版社2000年版，第442页。原载《新闻报》，1992年3月1日。

②　王进珊：《一个信念，一种态度》，《上海文艺作家协会成立纪念册》，上海：中华书局1947年版，第4－5页。

上使其编辑的刊物不但包容性极强而且质量有保障。因此，我们看到《文艺月刊·战时特刊》里，既有国民党官方的文章，也有郭沫若、田汉、卞之琳、靳以、老舍、王鲁彦等多方面的作品。

可是，《文艺月刊》毕竟是国民党官方主办的杂志，尤其在抗战以来中国文艺社彻底体制化之后，作为编辑个人的非政治化文艺理念在现实的人事漩涡中就显得无足轻重了。王进珊深刻体会到了夹缝中的矛盾与无奈，所以常有不平激愤。他曾感喟道：

"编者之于杂志，犹如厨司做菜。"厨司做菜主要的是适合食者的口味，而自己就得先尝遍了酸甜苦辣，做出来的菜，须色香味俱佳，还要有益营养，才算上乘。编辑杂志也就是这个道理。

美国《世纪》杂志前编辑人吉尔德说过：作编辑人须有三德：一须有思想，二须有良心，三须有良好的风味。这话只是就美国平时社会而言，在战时中国至少还得加一项"须有能耐"，要受得了气，吃得起苦。黑字印在白纸上，大家都可批评，物质困难无法克服，见仁见智又各不同，所谓吃力不讨好者是也。

认真说来，在此时此地，倘若真要做好这样一个刊物的编者，我看，最好在这四德之外，再加三从，才能百无一失。拉稿要服从作家，选稿要服从读者，编排要服从子民。女儿经上的教条这里大可应用。①

抗战进入相持阶段之后，国统区政治形势逆转，民族话语在融合的大形势下再次出现分裂，国民党对文艺领域的控制再次加强，《文艺月刊》上多种流派作家的文章作品越来越少，倾向于文艺本体性、思想自由多元的主编们依次离开，刊物也就走到了尽头。

《战时特刊》就是在这些官方文人、文化学者、实力编辑的多方努力下，呈现了一种战时刊物的崭新面貌。创刊号里是这样宣称的："在全民族决心实行'焦土抗战'的现阶段，全国四万万七千万同胞，都已密切地踏在一条血线上了，我们无论是谁，都是在患难中艰苦奋斗的弟兄。本刊在此刻的，无疑的，已成为全国文艺界公开的园地。作家们！大家携着手，来耕耘这一块新开的园地吧！"② 作为一份战时的文艺刊物，《战时特刊》有着"为这神圣的战争而效劳"的鲜明特点，关于战争的认识也比较

---

① 王进珊：《编辑忆语》，《文艺先锋》1944 年第 5 卷第 4 期。
② 《文艺月刊·战时特刊》创刊号《编辑小语》，1937 年 10 月 21 日。

科学："现代的战争，已经由单纯的武器战争进展到复杂的政治，经济，军事，外交，文化……的全面战争；同时，战斗员方面，由卫国守土的军人而扩大到国家政治机构之下的全体国民。"① 正是基于这样的现代战争性质，文艺家们必须精诚团结，从事民族文艺运动。根据战争阶段的不同，在抗战初期和抗战相持阶段，《战时特刊》的刊物风格从激昂单纯向凝重复杂不断深入，终刊于发生"皖南事变"国内局势剧转的那一年出版。刊物风格的具体变化是通过编辑方针、期刊内容、文体形式等多个方面点点滴滴呈现出来的，下面跟随时间的进程做一个整体式的鸟瞰。

当文艺在强烈的救亡图存的民族主义理念下被锁定，成为抵抗侵略、服务战争的特殊武器时，就主动牺牲了它内在的自律性。这也是抗战文学和一般意义上的战争文学不同的地方，战争文学主要是以战争为题材的文学，创作状态不管是不是战时，都是文学艺术本然性的选择，没有成为自身之外的工具和手段。二十世纪三四十年代的抗战文学对于战争则有一种更为强烈的参与意识，作家对自己的身份意识产生明显的转变，以战士身份的认同，以笔为刀枪，积极投身到烽火硝烟中去。《战时特刊》在"使战争与文化，打成一片"的宣言里，甚至有了一些过度和越界的举动，于是我们看到最初几期刊物并不满足于文艺宣传的讨论，而是热切地提出"今后想就肃清汉奸、劝募救国公债、救济难民、处理伤兵等最急待解决的问题"② 进行探讨，接下来果然对汉奸、难民等问题有所涉及。当东战线失利时引起对教育问题的关注，就出现一个战时教育的特辑；③ 约上冯玉祥、方振武将军的文稿又趁热办出一期"游击战"的专号；④ 感到基层工作的重要就有了战时县党政特辑。⑤ 如此刊物面貌，在抗战热情、爱国精神方面虽然值得肯定，但越俎代庖的方式极大地降低了期刊传播的效能，给人留下能力不足以及泛泛空谈的不良印象。幸而，这个劣势很快被编者注意并纠正，《战时特刊》走回了通过文艺的方式来进行战争宣传鼓动的工作轨道。

---

① 吴漱予：《怎样把握最后的胜利》，《文艺月刊·战时特刊》第二期，1937 年 11 月 1 日。
② 《文艺月刊·战时特刊》第二期《编辑小语》，1937 年 11 月 1 日。
③ 《文艺月刊·战时特刊》第一卷第六期，1938 年 1 月 21 日。
④ 《文艺月刊·战时特刊》第一卷第七期，1938 年 2 月 21 日。
⑤ 《文艺月刊·战时特刊》第一卷第八期，1938 年 3 月 16 日。

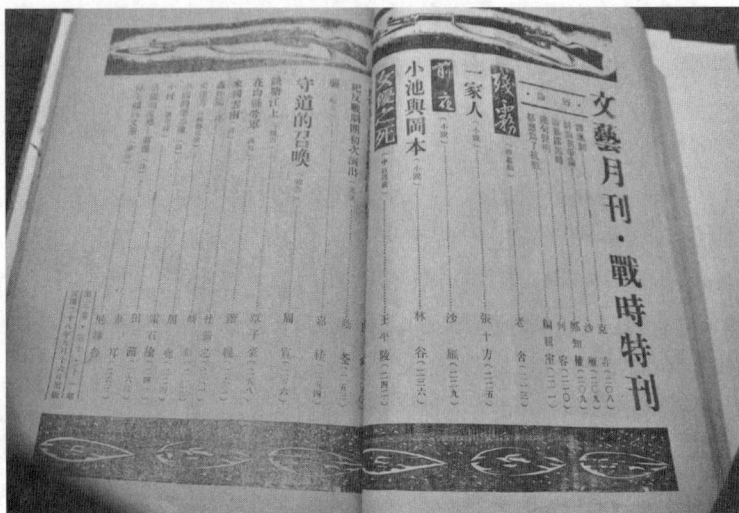

《文艺月刊·战时特刊》某期目录

　　"为这神圣的战争而效劳"的办刊宗旨与"文协"提出的"文章下乡、文章入伍"口号有着一致的深入战争现实生活，深入基层民间的精神，都是出于适应宣传抗日与动员群众的需要。反映到刊物的编辑上就是大众化、通俗化的倾向，即文艺作品不管是内容还是形式方面，都要主动迎合大众的欣赏趣味，最大可能地激发民众的抗战热情。《战时特刊》明确指出："我们所需要的文字，是因战时所发生的实际问题的研讨，短小精悍的散文，以及各种与战事有关的图片。"[①] 在投稿简章上主要突出战争插画、报告文学、抗战讲座、诗歌、散文、小说、独幕剧等刊物栏目。出于对当时战况的关注，设有"十日战讯"这个带有通讯和新闻报道性质的栏目。第二期开始了为了加强读者和作者之间的密切协作，增开"读者通讯"一栏。值得一提的是，该刊运用大量的新闻图片和艺术画作形成直接强烈的视觉冲击，提高了宣传效果，在初期时常约稿丰子恺、陆志庠的漫画。特别要提到的是，以往带有"学究气"的《文艺月刊》在宁汉时期的《文艺月刊·战时特刊》几乎完全摒弃了文学翻译，唯一登载的裴多菲诗歌《起来吧！马加尔人呦！》的翻译（《文艺月刊·战时特刊》第一卷第十一期，1938 年 5 月 16 日）也是鼓动人心奋起抗日的。重庆时期的外国文艺译介也非常少，与以前"创作与翻译并重"的编辑方针相去甚远。这主要是抗日战争的爆发，民族情绪高涨，外来思潮相形见绌，文艺界强调

---

　　① 《文艺月刊·战时特刊》创刊号《编辑小语》，1937 年 10 月 21 日。

文化的民族性和本土化使然。因此，《文艺月刊·战时特刊》在作品创作、文艺论述等各个方面都是鼓励作家文章"入伍下乡"的。

《文艺月刊·战时特刊》在文体方面的选择，特别注意从精练性、快捷性上加强宣传鼓动效果，由此报告文学、战地通讯、后方通讯、速写等文章体裁被大量选用，并且明确要求投稿除了戏剧外，文稿不超过三千字，战地通讯稿不超过二千字。① 另外，通俗化的小型轻便的文艺样式也大受欢迎，其中通俗小调、鼓词、歌曲等说唱文艺形式尤其受到重视，冼星海的歌曲和郑青士的鼓词在期刊中时有所见。郑青士注意发挥鼓词善于描写金戈铁马的战争场面的传统特色，他的《南京浩劫》《二一八空军大战》《飞将军轰炸台湾》等作品，用顿挫抑扬的节奏，铿锵有力的音调，痛快淋漓的描写，表现了雄壮悲烈的抗战情怀。

随着抗战相持阶段的来临，抗战初期的兴奋昂扬、速战速决的社会气氛慢慢沉淀下来，面对民族解放任务的艰巨和抗战长期煎熬的残酷，面对由于战争而进一步激荡恶化的落后腐败、怯弱投降等众多社会丑陋现象，作家们不得不正视中国历史和现实的顽疾，更加深入地思考民族新生、民族振兴的有效路径。这个时期的文艺活动，仍然是以救亡图存为主题，以强烈爱国主义为基调的，但文艺不再单纯地"为这神圣的战争而效劳"，社会现实、民族历史、个人状态和文艺本身日益从被覆盖的水面下浮现出来，使得整个文艺场域变得复杂丰富和凝重深刻。这些变化对《文艺月刊·战时特刊》而言仿佛是"润物细无声"的，表面上其编辑策略没有什么大的变动，刊物栏目也基本保持旧貌，但实质上其刊载的各类文章的思想内容出现了明显的新动向，主要是从战争的影子里开始关注文艺自身的建设发展，对暴露黑暗、整理国故又有了新一轮的兴趣和探讨。

《文艺月刊·战时特刊》还有一个编辑上的明显特点，就是善于使用特辑专号的方式来进行编排处理。《文艺月刊》12 年间一共出版过 15 个特辑专号和 1 个号外，其中前期《文艺月刊》有《柯立奇、兰姆百年纪念祭特辑》（第六卷第五、六期合刊，1934 年 12 月）、《雨果纪念特辑》（第七卷第五期，1935 年 5 月）、《纪念诗人方玮德特辑》（第七卷第六期合刊，1935 年 6 月）、《戏剧专刊》（第十卷第四、五期合刊，1937 年 5 月）、《全民族抗战文艺专号》（第十一卷第三期，1937 年 9 月）5 个特辑；其余 10 个特辑专号全都分布在《文艺月刊·战时特刊》，分别是《战时教育特辑》（第一卷第六期，1938 年 1 月）、《战时县党政特辑》 （第一卷第八期，

---

① 《文艺月刊·战时特刊》第一卷第四期《编辑小语》，1937 年 11 月 21 日。

1938 年 3 月）、《九一八专号》（第二卷第三期，1938 年 9 月）、《军歌特辑》（第二卷第十一、十二期合刊，1939 年 2 月）、《精神总动员特辑》（第三卷第三、四期合刊，1939 年 4 月）、《小说专号》（第四卷第五、六期合刊，1940 年 8 月）、《诗歌特辑》（第五卷第一期，1940 年 9 月）、《抗战四年来的文艺特辑》（上、下）（第十一年七月号、八月号，1941 年 7 月、8 月）、《纪念第四届戏剧节号》（第十一年十月号，1941 年 10 月）。

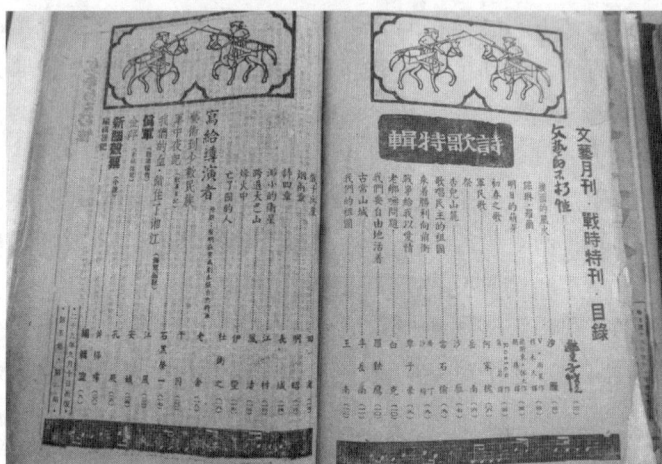

《文艺月刊·战时特刊》诗歌特辑

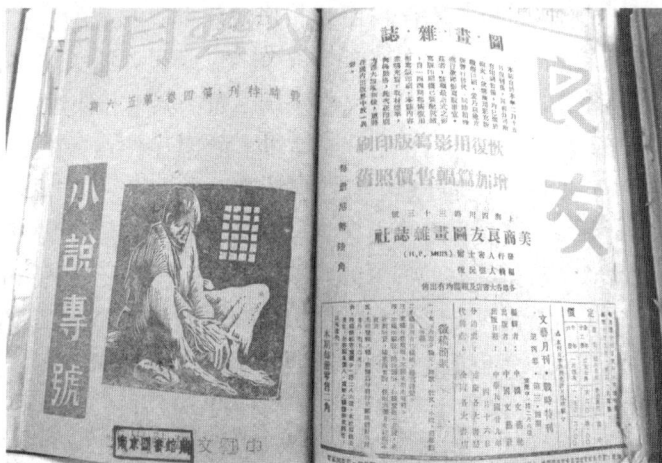

《文艺月刊·战时特刊》小说专号

　　出于紧密联系战争局势和关注文坛发展的需要，《文艺月刊·战时特刊》擅长使用特辑专号的编辑方式，围绕某一主题内容出版，而且四年间的分布比较均匀，整体比较连贯。与正刊相比较，特辑专号有很多优势。首先，也是最重要的，它可以集中版面，针对某一重要内容，进行全景纵深式报道或探讨，满足深层次的阅读需求；其次，它可以调节期刊的编辑节奏，让阅读常态发生变化，令编者读者的经历更为丰富；最后，策划成功的特辑专号销量一般会大大超过正刊销量，往往成为扩大刊物影响力的重要方式。当然，《文艺月刊·战时特刊》的这种编辑方针，既有编辑们的主观策划努力，也有战时刊物的客观艰难被动，比如经济拮据、出版不顺、人员流散、约稿不易等，所以我们也可以发现《文艺月刊·战时特刊》的特辑专号参与作家有限，社会覆盖面不宽，稿件数量不足，常常要补充其他相关内容。这 10 个特辑专号，保存文学史资料比较丰富，价值比较高的是《军歌特辑》《抗战四年来的文艺特辑》（上、下）和《纪念第四届戏剧节号》。

　　总而言之，《文艺月刊·战时特刊》这个"为这神圣的战争而效劳"的新开的文艺园地，在抗日民族统一战线形成的社会时代背景下，以民族主义文艺的最强音，汇流吸纳了各式各样的文艺思潮流派及其作家，于是我们看到"自由人"胡秋原《从个人文学到民族文学》（《文艺月刊·战时特刊》第二卷第四期，1938 年 10 月）的主动转变，也看到大量左翼作家积极向这份具有官方背景的杂志靠拢，而对于文化的民族性在文艺上的运用，众人更是一致选择了大众化、通俗化的道路。1938 年 3 月，国民政府制定所谓的《抗战建国纲领》，表明国民党的政治民族主义从战前的以"民族国家建构"为目标转向"抗战与建国"同时并行。实际上，随着时局的发展，这两者各有侧重。抗战初期，重心在"抗战"，在"抗战"之中坚持"建国"；进入相持阶段之后，则转向以"建国"为重心，巩固自身统治权威，坚持"国家的统一"下的"抗战"。《文艺月刊·战时特刊》的刊物风格也间接反映了上述变迁，从激昂单纯的"抗战"向凝重复杂的"建国"逐渐深化，从积极参与抗战，情愿沦为武器而以冷静超越战争，追求文艺自律性而逐步转变，可是后期的特色尚来不及大量鲜明地展现出来，这份日益衰微的文艺杂志就终刊了。它的继任者《文艺先锋》1942 年 10 月创刊于重庆，首任主编王进珊，出版 76 期之后，停刊于 1948 年的冬天。《文艺先锋》虽然在刊物编辑上承袭了《文艺月刊》的许多特色，但毕竟时过境迁，物是人非，是属于另一个文艺园地的演绎了。

第三节　作者稿源和出版发行

一、纷繁复杂的作者稿源

最近几年，《文艺月刊》逐步进入人们的研究视野是因为它是难以忽视的"大型"文艺期刊——持续时间长且篇幅容量多，尤其是作者阵容之庞大、稿源之丰富更是少有刊物可以比及。据笔者统计，12 年间整个刊物刊登发表的文章共有 859 个署名，考虑到当时一个作者使用多个笔名的情况，该刊保守估计应有七百多名撰稿者。它自己的广告中曾宣传"长期撰稿人：于赓虞、方于、方令孺、王统照、王平陵、巴金、老舍、朱溪、汪锡鹏、汪馥泉、李青崖、李长之、李金发、宗白华、林庚、侍桁、洪深、范存忠、金满成、段可情、袁牧之、梁实秋、徐仲年、徐悲鸿、徐霞村、徐转蓬、孙俍工、高植、陈梦家、陈瘦石、陈瘦竹、侯佩尹、马彦祥、曹葆华、华林一、黑婴、靳以、刘延陵、臧克家、费鉴照、杨丙辰、杨昌溪、叶永蓁、赵少侯、鲁彦、黎锦明、谢寿康、戴望舒、塞先艾、储安平、阎折梧、钟宪民、穆时英、廖崇群、罗慕华、苏雪林、孙芹荪、顾仲彝、鹤西"（1936 年 11 月的《中心评论》）。整体观之，除了直接对立面的"左联"代表性作家，20 世纪 30 年代文坛的各派别的主要作家几乎都露过脸。实际上，"左联"也是一个庞杂动态的组织，因此在《文艺月刊》的前期，也出现过具有"左联"背景的作家身影，例如张露薇的新诗歌（13 篇），何其芳的诗歌散文（8 篇），何家槐的小说（8 篇），黎锦明的乡土小说（7 篇）等。《文艺月刊·战时特刊》发行之后，正值抗日民族统一战线建立时期，左翼文人的作品更多，田汉的夫人安娥女士发表了大量的诗歌、儿童剧作品，总数达到 8 篇。

真正最有规模的作者队伍，还是左翼文学、右翼文学阵营之外的各成派别体系的作家，根据主要撰稿人身份标准（至少发表 10 篇作品，特殊作者除外），在《文艺月刊》这份刊物中，我们既可以看到人们耳熟能详的名人大家，也能够发现一些现代文学史上的"消失者"，由于各种各样的原因，他们已经少有人或者无人提及了。名人大家中首屈一指的是老舍，他在该刊上前后发表小说戏剧、诗歌鼓词、散文通讯、文艺评论等各类作品 23 篇，这和他抗战期间负责"文协"工作，与中国文艺社文人关系密切有关。沈从文在《文艺月刊》早期也发表了不少小说和文论（13篇），等到有了自己的文艺阵地之后（1933 年主编《大公报·文艺副刊》），他就鲜少来光顾这里了。王鲁彦在这个园地里既创作乡土写实派小说（8篇），也翻译北欧民族文学（8篇）。身为"浪漫诗人"的费鉴照则主要涉及对英国文学和济慈的译介（11篇），他在《文艺月刊》第三卷第七期（1933年1月）的《爱尔兰作家乔欧斯》是我国最早介绍乔伊斯的专文之一，该文中他把《尤利西斯》翻译成"游离散思"。李金发在《文艺月刊》上发表关于海涅、罗曼·罗兰的译诗译文，但他显然对发表自己的象征主义诗歌（其中自己诗作9篇）更感兴趣。靳以的小说，缪崇群的散文，也曾在该刊上大量出现，这两位作家在近些年来正逐步进入研究者的视野。有不少文学史上的"消失者"，用自己的作品在《文艺月刊》上留下明显的印记。女作家封禾子（凤子）在刊物前期主要发表小说散文，后期在《文艺月刊·战时特刊》上集中发表了一些戏剧。三十年代，徐转蓬与何家槐的创作版权之争一时沸沸扬扬，这位年轻作家在《文艺月刊》上勤奋地发表小说（12篇），都是现实主义作品。金满成是陈毅留法好友，一位翻译创作并重的作家，他加入中国文艺社之后，在《文艺月刊》上表现活跃，发表多篇革命恋爱题材的小说。与穆时英比较而言，同属于新感觉派的黑婴与《文艺月刊》的关系更近一些（发表有9篇小说），这位印尼华裔作家1932年考入上海暨南大学外语系，开始文学创作，其笔下的世界总是流离在城市和乡村之间。年轻的作家高植，深得沈从文的赞赏，其创作小说的态度被认为是诚实而严肃的。高植在《文艺月刊》上前后发表有8篇小说，其中《还乡》较有代表性，从社会学角度透视城乡的巨大差异。张鸣春、李坚磨具体生平事迹尚不可考，但两位都是《文艺月刊》的主要撰稿人，在扬州做老师的张鸣春有12篇诗作散文发表，具有现代派风格。活跃于岭南的李坚磨则致力于写实小说创作（10篇），后来他去了香港，耕耘于《岛上》《红豆》等杂志，是香港新小说的开拓元勋。

作为一份具有官方背景的文艺杂志，《文艺月刊》不可避免地也会出现一些高官政要的作品，比较引人注目的有蒋中正的《国民革命歌》歌词，尼赫鲁纪念王礼锡的题词手迹，冯玉祥关于游击战的问答等。但我们更感兴趣的还是文学史上的名作，比如，首发在《文艺月刊》上的有巴金的长篇小说《雨》，靳以的中篇小说《青的花》，老舍的短篇小说《大悲寺外》，王鲁彦的乡土小说《屋顶下》，孙毓棠的短诗《海盗船》，袁牧之的独幕剧《母归》，臧克家的诗集等，[1] 也有许多初出茅庐的作者面孔。有意思的是，《文艺月刊》之所以全力开展推新工作，主要还是在原有的知

---

[1]　王平陵：《我与文艺月刊》，《人言》第2卷第1期，1935年2月2日。

名作家不断离去，刊物销量只剩一千多册的困境下，不得不勉为振作而出的新招。它的编者自我安慰道："好在《文艺月刊》的读者，已成为固定的形式了，在过去我们多登几篇成名的作品，销数并不能激增；少登或不登成名的作品，也不会激退。我们根据这一点信念，从六卷一期起，愿意把整个的《文艺月刊》的园地，完全出让给新兴者耕耘。我们希望做到篇篇都是富于朝气的新鲜作品，但没有一个教人素所熟知的名字。"[1] 应该说它对年轻新作家的提携帮助还是颇有成效的，像安娥、常任侠、靳以、绛燕（沈祖棻）、张露薇、谢冰莹等均在《文艺月刊》上发表过不少作品，其中不少人后来都成为文坛重要人物。

《文艺月刊·战时特刊》时期更是敞开门户欢迎各家各派的作家，包括昔日在政治、文学观念上针锋相对的左翼文艺代表人士郭沫若、茅盾、田汉、安娥等，同时开始大量接纳新的作者，他们有的在自己领域有所成但从没向该刊投过稿件，有的是不为人知的年轻作家，发展到后来，这些陌生的脸孔成了《文艺月刊·战时特刊》的主力军，为了帮助读者了解熟悉他们，该刊时常设有"本期作者介绍"的栏目。文艺的大众化通俗化能够得到广大作家的认同并实践，这与战时生活境况的巨大改变有关，作家们纷纷从都市、书斋走出来，或者流散各地，或者参与群众工作，或者投笔从戎，种种个人境遇的转变使得他们能够真正接触到大众，深入民间，文艺创作活动在实际意义上空前地与广大民众紧密结合。《文艺月刊·战时特刊》的文学作品就是从战争时期生活的各个方面，从烽火硝烟的前线到风雨飘摇的后方都有所反映。其中，有不少有待于人们进一步认识的具备较高艺术、文史价值的佳作，比如丁谛的小说《老镖师》，蒋沅英的报告文学《抗战中的重庆》，方浩的小说《九九号壮丁》，姚家埌的通讯《粤汉途中》，沙雁的散文《重庆文坛散步》和小说《哨兵李占鳌》《追》，老向的小说《永远不死的丈夫》，林适存的小说《第八支队》，安娥的诗歌《世仇》，舒湮的剧本《渔民血》，刘念渠的剧本《后方》等。抗战初期的文艺创作在巨大的民族凝聚力和强烈的爱国主义情感下，显出一种激昂单纯的英雄主义基调，充满了民族抗战必胜的理想式乐观精神，而且新的优秀的民族性格正通过战争的洗礼在孕育并形成。

三十年代的文坛，是复杂而热闹的，左翼文艺、右翼文艺、中间派别也好，现实主义、浪漫主义、新感觉也罢，其实都是共生共处的状态，难以截然分出你我敌友来。文学的真实历史无法彻底还原，在靠近历史的过

---

① 王平陵：《我与文艺月刊》，《人言》第 2 卷第 1 期，1935 年 2 月 2 日。

程中，我们发现历史总是丰富复杂而发展变化的，仅仅从《文艺月刊》这份期刊的作者作品现象就可以得知这种共生的风貌，更为重要的是大家共处于相同的时空中，有着民族主义话语的共鸣。《文艺月刊》如此丰富复杂的面貌，除了受编辑策略的影响，还有一个使得稿源丰富如斯的原因是该刊根本就没有自己的核心队伍，要支撑起每期近二十万字的大刊，必须依靠外来的文艺力量。由于人事的变动，也由于作者观念的变化，《文艺月刊》撰稿人群无法固定，来来去去间形成了不同的阶段性以及不同的群体化特点。

右翼的文艺力量本来就比较薄弱，又因为山头林立派系纷争，使得《文艺月刊》能够整合到的右翼文人更加有限。除了王平陵、沙雁经常有作品出现在该刊以外，与三民主义、民族主义文艺有关系的作者如张道藩、吴漱予、谢寿康、汪锡鹏、贺玉波、方家达等发表作品都不多。中国文艺社有国民党中宣部背景，社员人数众多，但本身人员成分非常复杂，文艺理念倾向更是百花齐放，即使都聚集在"民族主义"这面大旗下，但在理论上的阐释理解和实际中的操作表现都各有千秋。因此，《文艺月刊》撰稿人多以同人性质群体大批出现在刊物上。这些群体有大有小，不管彼此之间关系密切与否，不管他们的身份经历相似或迥异，最根本的一点是文艺观点相近，创作情趣相投。

另外，同乡师友、同学同事等不同派属甚至亲戚关系组成不同层次的"网"，"网"的中心即是当时该刊的编辑负责人。不同时期的编辑、时局地缘、自身境况等多种因素综合作用下，撰稿人群就有了一种阶段性的来去，会在某些时段集中发表作品，也会离开该刊不再出现。同人撰稿群和"单枪匹马"式的撰稿人相比，一般发稿量更大，发稿期也较长，这些作品都需要得到编辑们更高的文艺认可度，有时候，难以避免地会掺入其他的人事成分。例如，朱应鹏、范争波、傅彦长、黄震遐等民族主义文艺运动主将就从来没有在《文艺月刊》上发表过只字片语，这显然和文艺理念、创作水平无关；主要还是国民党内部的派系斗争所致。又如，改组后《文艺月刊》的编委会主要由大学教授主持，所以南京院校师生在该刊上发表了较多作品，尤以南京国立中央大学和南京国立戏剧专科学校为主。《文艺月刊·战时特刊》阶段，因编辑人事变迁较大，抗战时局需要，以往较少出现的左翼作家作品也大批涌现，至少在刊物发表形式上力求全国文艺界统一抗战。

一般说来，在《文艺月刊》长达 12 年的出版时期中，一位作者至少要发表 10 篇以上的作品，才能算作主要撰稿人，才能进入研究关注的视野

（一些特殊作者例外）。根据作者发表作品数量及质量等因素，《文艺月刊》（尤其是抗战之前）主要撰稿者的群体如下：

（1）右翼文人自然是《文艺月刊》的重要撰稿人，他们大多是中国文艺社的社员。既有党政要员叶楚伧、张道藩、方治、潘公展等人，也包括供职于政府或与政府密切相关的人士如谢寿康、王平陵、钟天心、吴漱予、向培良等。另外，还涵盖了当时倾向于官方文艺运动策略的一些文人，如缪崇群、华林、杨昌溪、汪锡鹏、杨丙辰、方家达、王梦鸥、江石江、欧阳沙雁等人。这些人中，只有王平陵经常有创作和评论发表，是主力干将。《文艺月刊》第九卷之后，欧阳沙雁也开始在刊物上大量发表作品。其他人要么作品数量不多，要么质量有限。

（2）新月派自由主义知识分子是该刊又一批主要撰稿人，这应该和饶孟侃参与过编辑事务有一定关系。新月派的一些诗人在《文艺月刊》上极为活跃，如陈梦家、方玮德、曹葆华、于庚虞、臧克家、方令孺、孙毓棠、卞之琳、蹇先艾等都有诗作和译述发表。另外，新月政论派的梁实秋、储安平等也在《文艺月刊》上发表了文章。其中发表数量最多的是曹葆华，从第四卷到第七卷共发表了21篇诗歌和散文，臧克家次之，陈梦家译诗、散文并重，方玮德、卞之琳、孙毓棠都有诗和译述。另外，关于方玮德还有一个纪念专辑。

（3）以南京高校为主的教授学者是该刊的又一大撰稿人群。学者撰稿人涉及文艺领域多个方面，与其他社团人群多有交叉重叠。最为主要的，首先是以徐仲年为中心的编辑委员会成员，他们均是南京国立中央大学学者。其次是1935年成立的南京国立戏剧专科学校的教师群。由于国民党官员陈立夫、张道藩、方治等人对戏剧的爱好和支持，也由于中国文艺社戏剧组的活动热闹而活跃，《文艺月刊》上发表的关于戏剧的作品特别多，其中不少作者既是文艺界名宿、剧坛精英，又担任了戏剧专科学校的教职。欧阳予倩、马彦祥、苏雪林、袁昌英、顾仲彝、费鉴照、谢寿康、李青崖、凌叔华等都属于这个作者群。

（4）以"星火文艺社"成员为主的"第三种人"的作品，如韩侍桁、杜衡、杨邨人等，还有与他们过从甚密的张露薇。星火文艺社1935年春成立于上海，由杨邨人、杜衡、韩侍桁等组织发起，创办有《星火》刊物，但只出至第八期就停刊。其中，韩侍桁在《文艺月刊》上发表作品最多，有作品译述23篇，其次是张露薇的诗作，也有13篇之多。张露薇曾以新诗《情曲》踏入文坛，后来加入北平"左联"，因惧怕白色恐怖而逃离。抗战后投靠汪伪政府，成为汉奸。张露薇擅长诗歌创作，与何明德、孙佳讯等都是《新时代》（曾今可主编）的主要撰稿人，后两人也在《文艺月刊》上发表过大量诗作。

（5）土星笔会成员也经常在《文艺月刊》上发表作品，很大程度上得益于地缘优势和编辑关系。三十年代土星笔会成立于南京，由金陵大学、南京国立中央大学的一群青年学生发起，主要同人有汪铭竹、孙望、程千帆、常任侠、滕刚、章铁昭、沈祖棻（沈紫曼）、艾珂等人，办有《诗帆》刊物。他们的新诗创作运用不整齐的无韵体，讲究诗歌的意境和内在韵味，风格倾向于现代派。其核心成员，如常任侠、沈祖棻、汪铭竹、滕刚、侯佩尹等都在《文艺月刊》上发表了大量的作品。其中以常任侠为最，共计有23篇，多为诗歌。侯佩尹的作品诗、译述与论文并重，也有13篇之多。沈祖棻次之，以绛燕为笔名发表12篇诗歌小说，主要集中在改组后的《文艺月刊》。滕刚则以译作为主，且集中在前期的卷期中。

（6）《文艺月刊》的翻译队伍庞大，这和长期以来"创作与翻译并重"的编辑方针有关。译者或来自于高校的外文系，或供职于政府翻译部门，保证了较高的翻译质量。主要的翻译者有钟宪民、苏芹荪、韩侍桁（东声）、陈瘦竹、李青崖、严大椿、鲁彦、曹泰来、侯佩尹、段可情、傅雷、顾仲彝、铭之、马彦祥、滕刚、陈瘦石等。《文艺月刊》是三十年代非常重要的外国文学译介平台，对推动中国现代文学的发展和成熟，促进中外文艺的交流做出了重要贡献。其翻译主要是欧美的文艺理论和创作，以小说、戏剧居多，还有柯立奇、兰姆百年纪念祭专辑、雨果纪念特辑，也有日本、印度等亚洲文学的翻译，且不排斥抵制苏联译品，有苏联儿童文学的介绍、《高尔基与莫斯科艺术剧院》、高尔基逝世三周年纪念专栏等。

二、官方资金和出版发行

从《文艺月刊》的政治背景身份来看，在资金运行上它有着一般同人或商业期刊难以比拟的优势——基本上不用担忧资金的问题。实际上，中国文艺社初具雏形、尚未走上正轨之前，也是为钱发过愁的。《文艺月刊》第一期的资金，开始是通过私人捐献的方式来筹集，后来有"爱好文艺的诸先生给予我们援助"，但第二期的印刷费用还没有明确着落。第一期的发行数量在南京、上海两个城市各是四百余册，全国各地合计有两千余册。①　当然，这种情况很快得到改变，该刊依托于国民党宣传部后，"月有

---

① 《本社第一次谈话会纪事》，《中央日报·文艺周刊》第4号，1930年10月16日。

津贴一千二百元"，"每期约印五千册左右"。[①] 早期虽然也有经费时断时续的问题，但基本上无须为发行的资金发愁。

中国文艺社象征性地收取会员少许费用（入会费一圆，会员费二圆），也接受捐献。和所有刊物一样，也有一些销售和广告的收入（参见下表），但这些都不是其出版资金的主要来源。最为重要的是中国文艺社组织简章上明确标示出的"得请求中央文化机关补助"[②]。

《文艺月刊》前后时期相关价目参考

	1932 年第三卷第十二期		第十一年四月号　邮费照加（1941 年 4 月 16 日）	
订阅期数	价格	邮费	土纸本	报纸本
单期	大洋三角	国内三分 国外一角五分		八角
半年六期	一圆六角	一圆二角		三圆
全年十二期	三圆	二圆四角		六圆
广告价目	全面	半面	四分之一面	全面
特等	50 圆		封底	120 圆
优等	35 圆	20 圆	10 圆	目录前后	80 圆
普通	20 圆	10 圆	5 圆	正文前后	60 圆

早期的《文艺月刊》出版发行机构名不见经传，而且变动较大，与革新印刷社、文心印刷社、三民印务局都有合作，到了第六卷第一期（1934年 7 月）才由正中书局专门印刷发行。正中书局由陈立夫创办，前身为书店，1931 年正式成立于南京。它隶属于国民党党务系统，CC 派人物吴秉常长期担任该书局的总经理，总编辑是叶溯中。在刚刚成立的时候，国民党中央党部一次性拨给专用基金 5 万多圆，希望该局在政策宣传、文艺出版等方面起到主导作用。后来正中书局资本多达 30 万圆。借助官方力量，正中书局的营业网庞大通畅，发行业务扩展迅速，以南京总局为基地，先后在上海、北平、杭州、汉口、南昌、赣州、重庆、西安、兰州、安庆、长沙、桂林、广州、福州、郑州、济南等 30 多个大城市建立了从点到面的

---

① 参考《首都文坛新指掌》，《文艺新闻》第 2 号，1931 年 3 月 23 日。
② 石江：《介绍中国文艺社》，《中心评论》1936 年第 1 期。

营业网络。正中书局不仅和商务印书馆、中华书局有密切合作，而且建有多个印刷厂，同时还在各地建立正中书局通讯网，一方面用来探听收集出版同业的各种信息资讯，另一方面对当地的各书局或书刊代销处进行销售出版监控，维护官方利益。正中书局发行、代销和寄卖书报的种类曾经多达 3 000 种以上，其政治意识明显，如鲁迅著作、创造社和太阳社的书刊一概拒绝；《独立评论》周刊、《现代评论》周报、《新月》（月刊）和《新生活月刊》等就很受欢迎；该书局主要出版政治性读物和学校教科书、教参书，像商务印书馆的《东方杂志》、中华书局的《中华教育》和开明书店的《中学生》等普及型教育类书刊更是被列入"第一类代销出刊目录单"里面。中国文艺社和正中书局可谓同根生，所以得到了出版发行方面的鼎力支持。正中书局除了负责《文艺月刊》的印刷发行，还有"中国文艺社丛书"的发行和推广。

丛书广告

随着战争来临，时局巨变，各类组织机构纷纷西迁。1938 年初，中国文艺社与正中书局杂志推广所总代售解约，将批销业务转交给汉口的"上海杂志公司"总代销。上海杂志公司是张静庐创办的中国第一家专门出售杂志的书店，成立于 1934 年 5 月。它是一家商业性极强的出版机构，出售上海以及全国各地的各种杂志，采用一种"自由定户"办法，读者可根据自己的阅读喜好自由选择甚至更换杂志。这种极力迎合读者的市场性营销方式显然并不适合学究气甚浓的《文艺月刊》，《文艺月刊》的发行期数鼎盛时期也就五千多份，低谷时才一千余份。战时的销量数可想而知，所以中国文艺社在寻求专业公司营销的同时，也逐步尝试着以本社自己的力量经售分销刊物，于是成立了中国文艺社代办部。"以忠实迅速之精神为社会服务，欢迎委托代办，不取手续费。"业务包括："一、函购本社新书，杂志，文具。二、代办全国出版之图书，杂志，纸张，文具。三、代订各种预约出版物。四、供给新书消息。"[①]

随着中国文艺社的彻底体制化，在《文艺月刊·战时特刊》版权页上，我们发现销售者变成了隶属于国民党中宣部的"中国文化服务社及其各地分支社"，这种情况直至终刊。中国文化服务社由 CC 系中统主管，总社长是刘百闵。中国文化服务社战前出版不少经术义理著作，抗战后迁往重庆，出版有"中国国民党丛书""社会行政丛书"等。战时重庆的出版条件非常困难，纸张印刷都极度缺乏，如果不依托官方的便利，由中国文化服务社包揽下来，《文艺月刊·战时特刊》确实举步维艰。

作为一份具有官办背景的杂志，最初广告以右翼同一阵营的报纸杂志要目为主，如《流露月刊》《建国月刊》《前锋月刊》《时事月报》等，也为撰稿文人的新作品集宣传；此外，国民政府的交通银行储蓄部、大陆银行、中国农工银行也是其广告大户。真正最持久最有力的支持来自于正中书局，《文艺月刊》几乎每一期都有该局出版的书籍刊物的广告，种类繁多、内容广泛、篇幅巨大。一直到抗战爆发后，与正中书局杂志推广所总代售解约，这种广告垄断的情况才得以改变。由此而来的经济压力，使其广告刊登在一贯注重文艺科教书刊的基础上，逐步增加了些许商业色彩元素，有药品、照相材料等广告出现。虽然抗战前后资金条件有所差异，但毋庸置疑的是该刊享有国民党政府的拨款优惠和特别关怀。有着强大经济支撑的《文艺月刊》比当时自营或民营的文艺期刊要"衣食无忧"得多，充裕的资金使这份杂志每期容量可以达到十五至二十万字，卷首均配有插

---

① 《文艺月刊·战时特刊》第三卷第十、十一期合刊，1939 年 9 月 16 日。

图或照片，印刷精良、纸张优质，每册定价也不过大洋三角，全年定价三圆。这种质优价平、无须力求经济效益的优势，以及现成的官方正中书局的销售网络和遍及全国各地的寄售处，使得《文艺月刊》有足够底气来从容平和地谈论文艺"自己的世界"。

战时特刊优待新定户办法

第三章 《文艺月刊》的文学创作

第一节 政治和历史语境中的民族认同

鸦片战争以来的中国，遭遇千年不遇的动荡局面，内忧外患中陷入空前的民族危机。救亡图存的艰难曲折道路上，"民族主义"是极富凝聚力、号召力的大旗，它是政治家响亮而神圣的口号，是知识分子狂热的信仰和理论，也是芸芸众生深入血脉的朴素情结。"民族主义"可以说是近代以来中国现代化运动的基本动力和基本思想形态。"如果将晚清以来各种激进与保守、改良与革命的思潮条分缕析，都可以发现其所包含的民族主义关怀，故都可视为民族主义的不同表现形式。"① 在鸦片战争以来"救国""建国""兴国"的现代化道路上，"民族主义"作为一种非常复杂、容量巨大的意识形态，在不同的代言者那里，有不同的表述和侧重点。"民族主义是一种社会运动和政治诉求，也是一种意识形态、价值观念和群体精神。这种意识形态、价值观念和群体精神说到底是对民族存在与价值的自觉认同。而民族无非是同一定的种族、血缘、语言、文化相联系的共同体。"② 民族认同（或者说国族认同），需要公民对自己归属哪个民族（国家）有所认知，也需要对这个民族（国家）的政治、经济、文化、族群等基本构成要素有所认定和情感表达。民族认同是一种强大的凝聚力和向心力，可以将民族共同体中的各种力量团结起来，也是一个国家稳定的基本心理基础。因此，右翼文学开展民族主义文学运动是国民党实现文艺统制的需要，更是巩固政权加强统治的必然。中国的新文学本来就是建立在现代民族国家想象的语境中的文学，民族主义文学创作，包括《文艺月刊》中大量的文学作品，多是自觉地围绕着"民族认同"的主题来进行的，具体呈现了如下的主要特征：首先，在内忧外患的社会时代背景下，强调国

---

① 李世涛主编：《知识分子立场——民族主义与转型期中国的命运》，长春：时代文艺出版社 2000 年版，第 218 页。

② 陈刚：《民族主义的兴起》，《南京工业大学学报（社会科学版）》2004 年第 2 期。

家第一的政治民族主义；其次，兼顾文化民族主义的倾向，重视对历史民族英雄的书写，激发人们的爱国主义情感和民族自豪感；最后，继承了孙中山的反帝反封建的思想以及"五四"的"新民"启蒙意识，对社会民生有一定的人文关怀，尤其对于国民劣根性有着强烈的批判精神。《文艺月刊》的文学创作虽然不可避免地会受到主流政治意识形态的影响，但也应该看到其服务于民族认同的主题。在致力于现代民族国家统一和建设的同时，它在艺术上也包容了各文学流派的创作，具有鲜明的时代元素，有着文学史上不容忽视的意义。想要较好地了解《文艺月刊》"民族认同"主题下的文学创作，我们有必要简要回顾一下国民党的以国家为中心的民族主义思潮，"民族主义"不但是国民政府执政施纲的核心意识理念，而且是国民党文艺政策和文学运动的理论基础。

一、国民党的民族主义思潮概况

关于"民族主义"（包括"民族"）的概念，学界至今没有一个统一定论，其内涵核心"nation"是一个复杂多变的观念，根据不同角度或侧重点，民族主义有不同的类型划分。一般而言，不管哪种类型的民族主义都包含了对民族国家的忠诚态度、深厚情感和信念。比如，根据民族主义和其他思想潮流（激进主义、保守主义、自由主义）的对应互动关系的密切程度，可以分为激进的民族主义、保守的民族主义、自由的民族主义等。根据内容指向也有地方民族主义、语言民族主义等区别。政治民族主义更侧重于对民族或国家的强烈政治认同，对于民族主权独立，对于国家政治、经济、军事等方面的强弱特别关注；文化民族主义则是一种对母语文化的强烈认同，主要涉及文明体系之间的不同和文化价值理念的差异，所以涵盖面极广，其矛盾冲突既可以是在多个民族国家之间，也可以是在一个民族国家的内部。

民族主义——这个产生于18世纪欧洲的舶来品，一直以来都是国民党官方意识形态——孙中山"三民主义"的重要组成部分。从历史的进程来看，民族主义是民权主义和民生主义的先导，没有一个独立的现代民族国家，民权和民生无从谈起。孙中山的"三民主义"是一个政治哲学系统，他的"民族主义"也有一个复杂的发展过程，从反清（封建）反帝到建立共和制度，这种民族主义以国家政权为主要认同对象，强调建立主权独立和政权稳定的现代民族国家，是一种典型的政治民族主义。其核心内容主要包括：首先，民族主义和民主主义是紧密结合在一起的。革命的过程包括民族革命和政治革命两个方面，可以毕其功于一役。"我们推倒满洲政府，从驱除满人那一面说是民族革命，从颠覆君主政体那一面说是政治革命，并不是把它分作两次去做。讲到那政治革命的结果，是建立民主立宪政体。照现在这样的政治论起来，就算汉人为君主，也不能不革命。"① 其次，它把中国境内各民族当作一个大的中华民族整体，各民族一律平等；并在《中国国民党第一次全国代表大会宣言》中提出"民族自决"原则，亦即"承认中国以内各民族之自决权，于反对帝国主义及军阀之革命获得胜利以后，当组织自由统一的（各民族自由联合的）中华民国"②。再次，孙中山的民族主义重视继承传统和学习西方的结合，是一种理性的拿来主义。他曾经说过，"要恢复民族的地位，除了大家联合起来做成一个国族团体之外，就要把固有的旧道德恢复起来"，"首是忠孝，次是仁爱，其次是信义，其次是和平"，"我们固有的东西，如果是好的，当然要保存，不好的才可以故弃"，"在恢复我一切国粹之后，还有去学欧美之所长，然后才可以和欧美并驾齐驱"。③ 在孙中山理解的民族构成要素诸如血统、生活、语言、宗教、风俗习惯中，他最看重血统因素，并认为中国的家族主义、宗族主义可以扩展成民族主义。在历史的进程中，孙中山的民族主义并不是一成不变而是处于不断调整中。"五四"以来，中西文化思潮碰撞交织，各种救国思想激烈论争，随着"外抗强权、内除国贼"运动的兴起，中国社会迫切需要建立一个独立统一的现代民族国家。在政治实践的意义上，孙中山先生重新阐释三民主义，改组国民党，与中国共产党形成联合战线，进行北伐战争，将民族主义从理论层面引向政治革命的实践。这一时期，国民党的民族主义是以"打倒列强除军阀"为目标的国家独立统一，顺应了历史主流，极大地鼓动了广大民众，有效地整合了各阶层的力量，1927 年 4 月迎来了南京国民政府的成立。

南京国民政府实行五权分治，即以国民政府主席为首，下分行政、立法、司法、考试和监察五院进行国事管理。可现实中"五院"徒有其名，权力分立只是一个形式，实质上南京政府是一个军事独裁政权，蒋介石集党、政、军三方权力于一身，至于具体担任什么职务一点都不影响他对整个政体行使最高权力。正如有位美国外交官观察的："蒋介石的影子遍布各个角落。如果没有来过南京，我将不愿相信他控制政府达到如此明显程度。他的利益触及哪里，哪里就有政府的活动，而在别的地方，如果不是

---

① 《孙中山选集》，北京：人民出版社 1981 年版，第 83 页。
② 《孙中山选集》，北京：人民出版社 1981 年版，第 592 页。
③ 《孙中山全集》（第九卷），北京：中华书局 1981 年版，第 243、244、251 页。

瘫痪，至少是听任政策放任自流。"① 这个高度依赖军阀的政权使得政府管理机构渐渐远离了政治现实，因为既没有经费，也没有权力。有研究者表明："在30年代，只有全部预算8%到13%拨充民事官僚机构的管理维持费——而军费支出却大得多。"② 这个军事专制政权还有一个所有人治型政府共同具备的特点：派系主义严重，在政治体系中不可避免地充斥着不同派系集团之间的矛盾和敌对。蒋介石和一个传统帝王所做的没什么不同，他并不完全反对这种政治斗争形式，有时甚至故意鼓动制造这种分裂，以此来抗衡官僚、制约他人权力。这种政治形式的后果便是进一步削弱了南京政府决策和管理的活力。

在民族主义的旗帜下，国民党政权"合法化"，继续延续孙中山的部分思想路线，恢复民族传统精神，以"安内攘外"的基本政策来建构民族国家。这个阶段，国民党的政治模式从大革命时期的"大众"转向"精英"，造成民族主义基础日益狭隘。面对国内外的异己力量和侵略势力，只是形式上完成国家统一的国民党政府，选择将"安内"作为第一要务，即使在"九一八事变"之后，全国民族情绪高涨的情势下，仍然坚持执行日本侵略者的外交"和平"路线，牺牲民族国家利益来维护特定政治集团的利益，导致社会混乱、国力削弱，此时，国民党的民族主义话语仅仅是维护其统治的一种政治装饰而已。"七七事变"之后，中华民族面临亡国灭族的空前危机，国民党的民族主义策略不得不进行调整，形成抗日民族统一战线，提出"抗战"与"建国"同时并进的纲领。抗战初期的民族主义话语以捍卫国家领土和主权的"抗战"为主，进入相持阶段后，又将重心转移到巩固维护党国政治利益的"建国"上了。这种缺乏广泛民众基础的狭隘的民族主义最终导致其政权的覆灭。

国民党的政治民族主义也包含了丰富的传统文化内涵，从孙中山时期开始，就有恢复民族固有道德，恢复国粹的文化传统。到蒋介石时期继承了这一理路，希望借助民族精神道德的复兴来抵御共产党意识形态传播，并振奋民众精神团结抗日。1927年以来，形式上完成全国统一的国民党，有着提高首都文化地位的自觉意识和现代国家文化建设的积极措施。1927年5月，刚刚成立的南京国民政府就发出了针对全国百姓的"党化教育"号召，并逐步完备，希望借此来确立党派中心意识形态的地位。1934年蒋介石发起了"新生活运动"，希望从"衣、食、住、行"日常生活做起，

① 费正清：《剑桥中华民国史》（下卷），北京：中国社会科学出版社1994年版，第135页。
② 费正清：《剑桥中华民国史》（下卷），北京：中国社会科学出版社1994年版，第154页。

来实践发扬"礼、义、廉、耻"的固有德性和立国精神。1935年1月，王新命、何炳松等十名教授联名发表《中国本位的文化建设宣言》，提倡民族精神和自信力。另外，特别重视对新闻事业的垄断，逐步发展以中央通讯社、《中央日报》、中央广播电台为核心的新闻传播网络。法国学者布迪厄的文化结构主义理论将资本分成三大形态：经济资本、文化资本和社会（关系）资本。这些资本由社会系统中的阶级结构来决定分配，而且彼此之间可以转化。作为政治首都的南京，国民党运用其强势的经济资本转化为文化资本，并且利用国家权威对文化领域产生影响。最明显的就是短短几年内组合建设了南京国立中央大学、金陵大学、金陵女子文理学院、国立医专和南京国立戏剧专科学校等高等学府以及一批研究机构。在文艺领域，也一直都有制定"本党文艺政策"的呼声。先是有一个短暂的三民主义文艺运动，1929年6月国民党中宣部由部长叶楚伧主持召开了"全国宣传会议"，会议通过了两个政策文本：一个是《确定本党文艺政策案》，另一个是《规定艺术宣传方法案》。此后，报纸上陆陆续续零星出现了几篇关于三民主义文艺的理论文章，各地的《民国日报》副刊开始刊登所谓三民主义文学作品。1930年8月《文艺月刊》创刊，9月中国文艺社正式成立，在《中央日报》上还有《文艺周刊》《青白》等副刊都隶属于三民主义文艺园地。但不管是出版12年之久的《文艺月刊》，还是变动频繁的报纸副刊，都没能担当起三民主义文艺建设的任务，也没有代表性作品出现。1930年春天，上海的普罗文化高潮迭起，大有席卷全国之态。眼看西山会议派（主持宣传部）的三民主义文艺没有什么影响力，CC派（主持组织部）就倡导了民族主义文艺运动。这个文艺阵营里，既有官方人物，也有文化人士，更有文学青年们的拥护，主要干将是潘公展、朱应鹏、范争波、傅彦长、王平陵、黄震遐、万国安、张道藩等。在民族危机空前严重，救亡图存的历史时刻，视民族主义为"文艺的最高意义"是一种明智的吸引眼球的选择。在秉承孙中山民族主义思想的基础上，三十年代的民族主义文艺运动有着非常明显的政治动机，一方面是应对不断增强的马克思主义，和左翼阶级文艺对阵；另一方面是在内忧外患的社会时局中，试图稳定加强国民党政权，维护国家的领土主权，希望从文艺角度发挥出"民族主义"的巨大社会整合力。

在"九一八事变""一二八事变"相继爆发之后，民族主义不再是一种官方声音，而是逐步成为文坛乃至整个社会的公共话语，体现着全社会各阶层对于同心同德、联合抗日的诉求。民族文艺"对内当以'联结整个民族，激励爱国思想，肃清汉奸，消灭残匪，积极为民族利益奋斗'为原则。对外当以'联结我内部之民族，整齐步调，抵抗外来民族之侵略，使中国民族获得自由独立与平等'为原则"①。到了这个时候，对于国家民族的认同已经成为整个中国的主旋律。

二、政治话语中的民族英雄塑造

日本帝国主义的步步紧逼，在中国社会各界都有强烈的反应，在文艺界方面有着东北作家群里抗日话语的乡土小说，左翼文坛倡导的"国防文学""民族革命战争的大众文学"，京派文学作家进一步向传统民间文化吸取营养，通俗文学、自由主义文学纷纷转向抗战主题。在民族危亡日益严重的三十年代，不管哪种文学流派的创作都在不同程度上具有民族国家的想象认同，但以"民族国家"作为文艺政策和创作主题的，主要还是国民党政府推行的三民主义文学和民族主义文学。

国民党的民族主义是一种复杂的政治性民族主义，这种民族主义必然要求对民族、国家有着强烈的政治认同，它需要重新来建构一套组织民族公共生活的系统，并通过足够的政治威权来推行这套系统，使其能够融入进国民政府的政治体制中。因此，其民族主义文学的创作，必然呈现党国的政治意识于其中，在宏大的战争叙事里，它有着铁血的战斗精神，那些爱国抗敌的英雄们却更多是随着主流意识形态的变化而改变着自身形象，呈现出一种复杂态势，在另一个层面也大大影响了此类创作的艺术性。这里表现最为典型的就是张道藩的戏剧。

张道藩有着体制内文人常见的政治和文艺之间的矛盾。倾向于个人专业兴趣时，文艺的自由和本体规律就得到关注，并投入个人的文艺创作中；从党国利益角度来处理时，文化官员的政治使命至上，文艺必须加强其宣传教育以及斗争的功能。作为南京国民政府的党政要员，张道藩的政治意识往往更容易占据上风，他意识到大多数民众文化素质不高，需要一种"容易感到兴趣"并且"在正当娱乐之中"不知不觉受到教育的好方法，这个利器就是提倡推广戏剧。"我们如果善于应用戏剧作辅助教育利器的话。我们应该在积极方面采取各种适应需要的题材，写出启发爱国思想的戏剧，发扬民族精神的戏剧，宣传主义的戏剧。"② 抗战时期，他又呼吁"吾国戏剧节之意义，固在观摩戏技，提高艺术文化水准，教育民众，扫除文盲；然其诞生于抗战期，所负特殊之使命，则为政治宣传武器的效

---

① 中国国民党中央执行委员会宣传部编印：《文艺宣传要旨》，1936 年 12 月。
② 张道藩：《戏剧与社会教育》，《文艺月刊》第十卷第四、五期合刊，1937 年 5 月 1 日。

能之发挥"；"所谓政治主张者何，曰：拥护最高统帅继续抗战到底是也"。①因此，张道藩的戏剧主要是为适应不同政治形势以及为宣传和教育服务的。为了更好地兴起戏剧运动，他也曾亲自操笔创作了一些剧本，有不少发表在《文艺月刊》上。从张道藩《密电码》《最后关头》戏剧中的两个"英雄"形象，可以观察到孙中山之后的国民党在运用民族主义话语来强化自己政治上的正当性时，带有复杂的党国色彩，其文化政治实践既有革命进步的一面，又有狭隘落后的一面。

《密电码》② 是张道藩依据自己的一段亲身经历写成的电影剧本。西南反动军阀周锡成查禁打击国民党的革命活动，抓住党务指导员张伯屏等人，勒令其交出组织联络的密电码，张伯屏等人受尽严刑拷打始终不屈服，后经攻城军队援救而出。这个剧作再现了二十年代中国国民党人和地方封建军阀的斗争，反映了革命现实和社会矛盾，具有贵州独特的地域文化色彩，是一部不错的电影剧作。此剧后来由中央电影摄影厂在贵阳等地摄制成有声影片，在京、沪各地均有放映。《最后关头》③ 创作于 1936 年秋天，是一部五幕话剧，讲述唐、贺两个家族的一场你死我活的械斗。张道藩自言这是影射中日之间战争的预言式作品。这个剧本由于受蒋介石的赏识，大量刊行两万多册。该剧基本剧情是说在唐氏家长唐绍轩的寿庆晚宴上，贺家村家长贺老太婆冒昧携子女来贺，并为其子贺纯武向唐家二小姐瑞华提亲，同时索要唐家的大北村大东园为嫁妆。被唐家拒绝亲事之后，贺家用武力抢婚，并强占大东园，唐家人前往援救却损失惨重，铩羽而归。唐家希望应凯南、梅理清、方阆士主持的法院为唐家讨回公道，但他们却无能为力；而贺家还在得寸进尺地威胁勒索，发出了苛刻的最后通牒，把唐家逼迫到了最后关头。唐家全民总动员，誓死抵抗入侵，在付出巨大牺牲后终获胜利。该剧剧名来自蒋介石在 1935 年 11 月发表的一番言论，"和平未到绝望之时，绝不放弃和平；牺牲未到最后关头，绝不轻言牺牲"。张道藩把自己对于中日矛盾局势的思考预测，以小喻大地用家族斗争史的话剧来表现，具有非常明确的象征意义。这一剧作鲜明表现了国民党政府的内外执政方略，客观反映了"七七事变"前后中国面临的严峻国际形势以及人民日益高涨的抗日斗争和勇于为国牺牲的精神。整个剧本故事主线清晰，情节跌宕，富有悬念。对唐贺两家采用了大量对比的手

---

① 张道藩：《中华民国第四届戏剧节献辞》，《文艺月刊·战时特刊》第十一年十月号。
② 张道藩：《密电码》，《文艺月刊》第八卷第四期。
③ 张道藩：《最后关头》，《文艺月刊》第十卷第四、五期合刊。

法，造成强烈的反差。该剧思想内容涵盖较广，人物却流于概念化，缺乏内心世界的细腻复杂和现实生活的鲜活丰富。剧中的冲突虽然激烈，但都是外因推动的浅层次冲突，缺乏人物内在的深层次冲突。总体看来，仍然是一种急功近利的宣传式创作。

《密电码》的时代背景是北伐时期，国民党中央党部派遣人员在西南某省开展党务，宣传革命。"你们唯一的生路就是起来帮助国民革命。打倒一切残害老百姓的军阀官僚。铲除那些敲诈老百姓的土豪劣绅。到那时你们自然能够安居乐业了。"张伯屏被捕后面对酷刑催逼坚决不说出密电码的下落，并大喊："我们革命党人，是不怕死的！是可杀不可辱的！"国民革命是"一场民族主义革命"，它要"摧毁的是军阀和帝国主义"，"确立一种新而有效的政治制度"。① 这场革命追求民族独立，国家统一，民生发展，文化复兴，希望废除不平等条约，通过"打倒列强除军阀"逐步实现救国建国的重任。这个时期的国民党民族主义顺应了历史主流，因此民众基础非常广泛，联合中国共产党有效地整合了各阶层的力量，因此迎来了南京国民政府的成立。肩负先进革命道义和重任的张伯屏是坚定不屈的，有着为伟大历史使命献身的义无反顾的精神，是一个单纯而激情的英雄形象，充满了抗争的生命之力。《最后关头》中的主人公唐家长子建华象征着国民党中央，这个人物形象在面对贺家的强抢豪夺时，不是奋起反击，而是沉稳或者说忍屈。当全家都拒绝贺家对唐瑞华（象征东北四省）的提亲时，只有唐建华态度很特别："（贺家）如果一向多认识我们家一点。不要继续不断的欺负我们。这门亲事也未尝不可能的。"唐建华在面对两家必然"决斗"时，有着重重顾虑和担忧，"我们一面要对付红枪会那些胡闹的人，一面还要整顿内部"。在初次冲突失利之后，他又劝说："我们要仔细想想。不要那样冒里冒失的再去吃亏！我们要知道，贺家今天晚上是有计划有准备来的。我们丝毫没有准备怎么办？"他认为现在"时机不成熟"，必须"要忍"。若不是贺家勒索过度，涉及存亡，唐建华还是不愿背水一战的。该剧一直在强调贺家敢来"抢劫"全是"红枪会捣乱"，"同室操戈"所致。对于中华大家族的衰败，国家被欺的社会现实，该剧缺乏正确的反省和深刻的批判。

《最后关头》的时代背景是"七七事变"前后，南京国民政府在形式上早已结束军阀割据，建立起国家政权，进入以党治国的"训政"时期。

---

① 易劳逸著，陈谦平、陈红民等译：《流产的革命：1927—1937年国民党统治下的中国》，北京：中国青年出版社1992年版，第7页。

南京国民政府的民族主义在政治实践中日益专制集权，完全丢弃了孙中山的民主精神。面对外国强敌入侵，南京国民政府牺牲民族利益来保存专权集团的实力而一味妥协退让；面对国内不同的声音，南京国民政府实行"攘外必先安内"的政策，严防打压并拒绝提供政治参与机会。这种只代表维护特殊集团阶层利益的专制集权的民族主义的实行后果，不但使得广大民众丧失了民主参与政治和自由表达思想的权利，而且因缺乏民众的大力支持也导致南京国民政府的民族主义浅薄而低效。简而言之，既降低了广大民众对政府的忠诚责任感，也大大削弱了民族认同的整合功能，因此才有了家族衰败，屡屡被欺的衰颓局面。历史中的国民政府和剧本中的唐氏家族一样，到了生死存亡的最后关头，不得不全民总动员，以极其惨烈的代价来换取最终的胜利。

作为体制内文人的王平陵，其文艺创作个性化的色彩虽然更加浓厚一些，但政治意识形态还是会若隐若现地体现在作品中。《期待》是"九一八事变"后，王平陵创作的抗战中篇小说，连载在《文艺月刊》第四卷第四、五、六期上。讲述大孤山上一支东北义勇军在没有援军到来的情况下，艰苦卓绝抗敌一个多月，直至弹尽粮绝，在严冬冻馁中全体殉国。这群英雄形象中，有身先士卒英勇牺牲的邓司令，也有被同伴拥戴为继任司令的李得胜，还有吴国材、沈老大、张谱庚等义勇军壮士。他们有着不同的生活经历和遭遇，但为了保家卫国走到一起，共同谱写了一曲悲壮的战歌。由于缺乏真实的生活体验，这篇小说的情节过于简单，战争场面描写较差，大段大段的感叹议论削弱了可读性。小说的人物语言和身份虽然未能较好切合，但人物形象的塑造却具有较强的立体感效果。"被司令"的李得胜认为接受死神邀请最快的总是司令官，所以对于继任军队总指挥有种"勒逼他速死"的担忧，战斗的空隙李得胜还沉溺于沈阳的舒服往事，怀念美女和金钱都不缺的好日子。由弱变强的张谱庚在队伍里原来是个软弱胆怯的受人嘲弄的差兵，但在饥寒交迫值夜勤的恶劣环境中，终于能够克服自己的怯弱，击毙前来偷袭的敌人，获得了大家的赞赏和尊重。这群孤军被困大孤山，羡慕敌人的武器和粮食，为了多口粮、多烤火也发生内部争斗。但就是这样一群人凭借对家园祖国的热爱，用落后的枪炮和石头多次击退敌人，他们战胜了极少数人的投降主义，坚持到最后一个人。这个惨烈的抗战故事由于作者的创作水平有限而影响了艺术效果，但笔下的"英雄"形象却是立体而有鲜活感的，体现了作者对复杂人性的洞察，以及避免公式化、力求艺术真实性的态度。

《女优之死》① 讲述在广州、汉口沦陷以后，北平女伶陈玉英不顾日伪汉奸的威胁，在表演舞台上高呼抗日爱国口号，当场殉国的故事。这篇小说中运用了大量的黑白对比：地位低微的女伶傲骨凛然，宁死赴义；汉奸密探关秘书奴颜婢膝，卖身求荣；"名流"廖院长贪生怕死，任人驱策，只是徒具人性的活尸。《期待》中的英雄是一群直接面对日本侵略者的义勇军，在极度恶劣的环境下以爱国赴义的信念英勇牺牲，他们具有用死来捍卫民族利益的大无畏精神。《女优之死》中的英雄是一位娇弱的女伶，小说并没有大量描写她和日本人的正面斗争，而是把她放置在日伪汉奸的卖国交际圈内，通过汉奸们的丑恶嘴脸和卑鄙行径来突出其柔弱外表下巾帼不让须眉的英雄形象，作品歌颂主人公揭露和鞭挞出卖民族利益的汉奸行径。从与日本侵略者直接交锋到与汉奸走狗的复杂斗争，塑造英雄背景环境的变化，也体现出国民党民族主义策略的调整。抗战初期是以捍卫国家领土和主权的一致对外"抗战"为主，进入相持阶段后，尤其是美国全面宣战后，世界战争格局发生重大改变，日本面临必败的命运，民族主义就将重心再次转移到战前的维护精英集团利益的"建国"上了，对于国内不同阶层的政治清算逐步开始，尤其是对汉奸的批判斗争。这种收缩广泛民众基础的狭隘的民族认同策略，由于日益过度的政策倾斜而导致了后来国民政府的腐朽灭亡。

总而言之，右翼文人的政治意识形态深刻影响了其民族认同的真实性，因为他们更多的是出于一种国家政权的需要，也就是对国家政治、经济和文化各方面控制的需要来进行民族想象认同的，而不是顺应民族精神自然地感应和发展，走向真实动人的民族主义文学创作。缺少来自人类个体内部的真切现实的生命感受和精神感受，而从外部机制中强行加入另类的需要，当然就很难真正激发出读者对民族命运认同的共鸣，从而导致作品艺术性不佳。越是受政治意识形态干扰过多，这种现象就越是明显，因此王平陵笔下的英雄比张道藩的还是要相对生动引人一些。

三、历史视阈中的民族文化建构

强化民族国家认同的有效也是常见途径，就是从本族传统文化资源中进行挖掘利用，使得民族文化可以保持延续性和同一性。"记忆"这个概念对个人而言是对过去的回顾，对群体而言是对传统的关注。对历史情境的回顾关注以及历史化的叙述，是唤起和重构一个国家民族集体记忆，确

① 王平陵：《女优之死》，《文艺月刊·战时特刊》第三卷第五、六期至十二期连载。

定身份认同的重要途径。哈布瓦赫认为，"存在着一个所谓的集体记忆和记忆的社会框架；从而，我们的个体思想将自身置于这些框架内，并汇入到能够进行回忆的记忆中去"。"集体框架恰恰就是一些工具，集体记忆可用以重建关于过去的意象，在每一个时代，这个意象都是与社会的主导思想相一致的。""人们通常正是在社会之中才获得了他们的记忆的。也正是在社会中，他们才能进行回忆、识别和对记忆加以定位。"① 《文艺月刊》中关于历史的各种叙事，就是在这个框架工具间努力试图唤醒大众集体记忆的。从民族历史角度来挖掘资源以供文艺运用，一方面固然是作家唤醒集体记忆的自觉需要，另一方面，也是更为直接的原因，是为了适应当时文艺界的趋势，采用群众喜闻乐见的形式来促进文艺的大众化通俗化，如《文艺月刊·战时特刊》里，何容的《旧瓶释疑》就是参与抗战时期文艺"旧瓶装新酒"活动的讨论。抗战以来更是沿袭"五四"整理国故的理路，从民族历史文化中寻找精华，发掘美德，以利于民族新型性格的塑造。在《文艺月刊·战时特刊》中出现的华林的杂文《认识自己的国民性》，马文珍的诗歌《怀古迹》，王泊生的戏剧《汉宫魂》，易君左的论文《杜甫居属》、札记《草堂总检阅》，徐霞村的文论《发扬我们的艺术遗产》，汪辟疆的论文《文艺建设和文艺理论的检讨》、历史小品《倭寇在明代》，李长之的文论《孔子与屈原》等，都是立足于民族历史角度的文艺努力，试图进行现代性的民族文化建构。

这些努力到了战争时期出现了集中的爆发状态。一个国家和民族处于战争状态的时候，愈加容易激发出深沉苦难的历史和国族认同的强烈愿望。因此，随着民族危机的加重和战争的全面爆发，文学界有一股围绕历史题材而创作的热潮产生，尤其是历史戏剧的创作传播特别火爆，涌现了大批名家佳作，如杨村彬的《秦良玉》、阿英的《碧血花》、郭沫若的《屈原》、顾一樵的《岳飞》、阳翰笙的《天国春秋》、夏衍的《赛金花》、吴祖光的《正气歌》、赵循伯的《民族正气》、欧阳予倩的《桃花扇》、于伶的《大明英烈传》、陈白尘的《石达开的陌路》等。大量历史作品因为创作时间的不同，其内容主题也就烙上了抗战时期不同的痕迹。但这些作品都是有意识地发掘在抗日战争的历史时期，抵御外侮的英雄人物，通过编织民族英雄的谱系来达到民族认同。之所以有如此热潮，主要还是作家们在战争中"所迫切感受到的'现实政治问题'：如何吸取民族历史的经验

① 莫里斯·哈布瓦赫著，毕然、郭金华译：《论集体记忆》，上海：上海人民出版社2002年版。

教训和民族英雄的典范意义来应对当前的民族危机？如何在大敌当前的形势下妥善处理本民族内部的冲突，以避免民族悲剧历史的重演？以及用什么样的理念、依靠什么样的力量、遵循什么样的抗战路线，来引导和动员全国人民为建立一个新的统一民族国家而奋斗？"① 与那些直接描写抗战救国的"铁血精神"的战场写实作品相对应，从历史资源的角度进行题材选择，是民族认同和文化建设的另一类方式和途径，同样具有较好的现实效应。

人们认为："一切历史知识都是具有特定时代属性的知识，历史学家对历史的认识必须包括他对自己现今时刻的认识。因此，历史研究不是单向的，而是过去和现在之间的辩证双向对话。"② 历史叙事的显著功用就是"古为今用"，利用历史资源为现实需要服务。将历史当作一种文本叙事资源，并不需要一味地苛求历史的客观性，而是可以通过作家的主体能动性的解读，重新阐释历史和现实之间的关系，经过新一轮的审视阐释，历史叙事对于当下现实能够起到不同的作用。最为常见的就是对于民族精神的传承，在民族危机日益严重的战争年代，中华民族生生不息的战斗精神在张扬，历史叙事中的主人公都具备了"杀身成仁""舍生取义"的传统优秀品质，面对敌人的侵略和环境的险恶大多是"富贵不能淫，贫贱不能移，威武不能屈"的大丈夫气概。历史叙事的另一种功用是通过历史来影射现实，通过历史典型事件的选取，对现实进行表现并干预，具有比较明确的政治性。在民族内外矛盾纷呈的时代里，面对国家民族的前途命运，各种力量进行着复杂的斗争，尤其在爱国抗敌和婢膝投降之间的激烈冲突中，因作家们所持价值立场和社会位置的不同，对于历史叙述阐释的方式也会有所不同，但对于光明进步、团结爱国的主题确实呈现出一致的追求。

《文艺月刊》中出现了大量的历史性作品，他们在相似的主题下呈现出了创作者自身对现实的理解阐释和干预宣泄。王平陵与王梦鸥合编的电影剧本《孤城落日》以安史之乱为背景，讲述张巡、南霁云等誓死抗敌的民族英雄凭借机智勇谋和民众的团结，击退了令狐潮的叛军，成功守住了雍邱城。不久，附近的睢阳城告急求援，张巡、南霁云等毫不犹豫前往增援，被尹子奇等人的投敌叛变军队重重包围，渐入困境。南霁云率领三十

---

① 解志熙：《历史的悲剧与人性的悲剧——抗战时期的历史剧叙论》，《中国现代文学研究丛刊》2007 年第 2 期。

② 徐贲：《新历史主义批评和文艺复兴文学研究》，《文艺研究》1993 年第 3 期。

骑突围而出，前往弦歌不断、米粮山积的临淮城求助，但该城守将贺兰进明为了保存自己的实力和地盘，狭隘自私地作壁上观，并试图用美色金钱进行诱惑，强行留下南霁云等勇士，南霁云等人冲破围堵回到弹尽粮绝的睢阳城，与张巡以及全城民众共存亡。故事最后以爱国勇士慷慨赴死结束。这个剧本基调悲壮宏大，对现实中的抗战局势有所影射。全剧的"团结御侮""救国存族"的思想主题，一再通过主人公张巡喊出："我们是有历史的民族，我们的祖宗，留给我们许多光荣的遗产，现在快要灭亡了！他们的灵魂在我们头上叫喊，现在是我们流血的时候了！""在非常的时候，我们要非常的沉着，从现在起，大家把所有的力量结合起来，才能保全我们自己，保全我们的国家。"① 这种对爱国勇士的热情讴歌，对卖国求荣的叛徒和自私怯弱者的无情鞭挞，适应了历史的主流和民众的心声，产生了良好的宣传效果，使这种历史题材的叙事变成战斗性的精神武器。在《文艺月刊》中相类似的作品还有不少，如白莎的三幕剧《梅花岭》② 就通过再现明末史可法英勇抗清、壮烈殉国的历史场景，来赞颂"舍生取义"的传统民族英雄。相对而言，他们的创作主题鲜明，艺术手法单一，更多的是属于一种激情的叙事与宣泄。

高佩琅的《屈累》是六幕剧（《文艺月刊》第九卷第一、二期连载），取材于楚国大夫屈原的历史故事，与郭沫若创作于皖南事变后的历史名剧《屈原》不同的是，《屈累》并没有把爱国志士屈原与楚怀王放在截然敌对的位置上。郭沫若笔下的《屈原》主要用来控诉揭露蒋介石集团积极反共、消极抗日的罪行，带有强烈的政治色彩。高佩琅的《屈累》却是沿着爱国忠君和红颜爱情两条线索，来讲述一个性情高洁、不愿随俗的爱国才子的悲剧故事。戏剧开始于屈原和姐姐女须在洞庭湖畔的游览感兴，谈论到理想人君和红颜知己的问题，显示了屈原耿直坚毅的性格特点。屈原在湖岸边碰巧救下了翻船失父的郑袖，两个年轻人经过数月相处，相知互钦，暗生情愫，郑家叔父接走孤女，有情人不得不分离。数年之后，郑袖已成为楚怀王宠爱的夫人，屈原也入朝为官。苏秦前来楚国游说合纵抗秦，屈原主张六国并力抗秦，认为闭关自守的时代已经过去，列祖列宗的名誉孤立也是万难办到，现实中只能是克服不利环境，战胜众多困难，实现外交上的约纵主义而不是迁就强秦侵略。屈原在宴会上慷慨陈词，言明利害，指责靳尚、上官等人的投降妥协主义，终于使得楚怀王承诺结盟，

---

① 王平陵、王梦鸥：《孤城落日》，《文艺月刊》第八卷第二期。
② 白莎：《梅花岭》，《文艺月刊·战时特刊》第十一年十月号。

令在场的郑袖感佩万分。屈、郑两人重逢互诉心迹，虽然磊落清白，但不幸落入靳尚的奸计，被怀王所嫌忌。经年之后，怀王因为相信张仪，兵败失地；又被子兰骗至咸阳，受尽屈辱。此时的楚国畏秦如虎，对外政策举棋不定，六国纵约解体，国际上空洞的同情不能解救国家的危亡。郑袖逃出冷宫找到屈原，恰逢怀王囚死秦国的消息传来，民众群情激愤，一致拥护屈原与昭睢抗秦护国，屈原号召大家不忘国耻、扫清国贼。郑袖不愿儿女私情妨碍国家大事，悄然而去。但屈原的政治理想最终还是破灭了，当他看到楚人忘却国耻、寻欢作乐的场景更是悲愤难抑，有心报国却无力回天，在误以为红颜知己离世的情况下，绝望的他投江以死明志。后来赶到的郑袖见此情形也毅然追随屈原而去，徒留女须悲立岸边，听江歌响起。

高佩琅的《屈累》在尊重历史客观性的基础上，为了有更强的现实针对性，显然做了一些改写，如屈原和郑袖的关系，屈原亡国投江的真正原因等。贯穿《屈累》的主题无疑是爱国主义在现实中的诉求，作家把战国时期秦国与楚国的矛盾演绎为侵略和反侵略的冲突，强化了历史上的斗争和现实中抗日的相似性。该剧创作于 1936 年，我们看到作者——影射的当时现实：国内多方力量在争斗中不团结，国民政府妥协退让的外交政策，大量出现的卖国求荣的汉奸叛徒，国际社会空洞无力的同情，南方苟安的"歌舞几时休"……而在日本侵占了东北且虎视眈眈垂涎华北的危亡时刻，作家通过屈原痛心疾呼："我们今后要打消自杀的无抵抗主义，实行互助的奋斗主义，要打消妥协的投降的事秦政策，恢复彻底的、强调的摈秦政策。我们为维持和平，不怕流血，我们为保护大众，不怕牺牲，我们要整个联合起来，我们要永久联合起来！"① 与郭沫若在党派政治指示下的创作不同，高佩琅主要是通过个人的体验来理解阐释屈原，这位热忱爱国、不懈追求和富于献身精神的伟大志士诗人，其个人的从政、情感悲剧是和楚国的命运紧密联系在一起的。借一段历史来反映抗战时代，借个体命运来彰显国家民族必须一致团结、英勇战斗的主题。与《孤城落日》《梅花岭》等剧作的宏大战争场面也不同，《屈累》的个人视角的微观参与历史时代，是"一叶落而知秋"的典型艺术处理手法，它更加容易接近读者的阅历，也更加顺利地获取了读者情感上的共鸣。

《文艺月刊》除了以上传承优秀民族精神和积极干预现实的历史性作品，也存在着带有现代性思考的较多作家个性化色彩的历史性作品，在民

---

① 高佩琅：《屈累》，《文艺月刊》第九卷第一、二期。

族文化的建构上有着多元化角度的探索。施蛰存的《孔雀胆》（后来改名为"阿禤公主"）首次发表在《文艺月刊》第二卷第十期，这篇历史小说是从人性爱欲这个角度来探索现代民族文化的建构。元朝年间，大理总管段功帮助梁王大败明玉珍敌军之后，本来可以乘胜收复故国旧土，但他却选择做了梁王的女婿，拜倒在阿禤公主的石榴裙下，留在善阐城里乐不思蜀。被遗忘的总管旧妻高夫人利用乡曲感染段功重燃复国雪耻之火，他率领军队回乡，却在国恨家仇与情爱安逸之间矛盾冲突，带着随机应变的计划返回善阐城以后，段功迷恋于公主的美色难以自拔，有了"只要自己重新有阿禤公主的温馨的肉体在怀抱之中，重新过那奢华逸乐的生活，就什么都不妨牺牲一下了"① 的念头，在他的犹豫徘徊之间终于陷入右丞驴儿的奸计，命丧黄泉。阿禤公主曾受命父王，要用孔雀胆毒害段功，但她在亲情和爱情之间选择了后者，可惜仍未能救得夫君的性命。公主想用孔雀胆毒死仇人右丞驴儿，却不够机警露出马脚，反而送了自己的性命。在这个故事里，我们看到了种族与爱恋的冲突，不管是大理总管段功还是阿禤公主，都有着对种族的责任和对国民的信义，但无论做出什么样的选择，都难以逃脱悲剧的命运。

施蛰存相类似的历史小说还有《鸠摩罗什》《将军底头》《石秀》等刊行于其他文艺期刊，这些历史人物不管原来的身份地位如何，在施蛰存笔下都变成了有着七情六欲的普通人，施蛰存着力刻画他们的心理冲突，呈现人物在种种冲突里的抉择困惑和悲剧命运。这些人物一方面有着天然的人性欲望与需求，另一方面又要深深受制于社会的各式规范，在这种矛盾的境况中不管如何抉择都是无法完满的，具有一种悲剧的宿命感，从而深刻地展现出人性的复杂。对于历史故事和人物的改写，施蛰存有着一种自觉的文化建构意识，侧重人物心理状态的描绘表现，试图把西方现代派文学的表现方法和形式引进小说创作中来。他曾说："我感到对一些新的创作方法的运用既不能一味追求，也不可一概排斥，只要有助于表现人物，加强主题，就可拿来为我所用，不过有一点不能忘却，这就是别忘记自己是个中国人，是在写反映中国国情的作品。"② 可见他对于西方现代文艺技巧的吸收是立足于本国文学土壤之上的，创新是为了民族文化的现代性建构。施蛰存的小说创作同样也有浓郁的本土化色彩，比如其小说的叙事方式就继承了传统话本小说的特色，主要采用第三人称的全知叙事角

---

① 施蛰存：《孔雀胆》，《文艺月刊》第二卷第十期，1931 年 10 月。
② 施蛰存：《关于"现代派"一席谈》，《文汇报》，1983 年 10 月 18 日。

度，隐藏了叙述者，使用诸如祈使句、疑问句、反问句等特殊形式来引导读者进入故事世界并进一步推动情节向前发展。例如《孔雀胆》中通过段功的矛盾心态来设置叙述的动力："这恋爱与亡国之仇如何得并合在一块儿的呢！为了恋爱的缘故，再度去到善阐吗？那不啻表示他已经完全忽视了亡国之仇，他会被所有的人民所共弃的。为了要报这亡国之仇，而统率大军去袭击善阐，并且杀掉了岳父把匝剌瓦尔密吗？那是他永远不能再获得阿葢公主了。"①第三人称叙事的选择使用，也使得叙述视角可以灵活变换，施蛰存善于由外而内进入人物的心灵世界，表现其对于人性的独特认识。《孔雀胆》中的段功在率领军队重返善阐城时，一路上有着大好河山优美风光，而这一切如今都在蒙古人的铁蹄之下，段功"这样想着，数十年来的数十万人所蒙着的耻辱，好像全都堆叠到他的脸上，他觉得烦热，暴怒，和不安定了"②。施蛰存的古典文学修养令他注重对传统文学的继承，因此他的文学创作中，不管是深入人物心理世界，还是揭示丰富情感天地，都深受传统和现代的双重影响，具有深厚的文化内涵。

沈祖棻（绛燕）因其旧诗词作而享誉文坛，她在抗战全面爆发前的三十年代前期却是以新诗和历史小说的创作为主，这一时期她在南京国立中央大学中文系和金陵大学国学研究班学习，深受中华古典诗词的熏陶，创作既有个人文艺禀赋的特色，也有民族文化的深深烙印。沈祖棻在1936年至1937年在《文艺月刊》集中发表了她的五篇历史小说，按照发表时间的先后次序分别是《辩才禅师》（《文艺月刊》第七卷第二期）、《茂陵的雨夜》（《文艺月刊》第八卷第一期）、《厓山的风浪》（《文艺月刊》第八卷第三期）、《马嵬驿》（《文艺月刊》第八

沈祖棻

卷第六期）、《苏丞相的悲哀》（《文艺月刊》第十卷第二期）。她也是从人性的角度来开拓历史题材的，涉及艺术、人生、世俗等多个方面，显示了作家开阔的时代视野。

沈祖棻的人性揭示不像施蛰存那样集中在人的本性和社会性的矛盾冲突之间，如她广阔的文艺视野一样，是根据作家自身的人生经历和体验而

---

① 施蛰存：《孔雀胆》，《文艺月刊》第二卷第十期，1931年10月。

② 施蛰存：《孔雀胆》，《文艺月刊》第二卷第十期，1931年10月。

采用了多元的涉入视角。《辩才禅师》围绕着辩才禅师与萧御史对《兰亭》真迹的守护和骗夺来展开故事，对人与人之间的信任提出复杂性的思考，对虚伪欺骗强烈谴责。《厓山的风浪》是抗日局势越发危急时刻的响应之作，借用南宋陆秀夫背负小皇帝投海殉国的故事，表现个体人性中常见的对于国家的热爱和民族的认同。《苏丞相的悲哀》则是通过苏秦两次回乡截然不同的境遇，深刻讽刺了世俗间比比皆是的功利化人性。《茂陵的雨夜》和《马嵬驿》都是历史上的著名爱情题材，沈祖棻笔下的女主人公具备了"五四"以来的个体觉醒意识。前者讲述卓文君为了司马相如的健康，在分居头一夜的雨声中，从女性立场对男女情爱关系做进一步思索和认识，在男女因个体价值观念的差异而导致的不同情爱人生观念里，卓文君最终宽容而坦然地选择了体现现代女性的主动理性的成熟风韵。《马嵬驿》中的杨贵妃超越了以往同类题材的形象，因为这是一个爱情至上且追求个体平等的热情的现代女性形象，她可以义无反顾地为爱献身，但残酷的现实震醒了梦中人，她蔑视唐玄宗的自私懦弱，在痛苦中仍旧勇敢选择了为破碎的梦自缢。

沈祖棻笔下的人物是历史内蕴和时代意义的结合，不管她的小说是从哪个具体的角度对人性进行思考和揭示，都带有强烈的信仰和执着的追求精神。辩才禅师对艺术的痴迷和追求，《厓山的风浪》中君臣对"责任"——国家兴亡，匹夫有责——的担当，苏秦对非功利人性的渴求及对其缺失的悲哀，杨贵妃对个人平等爱情的执着，卓文君对个体价值差异的理性，都体现了作家个人思想风格和社会时代思潮的紧密结合。作为一位兼有诗人和学者身份的女性作家，沈祖棻的文学风格首先具备一种浓郁的女性气质，对于女性情感命运特别关注，善于从细微处尤其是人物的内心世界来进行细腻曲折的描写，不管是卓文君雨夜的层层思绪，还是杨贵妃临死前的回忆和追问，都处理得缠绵回环、委婉灵动，有丝丝入扣的感染力。其次，也是更为重要的，其文学风格深得中国传统诗词艺术的真谛。她特别重视小说中情景的渲染，遵循着"凡景语皆情语"的创作原则，也从不在作品里跳出来指点评价，而是用意在言外的含蓄来表达自己的思想倾向。例如《苏丞相的悲哀》中，苏秦第一次落魄回乡是寒冷凄凉的冬天，第二次回归故里是明媚灿烂的春天，这种强烈的反差渲染出不同的心境和气氛。《辩才禅师》中的萧御史假扮成萧客人，刻意接近辩才禅师并骗取其信任，最终奉旨夺走了《兰亭》瑰宝。全篇没有任何评论萧御史行为的词句，但通过辩才禅师深受打击后的重病萎靡，对这种虚伪狡诈的行径进行了"无声胜有声"的谴责。沈祖棻的历史小说是典型的抒情性小说，篇章之间总是充满着热烈奔放的激情以及情绪变化鲜明的节奏感。例如《辩才禅师》在描述《兰亭》的艺术价值时，用一段诗歌般的文字来表达辩才禅师对艺术的激情热爱。

你看见过游龙在云中飞腾么？你看见过老鹰在空际盘旋么？那是它的气势。你看见过佛祖的拈花微笑么？你看见过美人的含情流盼么？那是它的姿态。你该见过秋日傍晚霞彩的明耀？你该见过少女唇上的胭脂的鲜艳？那是它墨色的妍润。你可曾见过南海的明珠？你可曾见过蓝田的美玉？那是它光芒的辉耀。你可曾有过在雪夜和知己围炉谈心？那是它的神味。你一定看见过黎明时候从海底涌出来的太阳那种伟大的神奇？你当然看见过秋夜高挂在天心的一轮明月那种清幽静穆？你欣赏过晴空的白云那种悠闲没有？你赞美过秋晨的青山那种淡远没有？①

沈祖棻的民族文化建构主要是从历史资源中来选择材料的，这和她的个人专业兴趣以及文化传统、家庭背景都有关系，但她毕竟也是在"五四"新文化洗礼下成长的年轻作家，所以她初入文坛是首选新文艺创作，而且在时代的文化氛围中有着现代性的自觉追求。

相对而言，沈祖棻的授业恩师更是一位特别注重继承和发扬传统文化资源，尤其擅长古典诗词研究的学者，同时也是《文艺月刊》的编辑——汪辟疆②。"旧学"人物往往容易留下一副反新复古的面孔，汪辟疆精研古诗词，却并不反对诗的变革，只是他很自然地喜欢从自己熟悉和擅长的领域来探究罢了。1933 年发表的《论诗短札》中，汪辟疆与友人深入研讨宛陵（梅尧臣）、山谷（黄庭坚）诗的风格特色，颇有见地："我以为欲事革新运动，至少要把我国过去许多诗人努力所得之总成绩，去仔细调查一下，究竟有无可贵的价值。估量既定，然后进行解放和创造，总要不失去民族性，和卓然独立的风格；这才是一条光明的大路。"③ 做了《文艺月刊》编委之后，汪辟疆视野中的 1935 年中国文学，建设方面成绩无提及，

---

① 绛燕：《辩才禅师》，《文艺月刊》第七卷第二期，1935 年 2 月。

② 汪辟疆（1887—1966），江西人，名国垣，字辟疆，号方湖，是一代国学宗师。1927 年应聘于第四中山大学（南京国立中央大学前身之一），后来一直任教于此。汪辟疆出身于书香门第，幼承家学，业精于勤，专攻经学、文学、目录学，于诗学研究尤其精深。1919 年就曾撰写《光宣诗坛点将录》，得章士钊等文人名流欣赏，后来连载于《甲寅》第一卷第五期至第九期。到二十世纪二三十年代，汪辟疆也是学衡派干将，是《学衡》刊物的诗词撰稿中心人物之一。

③ 汪辟疆：《论诗短札》，《文艺月刊》第四卷第二期。

认为"老诗人闽县陈宝箴，小学家蕲春黄侃，诗家顺德黄节，骈文家元和孙德谦这四个人，在这一年的中间，先后逝世"是绝大的损失。国难深重，新旧两派应该团结共建中国的新兴文坛，在文以致用的原则上，至少要包含两种重要条件：一是"文学不能把国性（民族思想）丢掉"；二是"文学不能把学术和人品分开"。① 汪辟疆虽然并不反对文学文化的革新，但由于自身治学所限，对西学了解甚少，所以关于新时代文坛的重建，他全是从传统文学中去整理探究，是典型的"国粹派"的文艺观。在全民抗战，文艺界空前团结协作时期，汪辟疆的文章《文艺建设与文学理论的检讨》② 比较全面地展示了这种文化保守主义者的文艺理念，兹解读如下。

首先，汪辟疆认为"在原则方面，文学是前进的，是大众的。在写作方面，文学是要有用，是要有我"。他承认任何文学创作都具有时代性，需要注重文艺的普遍性，如此才能在时移世改的历史进程中保持经世致用的功能。而文学也要有国性（民族性），这种性质既体现了文艺创作的时代环境，也包含了作者自身的思想风格。汪辟疆提倡一种"国性文学"（即民族文学），一个民族的历史、意识、文化等诸多因素建构了一个国家的灵魂。在他的眼中，中华民族的固有道德可以简而言之为：儒家的"忠孝节义""言忠信行笃敬"，管子的"礼义廉耻"，《尚书》的"一心一德"，《春秋》的"内中国而外四夷"。历代前贤志士正是依托于这些民族美德才大业有成的。他列举了近代以来孙中山的同盟会机关报《民报》，清末邓实、黄节等学者的《国粹学报》在革命运动中所起的伟大作用，呼吁扩大国性文学的范围，尽量发挥其效力："一方面鼓吹内夏外夷的'春秋'大义，做我们驱逐暴寇的先锋。一方面发挥固有的民族美德，建筑我们坚固永久不可拔的堡垒。"

其次，汪辟疆讨论到文艺的形式问题。为适应当时文艺界提出的"通俗化""大众化"，他认为提供给前线和民众的文艺形式，"不要仅仅的顾到新的一方面，而且同时也要顾到旧的一方面。向来深入民间的文艺，像弹词，民歌，章回小说这一类的旧体裁"都可以采用，选材要侧重从古今民族英雄抗敌事迹中获取，配合大众耳熟能详的文艺形式，尽量灌输新的智识和民族意识，唤起全民同仇敌忾的心理，为抗战博取广大同情。

最后，汪辟疆提及了文学的批评。文坛需要严格的文艺批评，而在他看来，要从事文艺批评，至少要从两个方面来努力：在积极方面要有很深

---

① 汪辟疆：《1935年的中国文坛》，《文艺月刊》第八卷第二期。
② 汪辟疆：《文艺建设与文学理论的检讨》，《文艺月刊·战时特刊》第十一年四月号。

的文艺修养和见解，要有高人一等的欣赏力；消极方面，要纯粹客观，抛弃派别的成见。汪辟疆的"国性文学"固然没能唱出什么新调调，但在当时却有大量采取不同形式来应和的人。

和"五四"时期新旧文化阵营激烈的对峙局面不同的是，随着民族危机的加重，尤其是抗日战争全面爆发之后，全国民族主义情绪高涨，西化思潮相形见绌，文艺文化界掀起了"中国化""本土化"的热潮，汪辟疆的国粹派文艺观也就大有市场了。为持续践行自己的文艺观，他在1942年主编《中国文学月刊》和《中国学报》。由于资金短缺，两个刊物刊行期数都不多（《中国文学月刊》4年中仅印行了5期，《中国学报》也只有2期付梓发行）。1943年为弘扬中华民族传统文化，汪辟疆又主持发起对"中国文学丛书"的编印，获得于右任、章士钊、宗白华、金毓黻等人的赞赏支持。在《中国文学社编印丛书缘起》一文中，他又一次强调："盖以一国之学术，必自有其国性。国性不具，则民族精神无所托命。文学者，乃国家民族精神所寄者也。"①不但在理论上强调文学的民族性，汪辟疆自己还坚持旧体诗词的创作，他在《文艺月刊》上发表《江行望钟山》（第八卷第一期）、《后湖集》（第八卷第二期）、《秦淮集》（第十卷六期）等诗词，多是他对南京各地秀美风景、人文古迹的吟咏。在他的影响下，《文艺月刊》也给古典诗词留下了一定的空间，这些诗作或是文人们结社雅集的赋诗联句，或是对祖国大好河山的吟诵赞歌，还有反映时代并进行现实批判的作品，无不凝聚了诗人们深深的爱国之情和对民族文化的强烈认同感。如汪辟疆的《秦淮集》之一令往日雅集历历再现。

上巳秦淮禊集

禊饮岂择地？所赖散幽疢。

一雨失湖游，改结城南轸。

秦淮不改度，邀笛差可领。

去水自潆洄，俯槛濯清影。

此水盛簪裾，亦见花枝靓。

吾侪喧一楼，自视果何等？

开轩写烟雾，堆盘荐樱笋。

即此足湔祓，安用辞酪酊？

---

① 马骔程：《汪辟疆先生在四十年代的轶事》，《古典文献研究》（1989—1990），南京：南京大学出版社1992年版，第127页。

感旧念黄炉，逸兴时一骋；
觞令严如山，应之以暇整。
诸子薰沐余，倾耳发深省。
惜哉閟寒泉，坐失烛光秉！（注一）
楼高春正寒，雨急夜方永。
即事动孤吟，江山助清警。

注一：黄季刚先生曩年尝约同人集此，集必有诗，或连句，或分韵，历年所得诗，约数百首，多付制言刊布。今季刚逝已三年矣！此会何可再得！

侯佩尹和瑟若两位诗人亦刊发大量风光游记性诗作，如侯佩尹的《漓江舟行杂诗》（《文艺月刊》第八卷第二期）用组诗的形式描绘了漓江沿岸的优美风光："翠峰描黛碧波凝，茂竹丛松分外青。绝似绿珠朝镜里，云发眉眼总盈盈。""怒如碧海掀惊浪，睡似平湖映白云。怪底漓江饶水态，千山争弄绿罗裙。"瑟若的《诗的游记》（《文艺月刊》第十一卷第一期）中有一首《栖霞寺》："一径入寒碧，钟声出梵林。名蓝依石古，绝渊傍岩深。坐对空明镜，长留清净音。今朝会心处，安问迹销沉！"都是使用了古典诗词传统的创作技法。白蕉的长诗多是现实主义作品，他的《公子行》和《西家词》从男女不同角度反映当时年轻人在新文化思潮影响下的荒诞生活，有着对传统文化的深深依恋和对现代性的反思，如《公子行》中如此嘲讽上海交际场上的富豪花花公子："洋场十里奥斯丁，口操西语人英英；装成世界（西装）人争羡，掷果潘郎疑再生。"

总而言之，从历史语境中寻找优质资源来建构现代性的国族文化，从而达到民族认同的目的，在《文艺月刊》的文学创作世界里处于比较成功的状态。大量作家文人从不同的视角涉入，把挖掘中华民族的精神瑰宝和引进西方的现代性文化有机融合在一起，呈现了丰富多元的艺术性较高的本土化文学世界。相对看来，政治语境中的文学创作就要逊色得多，一方面，固然是因为大量的中间派作家并不愿意成为官方政治话语的传声筒，所以远离或者拒绝踏入相关的创作领域，而国民党自己的文艺人才在数量质量上都相当有限，难以挑起创作的大梁；另一方面，也是最为主要的原因，当文艺附属于政治，它必然地就以服务政治意识形态为第一要务，比较容易影响文学艺术形象的审美创造和思想情感的真实表达，政治意图越强烈，负面影响就越严重。虽然主编王平陵注意到了文学的本体性，但他并没有摒除文学的功利性观念，仍然把文学视作政治的工具，因此不管是右翼文人自己的创作尝试，还是其他作家类似的宣传式作品，民族英雄形象的塑造都在不同程度上有概念化、公式化的弊病，在文学史上有历史现象的价值，而在艺术性的意义上就乏善可陈了。

第二节　民生苦难和社会批判中的人文关怀

文学是人学，在民主科学的大旗下，"五四"以来倡导思想自由的个性主义貌似被淹没在革命文学思潮下，其实是在三十年代里深潜下沉，在政治话语论争不断，冲突激烈的文坛喧嚣中，默然进一步发展，更为踏实深刻地延续着"人的文学"的观念。大量的作家通过创作实践来进一步阐释人文主义的文学，老舍、巴金、曹禺、沈从文等执着于人道主义和文化主义，新感觉派的都市描绘则充分展示了世俗化中的人性，也有大批的文人如林语堂、何其芳、戴望舒、卞之琳等人通过译介西方文艺美学思想，来开拓人文主义文学的知识资源，丰子恺、宗白华、梁实秋、朱光潜、向培良、李幼泉等人通过论争，以一系列论述来深入阐扬了"人的文学"的学理根源。其实，左翼的无产阶级革命文学也有一种关于"人"的思索，这种文学理论按照社会阶级等级来划分人，主要是从政治、经济的角度来发现人的社会性。右翼的民族主义文学则是按照一个更为宽泛的概念"民族"来进行关于人的思考，从种族性、政治性、历史性、文化性等多个方面来考察人的社会性，"民族"与"国家"在定义上紧密相连，现代国家的基础是民族，基本形态是民族国家。

人是文学的核心因素和灵魂所在，不管从哪个角度来具体关照"人"，总是要兼顾到人的两个基本方面——物质和精神，这两个方面是互相制约影响的。首先，一个人的经济生活、社会状况会在一定程度上决定其精神面貌，正如鲁迅《伤逝》里追求的妇女个性解放，如果缺乏经济基础，一切都是枉然。仅仅从精神层面来寻求解放，显然并不是一条现实的国民人格健全之路。其次，如果单纯地追求经济物质上的解放，并不能真正消除封建思想文化观念对国民意识的不良影响，若是不能清除国民的劣根性，也就不会产生真正意义上的现代的具有独立人格的国民，只是多了一些富裕的奴隶或意识形态的工具而已。所以文学的人文关怀，既要关注到民众的生存状态，又要加强现代意识的渲染熏陶。在一定的历史时空中，只有兼顾到物质和精神两个层面，把一个健全完整的人格作为探索的目标，才能真正实现人的自由和解放。

国民党由中国同盟会一路发展而来，其反封建反帝的先进革命性毋庸置疑。1924 年国民党改组，通过与共产国际以及中国共产党的合作，使得其组织基础空前广泛，党员中间工农的比例超过半数，是密切联系民众、关注民生的革命性政党。南京国民政府成立之后，蒋介石集团进行清党，革命人士和不同派系的党员被清除，大量官僚政客军人的涌入，使得国民党的性质产生了改变，日益成为一个基础狭隘、革命精神渐失的保守执政党。从社会时代背景来看，民国社会正处于从传统向现代转型时期，因此各种力量颇为混杂，旧的事物依旧顽强生存，新的东西也在破土生长。资本主义商品经济和落后的农村自然经济并存，封建王朝覆灭之后科学民主观念渐入人心，但大一统的权威和封建宗法家长制的传统观念还有着深远的影响力。凡此种种，使得南京国民政府和国民党在革命性和保守性之间反复摇摆，在维护自身统治集团利益的基础上，又不得不兼顾考虑强烈的社会呼声和最基本的民众利益。作为明显受制于国民党政治意识形态的《文艺月刊》，更多地倾向于继承"五四"以来民生关怀和思想启蒙传统，出现了大量关注民生及现实苦难，改造国民性，批判社会的作品，具有鲜明的人文理念和精神。

一、现实中的民生苦难

三十年代的中国面临着内忧外患，都市金融界危机加深，全国经济处于衰退的状态；频繁的自然灾害，加剧了农村的破败和失业的恐慌。国民党政府为了进一步巩固政权，频繁发动与地方军阀、共产党军队的战争。更为严重的是，日本人发起了侵略东三省的军事行动，并对中国步步紧逼，民族危机日益加剧。在这样的社会历史环境下，文学界普遍具有一种强烈关注国计民生的自觉意识。

《文艺月刊》中有许多现实主义的作家，其中一位几乎是在全力描绘和批判现实世界，他就是汪锡鹏。1927 年，汪锡鹏以长篇小说《结局》在创造社的"文学奖"中拔得头筹而步入文坛，受到众人瞩目。该篇塑造了芷芳这样一个时运不济、命运坎坷的悲剧女性形象，展示出妇女独立解放的道路艰难而漫长，具有哲理探寻的意味（1929 年 1 月《结局》由上海水沫书店和创造社出版部同时出版）。汪锡鹏曾经就读于东吴大学，是与朱雯齐名的才子。1929 年 10 月，他们和几位文友在苏州创立白华文艺社，出版《白华》文艺旬刊，仅出八期，少有人知。汪锡鹏同时也是一位笔耕勤恳的作家，很快由上海良友图书印刷公司出版了《前奔》（1931 年 4

月)、《丽丽》（1932 年 10 月）等小说集。他后来在杭州之江大学任教，成为基督教徒，曾经被聘去河北定县平民教育促进会文学部工作。

汪锡鹏的《结局》

汪锡鹏在文坛崭露头角烙有创造社的痕迹，其后辗转流浪，并没有专心致力于创作。"六七年来我的生活很零落，从没有机会在一个地方安心地住过十个月以上的时日，所以也从没有机会在一个志愿下安心地写过几篇小说。"[①] 他后来转入了民族主义文学的阵营。1932 年 10 月，唐人、白桦、尚由、汪锡鹏等人在杭州组建黄钟文学社，创办《黄钟》周刊，后改为半月刊。汪锡鹏是该刊的重要撰稿人，发表了大量关于"民众文学"的著述，对民族主义文学理论进行拓展性研究。1933 年 6 月，他又受聘为《矛盾》月刊的编辑，出版有"矛盾创作丛书"之一的《汪锡鹏小说集》。

汪锡鹏是一位关注现实民生，颇有艺术功底的浮世绘画家。他擅长运用写意手法撷取生活片段或社会场景，人物描摹则大量运用工笔白描，用简单的线条勾勒出生动的韵味，神形兼备地反映出当时社会的现实。汪锡

---

① 汪锡鹏：《校读之后》，《汪锡鹏小说集》，南京：矛盾出版社 1934 年版。

鹏认为"什么树结什么果子，什么社会产生什么样的人"①。他困顿和流浪了数年，游走在社会各个阶层之间，对于现实的黑暗悲惨有着深刻的认识。他笔下的小说仿佛一幅幅风俗画卷，涉及城市乡镇，农工商各行各业，人物多种多样，整体气势宏大，内容丰富，色调虽然以晦暗为主，但也不失亮点。

《都市人家》（《文艺月刊》第三卷第八期）通过好奇的"我"的跟踪观察，发现了苦苦挣扎在城市底层的一家人：姐姐偷偷做娼妓，弟弟爬在店门口做"乌龟"广告牌招揽顾客，年迈的父母行乞于街头。《南阳之夜》（《文艺月刊》第三卷第十二期）中的铁匠周长发，勉力支撑着自家奄奄一息的铁匠铺。某夜来了几个进城办事的同乡朋友寄宿，岂料这群人被生活所逼早已成了绑匪，还把枪支隐匿在他的铺子里。出于同情和义气，长发没有告发，翌日事败被捕入狱。这篇小说从城乡、工农两个角度批判了外来资本商品的侵略攫夺。昔日红火的铁匠铺面对洋货的冲击节节败退面临倒闭，因为"那洋货咱们自己也不会造，也没有人教咱们造"。国内外资本勾结，强逼着乡村传统农业模式发生改变："压逼着种他妈的乌烟，他妈的拿大钱，种花的拿小钱，外国货样样贵，活得了吗？"《在逃的罪人》（《文艺月刊》第四卷第二期）的故事从庙会摆摊先生为一个穷妇代写家书开始。这个负债累累的家庭，丈夫失业酗酒打人，年幼小儿刚刚病愈，二姑娘做暗妓养活全家。雪上加霜的是，地痞小三子像苍蝇一样盯着二姑娘，整天打着坏主意。读者们正在担心二姑娘如何才能逃过这一劫时，警察上门来逮捕了这一家人。小说的最后意味深长："犯罪的人被捕了。——有没有在逃的？——警官问警察。"《异种》（《文艺月刊》第六卷第四期）同样也在讲述贫家举债的艰辛劳苦生活。大萍勤劳能干，在厂里却处处受欺负遭算计，未婚妻小翠母女在厂长家做女佣则含屈忍辱。这个夜里，站在窗外的大萍听到厂长少爷又在调戏小翠，实在忍不下去了。"大萍握紧了拳头，自喃着：'也不过是五十块钱——我和小翠俩没有饭吃而已。干这个坏种子！'便一头冲进了周家院子里去！"这篇小说的"异种"正是挣脱了重重束缚和顾虑，不甘困死于现实罗网的大萍。反抗的后续情节并没有展开，故事戛然停止在"冲进了周家院子里去"这个特写镜头中，给人激情也给人希望。《怅惘》（《文艺月刊》第四卷第五期）的小说风格和汪锡鹏一贯的客观写实有很大的不同，它更像是一篇心理分析小说，主要通过展示一个已婚少妇的内心世界来传达作者的生活追求。之光

---

① 汪锡鹏：《致王之因》，《丽丽》，上海：上海良友图书印刷公司1932年版。

利用假期，偕同妻儿来到西湖游玩。妻子韵姑心不在焉的怅惘并没有引起之光的注意，韵姑受凉致病入院治疗，之光在假期最后一天不得不留下妻子，独自带着儿子返城上班。那么，韵姑为何心事重重呢？小说从一开篇就大力描绘韵姑的心理世界，美丽的西湖到处留有韵姑和前任男友文昌甜蜜幸福的影踪。在点点滴滴的回忆中，韵姑那幽微朦胧的思想感觉逐步转化出文昌的清晰形象——体贴尊重女性，知民生，有激情的革命有为青年。衣食不愁、家庭和顺的韵姑之所以如此失意懊丧，是因为丈夫之光的平庸自私，他知道"新光戏院的影戏便宜而好，大三元的广东菜顶好吃。之光是这样的人，也只配终身作税务员"！小说表面上是在刻画两个不同的男性形象，实质上是在对比两种截然不同的人生态度和生活。而韵姑的情感取向则体现了在热血有良知的青年们中，那种不曾褪色的大革命情结。汪锡鹏的小说视野从都市底层到破败农村，主要人物从挣扎在生死线边缘的城市平民到为生活所逼为寇匪的农民，从逼出最后反抗精神的工人阶层到瞻前顾后的女性知识分子青年，在人的物质和精神的不同层面上，反映出广大民众的生存困境。

王平陵也有反映民间底层疾苦的作品。《父与子》（《文艺月刊》第四卷第一期）中李长海的家穷困至极，以致有孩子在饥馁中死去。李长海沿街叫卖两个小女儿，妻子则带着大儿子去讨饭。但幼女卖不出，为了避免全家饿死，只好将长子以23块大洋卖了。这篇小说情节较为生硬概念化，人物也塑造得比较呆板，但还是真诚地描述了当时底层的悲惨生活和百姓的麻木无奈，揭露了社会的黑暗。

作家沙雁也有大量的现实主义作品。沙雁原名欧阳沙雁，生平尚不可考，是《文艺月刊》后期的主要作家，发表作品的数量仅次于王平陵。根据江石江的回忆："我与平陵兄的订交是在南京，大家提倡'民族文艺'时，尚有卜少夫、欧阳沙雁、王梦鸥三位，我们结为盟友，他是老大，誓为'民族文艺'工作而奋斗。"[①] 欧阳沙雁从事民族主义文学创作，出版有《要塞退出的时候》短篇小说集（独立出版社1938年版），后来去了台湾。沙雁的创作视野从农村到城市皆有涉及，比较广阔。《丰收的梦》（《文艺月刊》第九卷第三期）讲述中国农村一个普通家庭因为天旱灾害而陷入生活困顿的故事。晋生叔的老伴在早年的贫病中已经离世，儿子小牛过度辛劳病倒在床，衰老的晋生叔抱着几个月大的孙子一筹莫展，儿媳只好去大户人家做奶妈，她不但要受克扣剥削之苦，更要忍受管家的欺凌调戏，晋

---

① 江石江：《哭盟友王平陵先生》，《王平陵先生纪念集》，台北：正中书局1975年版。

生叔拼了老命冲上去维护儿媳的清白，故事就此而止。如果说遇上旱涝等天灾，让村民的丰收憧憬变成了一场梦，那么土豪劣绅处处欺凌的人灾就令人们过上饱腹日子的愿望只能是永远不可及的梦。《锅炉口》（《文艺月刊》第十卷第一期）将目光投向了城市平民，健壮的阿林和秀丽的妻子新婚不久，日子过得令左邻右舍羡慕。虽然阿林每日做工颇为辛苦，但好在年轻有力还未育儿，小家庭对未来充满了希望。这一日，阿林被捎客约去城里的澡堂子商谈下一个工程的事宜，阿林嫂做好饭菜等了一夜都不见丈夫归来，第二天却等来了澡堂子锅炉爆裂，死伤几十人的噩耗，阿林嫂的生活顿时陷入地狱中。如果遇上意外的灾祸，城市平民的生活将没有任何保障，其生存的境况可见一斑。《巨掌下》（《文艺月刊》第十卷第三期）也是讲述城市贫民的生活惨况，但它的视角非常独到，是从革命前后毫无改变的百姓生活来反思革命的合法性和先进性。邦府一家和全城百姓经历了革命激战的硝烟，"虽然革命军进城之后，整整又混乱了一夜，而人们的心中却已不和前时况味一样了！这况味对于邦府是刺激痛心，因为他伤了一条腿，流弹带走了他的小水，他的一个接手"。更为糟糕的是，受伤的邦府不能工作养家，刚出生的婴儿在嗷嗷待哺，为了让其他家人能够活下去，邦府不得不亲手掐死了这个孩子。邦府禽兽般的疯狂举动是在生活重压下的狂暴反抗表现，他不明白"十年来，受得苦，可算是够了，为什么时候就越来越可怕了呢"。革命来革命去，邦府的生活状态一日不如一日，但他别无选择，只能是"像牛一样的在生活的鞭策下拖着一个家的死干"。① 这篇文章从反思"革命"本身来展开故事，截然不同于三十年代常见的光明激进的革命叙述模式，而是揭示了革命的复杂性及其给普通百姓带来的负面影响。

《文艺月刊》上还有一些作品将视角投向从乡村来到城市的底层人物，在生活愁苦的背景下展示他们城乡冲突的痛苦心理和无奈命运。比如又有好几篇关于奶妈帮佣的作品，都是从物质、精神的双重层面来进行人文关怀。袁牧之的长篇小说《奶妈》（《文艺月刊》第二卷第二、三期）写了乡下女人阿翠为生计所迫去城里做奶妈，丈夫却在乡下堕落背弃她的故事。阿翠不但要周旋在城里公馆的复杂险恶的人际关系中，还要频频遭遇夫弃子亡的悲惨经历。最后她泯灭了生活的希望，成为一个"纯粹的到公馆人家做奶妈去底配子"了。凌叔华的小说《奶妈》（《文艺月刊》第八卷第四期）通过乡下人奶妈的孩子和城里东家的孩子，一贫一富，一死一

---

① 沙雁：《巨掌下》，《文艺月刊》第十卷第三期，1937 年 3 月。

生的不同命运比较，呈现出一位年轻女子在可怜的母亲和下等的奶妈这两个身份间的冲突焦虑，以及最终因为孩子病死，忧郁过度断奶遭受解雇的悲惨境遇。作家不但关注他们的生存状态，为其生存的苦难鸣不平，也同时注重从人的精神层面表现他们的矛盾心理和自我意识，张扬一种对人的生命的基本尊重。

关于讽刺和暴露黑暗、关注民生苦难的方面，《文艺月刊》一直遵循着文艺深入现实的原则，到了《文艺月刊·战时特刊》后期有一场小小的争论。起因是作家何容在第三卷第七期（1939 年 7 月 16 日出版）上发表《关于暴露黑暗》，认为抗战文学中"只表现光明而避免黑暗暴露"现象的出现，主要是因为在"不违背抗战利益"的条件之下去暴露黑暗，不容易做得恰到好处，稍有不慎，便会于抗战有害。因此，"如果对于'医'没把握，'疾'无论轻重，还是讳一讳好，因为'讳'至少不会更有害，不讳也不会有益，无论轻病重病"。很快在第三卷第十、十一期上（1939 年 9 月 16 日出版），郑知权反驳了他的这种言论，指出"黑暗的暴露，与光明的表现，有同等价值"。如果说写光明是完成建设的功效，写黑暗就是完成扫荡的任务。克非则在《谈讽刺》一文中提倡建设性的讽刺文学，使之有改革重建的作用。"能取着非常善意的态度，用一种所谓建设性的理据，去指责或教训这丑恶的现实，当然这是再好也没有。"编辑室在《都应为了抗战》中评论了这次小小争端，强调"重要的却是无论表现光明或暴露黑暗，都要作者时刻不忘作品的反响，勿使它引起不健全的意识"。"作者不应单忠实于光明与黑暗事实的本身，而主要地要忠实于文艺在现阶段应负的抗战使命。"从这里我们可以看出，《文艺月刊》的民生关怀固然有着"五四"以来人文主义继承的一面，但因为该刊的官方背景和文艺工具论的理念，就必然会受到政治意识形态的影响。

二、多角度的社会批判

面对社会的种种黑暗丑陋，面对民生多艰的沉重现实，具有人道良知和人文关怀意识的作家都具有一种社会批判意识。他们继承了"五四"新文化运动以来"重新估定一切价值"的批判风格，从多元角度对社会进行各具眼光的批判，彰显了作家们的独立人格和自由意识。

汪锡鹏是一个有着向右翼文学阵营靠近的经历，后来又转身投入民间教会组织的具有自我思考意识的作家。刊载在《文艺月刊》第九卷第六期上的小说《徒步旅行全国的人》，直指南京国民政府的虚伪欺骗性，集中呈现了汪锡鹏对社会政治思想的批判意识以及对现代小说技巧的探索。故事梗概是这样的：有一日，写稿还债的章文昌在街上邂逅正在周游全国的老同学胡世杰，两人久别重逢相谈甚欢。一封催债信促使文昌和世杰同行，他希望到大自然中去摆脱都市的神经衰弱。他们旅行到一个大村庄——黄店，天色将晚，两人歇脚投宿，饭后在村里闲逛的他们遭遇了一些事。一个身患疟病的人躲在玉帝庙的佛台下避鬼，已经垂危的病人不愿服用世杰带有的金鸡纳霜丸，而是笃信鬼佛会救他。小巷里的乞讨者把他们当成城里的商人，讨要红丸，这东西上瘾之后让人死不去，活不来，求求他们开恩救命。两人好不容易摆脱纠缠，回去睡觉，文昌继续做着还债的噩梦。离开黄店后的第三日，投宿在距离县城（应城）七八里远的河东镇，半夜县城遭到饿匪攻劫，波及镇里。体弱的文昌禁不住连日辛劳惊恐，终于病倒发烧。天将亮时，枪声更近了，"世杰带着万分疲乏的身体在苦痛中，屋外流血的恐怖，屋内病狂的疯人"。

《徒步旅行全国的人》明显用了象征手法，隐喻了知识分子和国民政府（革命者）之间复杂的关系。其创作的时间是 1936 年底国内外危机日趋严重的时刻。和三十年代初积极投入右翼文学阵营不同的是，此时的汪锡鹏对官方的态度更多的是失望甚至愤慨。愁闷悲苦的文昌（知识青年）困于一地，摆不脱自己的心魔（难以改变国弱民贫的黑暗现实）。"青年人起初没有一个不是气饱饱的，但是病菌，怕人的病菌，各种的病菌！毕竟是慢慢地侵蚀，腐烂了他的精神和生命！债！债！债是我生命中的病菌！精神上的漏洞！床上的针刺！"与此相反，已经游历完东南各省的世杰（北伐后的国民党政府）无论是从身体还是精神上都日益变得健康强壮，他的毅力、自由、成功都深深感染着文昌，决定与之同行。可是，实际的旅程却充满了失望和恐怖。贫瘠的乡村中，封建余毒仍在肆虐，"毒品红丸""致人上瘾"；繁华的城镇正在遭受匪徒（日本侵略者）的攻击掠夺。病狂中的文昌对执意要西北行的世杰喊出了不满之声。在旅行中，世杰随身携带一本巨书，是伟人名流为他签名题词的纪念簿，凭借这本巨书，世杰获得各地官员、名人、记者等人士的支持捐助。小说中有一段对话揭示了世杰能周游全国的真正动力。

"有没有县长不肯签字，而且见到伟人们的签字和赞词，反而表示反对的吗？"这是文昌的思想。

"这倒未遇到的，大多是还送我一些款费和食用品，这全在谈话时的结果，否则我们就难维持。"①

　　一如凭借着孙中山先生三民主义旗帜的国民党政府，统一军阀割据的中国，建立一个现代民族国家，这是众人激赏乐于出力的理想目标，所以一路走来年轻人追捧，各界响应资助。可是中国黑暗落后的现状并没有得到多少改变，到处（尤其在乡村）是"讨知识，讨好村政，讨枪"的债主，同行病倒的文昌激烈地揭露出：

　　你骗了我，再去骗校长，骗别人！骗一群少年学生们，大伟人的姓名去骗人吃骗人住骗人穿，哈哈哈我看穿了你的把戏了，你先骗了伟人，再把大人物的签名去骗吃骗穿，我去，我去做你狗吗？等一会儿，你说我谈话不好。口才不好，反而就赶我走，那时呀我一个孤孤伶伶的在旅途上，又饿又冷，哈哈哈我看见了你的心。②

　　作为一个有良心的知识分子，"责任和任用的观念，始终是像个恶魔"，纠缠着不曾远去。汪锡鹏通过自己的实践经历，透过社会厚重的现实，对南京国民政府政治军事、文化教育等诸多方面发出质疑，并借文昌之口规劝："不骗！你胡世杰！如果真是一条好汉！你就周游全国不骗人！不怕债主！"汪锡鹏已经敏锐地察觉到这个国家最根本的问题在广大农村："这偏僻的村庄，别的文化不到，东西洋的毒品先到。"汪锡鹏对中共领导的农村运动带有一种错误的偏见，未能科学准确地把握其先进革命性。对官方当局持续的失望，可能也是汪锡鹏转身投入基督教的重要原因。这位颇有天赋的小说家后来把更多的兴趣放在教书育人和教会的社会性工作上了。

　　如果说汪锡鹏是直接针对南京国民政府这个政权本身提出质疑和批判的话，那么徐转蓬就是把批判的目标锁定在依附于这个政治体制中的官僚政客，尤其是基层的贪官奸绅们。徐转蓬中学时代就热爱文艺，与同学何家槐组织过蔷薇社文学社团，后来又同在上海暨南大学就读，积极创作小说，三十年代两人闹出作品版权之争。徐转蓬后来在浙江金华市汤溪中学担任国文教员，出版有短篇小说《下乡集》（上海商务印书馆1940年版）、中篇小说《炸药》（上海国际文化服务社1946年版）等。徐转蓬的《村

---

　　① 汪锡鹏：《徒步旅行全国的人》，《文艺月刊》第九卷第六期，1936年12月。
　　② 汪锡鹏：《徒步旅行全国的人》，《文艺月刊》第九卷第六期，1936年12月。

长》（《文艺月刊》第三卷第十一期）故事发生在一个大雪天，石匠李大生的老哥哥突然被镇里的警察以强盗的罪名抓走了，李大生跑到村长家求救，但村长夫人以天气恶劣为由阻止，直到许以"好处"才放村长出了门。村长在抱怨咒骂中与李大生一路追寻警察和"犯人"，终于在村边的凉棚里赶上了休息等待中的警察公差，花了 20 块将"犯人"赎回。李大生兄弟为此用光了积蓄，但他们对村长仍充满了感恩，对于能够逃脱无妄的牢狱之灾感到庆幸。《诬害》（《文艺月刊》第四卷第六期）讲述一个农家男子顶着烈日干活中了暑，在团总的牛棚门口歇息过后才回家。第二天，团总家的牛被盗，他就成了"偷牛贼"，被直接缉捕拷打。等到真正偷牛贼落网，男子想讨要一个公道，团总理都不理他，旁边看热闹的村民对其妻说："去劝劝你的男人，吃亏一辈子吧！团总是一块石头，你们是一只蛋，碰到便碎了……不用你犯什么罪，他可以叫你们坐牢……"[1] 两个故事都是在讲述土豪劣绅、基层官警们利用手中的职权肆无忌惮地欺诈剥削，使得老百姓的生活充满了苦难屈辱，却又无心无力去反抗。国民党在"清党"之后，其政府涌入了大量的旧式军阀劣绅等政治投机分子，利用权力来升官发财，这种只代表少数人利益的寡头政党和管理体制正是造成社会黑暗混乱、民众生存艰难的根本性原因。

还有一些作家注重对国民劣根性的批判，尤其是像王平陵这样的体制内文人，更愿意把眼光投入对人的精神层面的考察。"中国文学者的任务，不仅是暴露中国社会的黑暗面，而应积极显示光明的途径，深切透视现实的生活。"[2] 王平陵将批判国民劣根性和创造伟大民族性格两个方面结合起来，组成了自己的文学世界。王平陵的整体文学艺术水平有限，他在很大程度上继承了"五四"时期文学研究会的创作传统，作品体现出强烈的"入世"精神，虽然远没有提供也不可能提供解决各种社会问题的"方案"，但他的作品对当时的社会现实有比较真实的反映。

王平陵早期文艺作品流露出"五四"文艺青年对人性的探索和唯美的艺术倾向。小说《雷峰塔下》[3] 讲述两个青年灵与肉之间的冲突，他们因为"神秘的不可思议的"艺术吸引力走到一起，而湖光塔影下有一种"自然幽秘的妙美"。不过很快，他的文艺创作变得现实起来。他多次强调："文艺是什么呢？简单地说，是民众所急切要求解答的问题，而由艺人们

---

① 徐转蓬：《诬害》，《文艺月刊》第四卷第六期，1933 年 12 月。
② 王平陵：《民族团结的基本要素》，《东方杂志》第 35 卷第 7 号，1938 年 4 月。
③ 王平陵：《雷峰塔下》，《时事新报·学灯》，1921 年 10 月 9、12 日。

忠实地写出，向黑暗势力的大胆的检举；忠实的艺人们是牺牲自己的一切权益，维护民众权益的最公正的检察官。"① 王平陵的"检察"首先是从对国民劣根性的批判开始的。他在《救国会议》（《文艺月刊》第三卷第九期）这篇小说中用讽刺的笔法勾勒出 P 县救国会议的群丑图，大会主席姚先生想通过摊派捐款捞钱，各行各业的代表也是各怀私利目的。最惊世骇俗的还是塾师代表韦青园居士，一个忧心忡忡的"老古董"，认为中国是世界上最富有同化力的民族，他以元清两朝异族入主中原为例证，认为我们不用惧怕日本人的入侵。"要解决中国的危亡，只有恢复从前的道统"，需要把三跪九叩、念佛拜忏、今古文尚书、儒释道三教九流等一律复兴起来。"老古董"们一心想着复古，青年人在激烈的社会转型中迷失自己，腐朽堕落。《烟》（《文艺月刊》第五卷第一期）中的小职员陆福和是个慵懒的投机分子，写诗追女人，买彩票梦想发财。国难重重的年代，他却无所事事，日夜期盼自己发达而做出大量可笑的举动。《文昌星》（《文艺月刊》第五卷第二期）中的李兆荣耗光家产，读书不成，就业不顺，最终沦为大烟鬼。此文既讽刺了父亲李老二的盲目攀比进学之风，更展示了在外国帝国主义经济侵略、国内封建迷信思想笼罩下，年轻人好高骛远的悲剧。《重婚》（《文艺月刊》第五卷第五期）是个剧本，但基本上是小说的写法，讲述的故事和《文昌星》大同小异，黄春山积攒一生的钱财供独子文华读书，其子却花天酒地，挥霍享乐，趁着远在上海读书的机会，欺瞒家里索要钱财，和女同学恋爱结婚，犯下重婚之罪。事情曝光之后，众叛亲离，黄家赔光了家产，其父被活活气死。这种贪图享受、不思进取的败家子正是依附在旧有经济和文化形态下的寄生虫形象，完全不具备现代性的人格。

"五四"时期大力提倡妇女解放，追求独立自由的人格，但现实中的妇女仍然处于男性"玩偶"的境遇。《示威》（《文艺月刊》第七卷第二期）中的加英小姐年轻时貌美如花，追求者众多；人老珠黄门庭冷落后只有李悲世这个异性朋友还常来坐坐。李悲世也混得不如意，两人在一次朋友聚会中亲密合作，上演一场落魄男人挣回面子，大龄女子重聚眼光的戏码，其"示威"的筹码竟然是加英小姐尚未彻底衰败的容颜。《俘虏》（《文艺月刊》第七卷第四期）中，优渥富裕的家庭主妇吴太太面临丈夫吴熙浩变心养情人的危局，她费尽心思使出浑身解数，在夫妻互玩心计的明争暗斗中，终于略占上风，暂时留住了丈夫的心。这些故事展现了妇女个

---

① 王平陵：《中国艺人的使命》，《文艺月刊》第十卷第三期，1937 年 3 月。

性解放在现实中遭遇的重重困难，女性经济的独立在内忧外患、民生恶化的社会本就相当不易，即使能侥幸达到这一步，女性自身如果没有挑战作为附属品的传统观念的勇气和行动，就难以获得真正的自由。

王平陵对于国人浮躁功利的风气和互相攻讦的陋习也有着相当的洞察力，在谈到"好名"的种种表现时，他尖锐地指出：

这些人只不过是拣选到一条最适宜于成名的捷径，并没有从成名的基本工夫上，化费较长的岁月；所以我们就只知道他们是名人，是闻人，是学者；至于他们因什么而成名，我们是绝对不会知道的。也许这些成名的人们连自己也是茫茫然不知名从何来的吧！同时，在中国因为名人太多以及成名全不费力的缘故，名人和名人之间，常常是积极不相能的。好像每一个成名的人，都在努力敢做毁坏人家成名的工作，能够把人家的名毁坏了一分，就如同自己增加了一分似的。①

另外，对于商业化大潮中过度的世俗功利化，王平陵也有所察觉，并提出批判。《生意经》②剧本中正直有良心的作家阮胄、陈秋云夫妇在窘迫的生活中含辛茹苦地创作《中国文艺复兴史》，投机文人李悲世、张爱娜两夫妻则混迹于舞场交际圈，迎合市场需要编写《妇女百媚图》之类。阮胄最终被李悲世骗稿卖书，贫病悲愤而亡；李悲世则声名鹊起，财源滚滚而来。如此鲜明的人生态度和结局的对比，容易激发读者的同情和反思。剧中借李悲世这个人物辛辣讽刺了当时文坛的商业化污垢："你知道中国有多少成名的作家，成名的作品，都是从舞场上产生的。"《维他命》（《文艺月刊·战时特刊》第十一年十一月号）剧本里的商会会长金达权唯利是图，自私残忍。他利用绅士唐怀宝的名流地位，逼迫其破坏抗战，大发国难财。利令智昏的唐怀宝有一个任行政督察专员的儿子唐文清，他正直贤明，急公忘私；他联合了金达权的独女金素华，一位美丽活泼、纯正理智的女性，来解救米荒的困局，与父辈囤积居奇的奸商丑恶嘴脸相映衬。年青一代发出有良知的呼喊："米是大家的'维他命'。不错，我们要能维他命，才能维我命。只知道维我命的人，断乎保不住自己的命。"以上都是对于经济利益的过度欲望导致了人性的扭曲，甚至欺骗出卖亲朋好

---

① 王平陵：《夸张及其他》，《文艺月刊》第九卷六期，1936 年 12 月。

② 王平陵：《生意经》，连载于《文艺月刊》第十卷第三、六期和第十一卷第一期，1937 年 3、6、7 月。

友和民族国家的根本利益。王平陵善于将"黑暗""光明"放在一起对比，商业化和严肃性的两种文人，唯利是图和正直人道的两代人的互相映衬，达到一种鲜明的艺术效果。王鲁彦的《李妈》（《文艺月刊》第四卷第五期）也是在商业气息极为浓郁的大上海背景下，讲述了一位老实谨慎的乡下人如何向精明世故的娘姨进行蜕变的过程，批判嘲讽了以金钱为核心追求的人生理念。

另外，还有作家是从复杂人性弱点缺陷的角度来进行批判的。高植的《酒后》（《文艺月刊》第二卷第五、六期）主人公李大和是个依靠妻子做皮肉生意来过活的赌徒，一日酒后凭着醉意壮胆，痛斥驱赶嫖客，搅黄了妻子的生意。酒醒之后，面对家里颗粒不存的米缸，他为自己的"胡闹"深感后悔，赶走了客人不但要饿肚子，明天也没钱进赌场了。这里极为讽刺的是，李大和作为一个人基本应有的自尊廉耻，只是在酒醉后的非常态中偶尔闪现一下，平常时候的他与一头混吃混喝的猪又有什么区别呢？徐转蓬的《工女》（《文艺月刊》第五卷第二期）中的银凤倒是一位吃苦耐劳的年轻女工，但她不幸遇上了文艺青年高先生，高先生利用男女平等、自由恋爱的新思潮骗取了姑娘的一颗心，进而骗财骗色，榨干了银凤辛劳得来的工薪，在得知银凤怀孕无法工作赚钱之后，毫不犹豫地抛弃了她。高先生这条寄生虫的可恶，在于其一再膨胀的贪欲肆虐糟蹋了别人的生活，其人性中极度自私的丑恶展现无遗。银凤在感情生活上的盲目和理性缺失也是促使悲剧加深的另一个原因。这些作品都是从现实生活中取材，来展现人性的复杂，所谓国民劣根性的批判，在本质上就是针对中国人所共有的人性上的弱点与不足进行剖析、评价，具有强烈的"新民"启蒙意识。

《文艺月刊》中的人文关怀意识是"五四"以来"人的文学"的延续，这种意识主要是通过民生苦难和社会批判两个主题创作来呈现的。这些作品关注人们生存、生活和发展的方方面面，尤其关注处于社会底层的民众生存状态，从农村到城市，从天灾到人祸，从经济贫困到疾病威胁等多种角度展现底层民众非人的生存境遇和精神状态，体现了文学对个体生命的悲怜同情。这些民生苦难的故事作为作家切入社会现实的一个视点，在零碎片段的叙述中被不断集中、提升，显示出鲜明的社会批判意识，不断彰显出政治体制、官僚乡绅、国民劣根性等各种因素给民众造成的生存苦难。《文艺月刊》以强烈的人文关怀精神对此进行了揭露和批判。这些带有"新民"启蒙意识的作品中呈现的国民性批判，与"五四"时期的从封建文化的蒙昧和压迫上寻找人性扭曲原因不同，三十年代的社会批判把国民劣根性和政治、经济压迫紧密联系起来，是政治体制的非法、官吏奸绅腐败、经济萧条、民生凋敝、灾病频繁的现实物质环境阻碍限制了人们精神的启蒙和独立。就如高植《酒后》中所反映的，李大和并不是没有自尊廉耻心，而是在面临空空的米缸和饥饿的胃肠时，所谓的一切尊严、人格等都可以搁置，甚至更为惨烈的如沙雁的《巨掌下》，为了让大的孩子存活，邦府不得不亲手掐死新生婴儿。为了能够活下去，人不但可以成为奴隶也可以成为禽兽，但是，苦难的人生也可以展示出生命的强韧和价值，像《异种》《丰收的梦》等故事的结尾处，都给予我们反抗苦难现实世界，捍卫自我生命尊严的希望。《文艺月刊》创作的社会民生世界，闪耀的人本主义文学精神，展现出立体宏观的人文关怀意识，也就是说并不从某一个简单的角度来进行社会批判。作家们把政治、经济、思想文化观念等各个方面来进行联系思考，观察到社会各因素之间的关联渗透，共同组成了导致现实苦难的网络，这个吃人的网络不但从肉体和物质上对人进行侵害，而且从精神和灵魂上对人进行腐蚀。虽然某些作家的作品中，还带有一些作为政党和政治工具的色彩，但也难掩对民众生存和命运的关注。从"文学是人学"这个角度考察，《文艺月刊》确实有着比一般党派政治文艺期刊更有魅力的文学品格。

第四章 《文艺月刊》的文学批评

　　中国现代文学的理论批评起源于"五四"时期，由胡适的"白话文学"、周作人的"人的文学"理论开启先河，20 世纪 20 年代经过"为人生"的现实主义派与"为艺术"的浪漫主义派的共同建构，日益进入发展成熟期。三十年代的文学理论批评是非常活跃的一个时期，多种批评模式与流派存在并相互冲突、交融，形成了文学批评的多元化格局。革命文学的论争形成了百家争鸣的态势，"左联"成立之后，一项非常重要的工作就是翻译、介绍、研究马克思主义文艺理论。经过瞿秋白、茅盾、冯雪峰等人的努力，现代文坛出现了以唯物史观为基础、以社会历史批评为主导的马克思主义文艺批评热潮，并借此推动了文艺大众化的运动。与无产阶级文化运动出现抗衡或纷争的主要是自由主义的文艺思潮，代表有梁实秋、朱光潜、沈从文等人，他们从人性道德、文化人生等角度来进行批评。在这种复杂的局面中，国民党也先后推出了三民主义文艺运动和民族主义文艺运动，主要利用民族话语来进行文艺理论建构。

　　《文艺月刊》承担着右翼文学阵营建设民族文学的重任，但始终缺乏一种坚实的理论基石，所以刊物主要发表文艺创作和翻译，十多年来基本上不参与文坛上的各种论争和批判，比较明显地站在左翼文艺运动对立面的标志是其在创刊号上的发刊词《达赖满 DYNAMO 的声音》，宣扬人性论和天才论，否定文艺的阶级性。编辑的文艺主张一般通过编后记间接含蓄地来表现，即使如此也不是经常都有这个栏目。整个刊物面貌中，不同流派作家的各种理论杂陈，关于文艺理论的谈论大多采用正面研讨的方式，颇有"学究"气。前两卷分量比较重的是沈从文的文学批评，主要有《现代中国文学的小感想》《论中国创作小说》《窄而霉斋闲话》和《论朱湘的诗》等，在这些文章中他注意到了文学生产的商业气息对创作风气的影响，而他自觉地对当时的文学政治化、商业化产生疏离，着意于总结历史经验，发扬传统，进行古典式审美关照。另外，创造社的洪为法在《文艺新论》中对"阶级论"进行了学理分析。在三十年代的"人性论"与"阶级论"的论争中，《文艺月刊》发表了梁实秋的《论"第三种人"》和王平陵的《"自由人"的讨论》作为回应。后来民族危机加深，面对诸如

"国防文学"口号的提出，1937 年的新年特大号（第十卷第一期）上又有一些文章出现，从民族性、主体的时代使命等不同角度进行了分析批评，王平陵的《清算中国的文坛》、吴漱予的《"国防文学"访问记及其它》、韦明的《文艺的时代使命》、徐北辰的《新文学建设诸问题》等理论著作都是在民族危机日趋深重的情况下，努力用"民族"话语整合"国防文学""民族革命战争的大众文学"等各种力量的尝试。1937 年 5 月的戏剧特辑（第十卷第四、五期）集中了余上沅、顾仲彝、梁实秋等多位文人的戏剧专业性评论。总而言之，随着时局的发展，尤其是 1937 年以来，《文艺月刊》理论批评的嘈杂局面逐渐被不同话语交汇在"抗战救亡"的共同主题下。

《文艺月刊·战时特刊》对于抗战文学的讨论非常热烈，编辑毫不吝啬地把大量版面用来刊载文学运动及批评，这些栏目的名称多有变化，主要形式是文艺短论。《文艺月刊·战时特刊》对于战时文艺比较集中的探讨，最早是第一卷第五期（1938 年 1 月 1 日）这个没有专号形式的特辑，众多作家对于战争时期戏剧、报告文学、漫画、小说、诗歌、电影、绘画等多种艺术形态进行了分析，提出大量建设性意见。1938 年 9 月 16 日为纪念"九一八事变"而出版的专号，有何容、篷子、胡秋原、钟宪民、金满成等作家再次谈论了抗战文艺与通俗文艺的密切关系。此外，还有一些重要论文比如洪深的《移动演剧的经过》，锡金的《诗歌和朗诵》，苏芹荪的《战时的诗歌》，楼适夷的《战地的文艺服务》《建立抗战的文艺阵营》。

1938 年 10 月，广州、武汉先后失守，抗日战争进入困难而长期的相持阶段。国内投降势力蠢蠢而动，为唤醒民族精神，重树国民自信心，坚持抗战到最后胜利，国民政府发动国民精神总动员运动。1939 年 3 月 11 日，国民政府公布了《国民精神总动员纲领》《国民精神总动员实施办法》《国民公约誓词》等文件。为及时响应此次运动，《文艺月刊·战时特刊》于 1939 年 4 月 16 日出版了《精神总动员特辑》[①]鼓吹文艺界的精神总动员，促进文艺运动进一步发展。郑伯奇、孔罗荪、华林、沙雁等作家从宏观理论、微观操作等多个角度提出策略和方法，包括作家主体的行动论，读者受众的教育提高，如何采用视察团方式帮助作家深入现实等具体可行的意见，试图发挥文艺最大的宣传作用，提倡坚韧的战斗精神，促使全国军民保持一种积极有效的抗战状态。

在《文艺月刊》杂陈拼盘的整体文艺批评面貌中，这里选取了两个批

---

① 《文艺月刊·战时特刊》第三卷第三、四期，1939 年 4 月 16 日。

评家做出专门介绍。王平陵代表了官方民族主义文学理论建设的具体努力，在《文艺月刊》中右翼文人的创作批评无出其右，但严格说来，王平陵并非纯粹意义上的批评家，他虽然写过一些评论性作品，也积极参与过当时的许多文艺思潮论争，但他只是把批评当作创作的附庸和论争的工具，而不是一项相对独立的事业来对待，所以他的文学批评理论性、系统性较弱，但他的文艺观念包括批评倾向对《文艺月刊》影响颇大，同时还是右翼文学批评的典型代表之一。在《文艺月刊》中比例更大、数量更多的还是中间派文人的理论述评，其中引人注目的有不少"第三种人"的文章，特别是韩侍桁的大量文艺批评，集中在 1935 年改组前的刊物上，是他刚刚脱离"左联"之后，在马克思主义文艺理论的基础上表达的现实主义反映论的文艺观点，是《文艺月刊》在试图建构自己民族话语理论时的重要理论借镜。韩侍桁的文学批评适应了三十年代社会历史性批评的大潮，但又有个人的艺术性追求：注重文本的分析与批评，试图使对现实的认识与艺术的表现获得统一。韩侍桁的文学批评具体方式，既有片段的感想式文学鉴赏，也有冷静的专门性理论论述，体现了传统批评与现代批评风格的交织，在三十年代文学批评中可以说是独树一帜。

第一节 文学与政治之间的平衡：王平陵个案研究

王平陵（1898—1964），江苏溧阳市人，本名仰嵩，字平陵，笔名有"西泠""史痕""秋涛""草莱""疾风"等。1914 年入读浙江省立杭州第一师范学校，是在"五四"新文化运动浪潮中成长起来的文人。其就读期间的校长经亨颐是现代著名教育家，思想开放，无私奉献；主张"人格教育"，强调因材施教，注重感化与启发，反对保守与压制，尤其重视学生的全面发展，培养出了大批优秀人才，如丰子恺、潘天寿、刘质平、曹聚仁等。在民主、自由的现代学风中，浙江省立第一师范学校成为江南地区"五四"新文化运动的中心，王平陵就是在这样的校园氛围中接受新文化的洗礼。毕业后的王平陵一边教书养家，一边撰稿投稿，自觉以一个新文化人的姿态逐步进入文坛。

王平陵从事过教师学者、记者编辑、作家评论家等多个职业，一生致力于右翼文艺运动和新闻事业，创作有各类作品五十余种，仅从作品数量看来，可见其著述之勤，费力之多。王平陵是《文艺月刊》上发表作品最多的一位作家，《文艺月刊》时期是王平陵在文坛最享有盛誉的时期，也是他的创作高峰期，除了在自己主编的刊物上集中发表作品和评论，王平陵也在《东方杂志》《妇女杂志》《时事新报》《中外春秋》《文艺先锋》等众多期刊上发表了大量文章。

王平陵的文艺观自始至终都带有强烈的社会功利性，"文艺之必须站在现实生活的立场上，才能发扬文艺的生命，这并不是泰莱的创见，实在不过是他的发见而已"①。"文学不仅是生活的反映，而是根本地改变生活的实质，使能更容易接受科学的最善的工具"②，这种功利性的文艺工具论与中国哲学重实行、重功利的传统有着密切关系。孔子的"《诗》可以兴，可以观，可以群，可以怨"的语录延续两千多年后仍旧影响着"五四"时期的"为人生而艺术"的文学流派如文学研究会等。而王平陵极为崇仰的文学刊物《小说月报》《民国日报·觉悟副刊》等都是新文艺的主要阵地，作品以反映社会黑暗民生多艰、时代动荡不安和知识分子对革命的追求与苦闷为主，在宏大的历史背景下，从不同侧面描绘当时的社会生活和时代风貌，具有十分强烈的现实主义精神。

王平陵同样还继承了中国传统士人治国平天下的道德理想，"学而优则仕"是文人对自己政治身份认同的现实性选择。北伐后的国民党逐步将南京作为政治中心，与封建朝廷相比，国民政府虽然未能彻底脱胎换骨，但还是在一定程度上局部现代化了。出于建立一个现代国家和社会秩序的共同追求，不少知识分子包括杰出的知识分子领袖如胡适等都加入政府工作中。王平陵投身国民党中宣部，对政治有着高度的热情，认为"政治是人类最高智慧的表现，好比主脑支配一切人类活动。同时，政治机构的充实和改变又受文化的影响"③。当然，王平陵想要为之服务的政府毕竟已不同于封建王朝，"政府的机构是适应人民的需要和兴趣而组织起来的。他的目的，就想维持全体人民的已成的福利，及增加人民合法生存的力量，裁判人民的或团体的争执，使各有平等发展的机会；因此，主持政府的各种机构的人，在人格和学问方面必先取得人民的最大多数的同意，而后才放心地把各种机构交给他们，这是人民为着自己的生存和利益，不能不如此打算的"④。因此，努力提高全民的知识文化水平，无疑可以使得民众更好地关注政治并监督其实施。一个现代意义上的公民，需要具备根据真理正义辨别是非的能力，更需要具有对施政者进行罢免复决的胆量。从这里

---

① 王平陵：《自由人的讨论》，《文艺月刊》第三卷第七期，1933 年 1 月。
② 王平陵：《中国新文学的诞生》，《文艺月刊》第八卷第一期，1936 年 1 月。
③ 王平陵：《论学而优则仕》，《自由评论》第 9 期，1936 年 1 月。
④ 王平陵：《论学而优则仕》，《自由评论》第 9 期，1936 年 1 月。

可以看出，王平陵的政治观念带有浓郁的现代民主色彩，而"学而优"则充满了"五四"以来思想文化的"新民"启蒙意味。在这种政治性的文学工具论中，文艺和政治的关系是互为因果、相得益彰的。同为社会意识形态，政治的影响力处于一种主导的地位，"政法的设施愈合理化，他们和政治所发生的关系必愈密切，在合理化的政治下生活着的文艺家，为他们首先感觉满意的，是在文艺的创造上有着相当的自由和独立不偏的精神；因为这样，文艺家对于社会的认识必愈深刻，在政治上的贡献亦必愈伟大"①。王平陵援引大量古今中外作家作品，对比中西政治文艺的不同，重点从政治关系的角度将中国过去的文艺作品分为三类："剧秦美新"（歌功颂德）派、离骚派、讽刺派。他认为几千年的文章大国，鲜少有真正站在国计民生的立场、恪尽民众代言人责任的作家；至于"艺术的至上主义"更是逃避现实、保全利禄的自私行为。相对而言，欧美的蕴含不朽价值的优秀文艺作品都与政治有着密切的关系，不但艺术价值高，而且能深入社会现实，改进和刷新政治。那么，中国现在所需要的政治文艺，不是站在政府的对立面，更不是企图推翻政府，而是"希望作家们根据着妨碍行政效率的一种障碍——无论是精神的，物质的；予以彻头彻尾的检讨，抱着力求改造和刷新的热忱，指示光明的途径。换句话，就是要利用政治文艺的力量，振作群众的惰性，打破官僚的积习，推进历史的车轮，实现政治的理想，填满那些凄惨的现实之间的缺漏和悲哀"②。作为一名体制内的文人，王平陵对于政治的温和改良态度也就顺理成章了，而且文艺的价值必须通过政治才能最终得到体现。

基于这样的一种功利性文艺观念，王平陵的文学批评主要是通过抨击异己的文艺思想来达到服务于政治意识形态的目的。他对封建旧思想旧势力的抨击非常激烈，甚至偏颇激进地对新旧鸳鸯蝴蝶派进行了彻底否定——认为它"是一种徒具轮廓带着一副鬼气的文体，它的作用，是为着描摹风花雪月的，为着一般才子佳人在纸面上手淫的"。"我们相信一切腐恶的封建思想，必然托生在新旧鸳鸯蝴蝶派的文艺里借尸还魂。"③"罪孽"更为深重的是，这种追求商业娱乐性的"个人主义"文学，"使中国青年堕落，颓废，至于不可救治，浪费了许多的精力和时间，使中国的文化始

---

① 王平陵：《论学而优则仕》，《自由评论》第 9 期，1936 年 1 月。
② 王平陵：《文艺和政治》，《中国社会》第 5 卷第 2 期，1939 年 11 月。
③ 王平陵：《清算中国的文坛》，《文艺月刊》第十卷第一期，1937 年 1 月。

终没有能前进一步"。① 文学不能臣服在商业化的大潮中，也不能拜倒在
"为艺术而艺术"的旗号下，因为两者本质上都是相同的自私的个人主义。
在他看来，"艺术的至上主义"者在艺术方面即使取得相当成功，也丝毫
不能产生社会影响力，其无视现实黑暗、民生痛苦的行为，"简直是全无
心肝的作家"！作为体制内文人和刊物负责人，王平陵有着非常自觉的官
方话语权意识，总是不遗余力地批判左翼文学的阶级工具论，明确表示
"文艺是无国界，无阶级，不代表某一时代某一阶级的留声机"。② 攻击左
翼作家"盲目地崇拜外国过了时的主义和思想，而企图把这些主义和思想
生吞活剥地混淆国民的视听，分离民族的团结，动摇立国的根本思想"，
"这可说是思想上的汉奸"。并进一步抨击左翼文学作品的弊端——"遵奉
着一定的刻板的公式"，这种填空式的写作，艺术成就是极少的；如果作
品"缺少最低限度的艺术上的成就，根本就够不上作为一件工具来应
用"③，至于感人的力量也就稀薄得可以忽略不计了。

王平陵 1934 年照片

---

① 王平陵：《礼拜五派文艺给予国民生活的毒害》，《文艺家的新生活》，南京：正中书局
1934 年版，第 55 页。
② 王平陵：《会见谢寿康先生的一点钟》，《文艺月刊》第一卷第一期，1930 年 8 月。
③ 王平陵（史痕）：《中国现阶段的文艺运动》，《文艺月刊》第九卷第三期，1936 年 9 月
1 日。

王平陵的文学批评也有一种紧跟时代步伐的特点，尤其为了响应官方政治意识形态宣传的需要而积极展开批评活动。例如，在《文艺月刊·战时特刊》时期，王平陵有一篇《战时中国文艺运动》①的文章是从宏观的角度，首先对目前文艺战斗力薄弱的原因一一解析，包括：作家组织机构不健全；抗战刊物内容重复、驳杂、浅薄；文艺工作者尚未能各尽其力之所能，大包大揽降低效率；写作取材还不能真正深入实际生活，容易出现"避重就轻"的现象等。文章随即针对以上原因提出改进的办法，其中特别重视深入民众，广及各个区域空间开展战时文艺运动，并且突出了戏剧的作用。整篇文章没有具体针对文学本体的论述，只是从众多的社会因素角度泛泛而谈，强调抗战时期文艺界一致认同的文艺的大众通俗化线路。为了及时呼应国民政府倡导的文章"入伍下乡"，王平陵还陆续创作了《深入田间宣传的艺术》②《编制士兵读物的我见》③《新兵队的艺术生活》④ 等系列文章。

至于官方民族话语的文艺理论基本建设，在一片攻击挞伐和宣传鼓动中，王平陵并没有获得太多实质性的成绩。1930 年，他参与起草了《民族主义文艺运动宣言》，其核心观点认为文艺"不是从个人的意识里产生而是从民族的立场所形成的生活意识里产生的"，所以"文艺的最高意义，就是民族主义"。民族文艺和民族国家是相互依存相互作用的，故而"民族主义文艺底充分发展，一方面须赖于政治上的民族意识底确立，一方面也直接影响于政治上民族主义底确立"。⑤《宣言》列举了埃及和英、法、德、俄等欧洲多国的文艺来强调这种关系，更为重要的是文艺上的民族运动可以推进民族国家的建设，并以巨哥斯拉夫（今译南斯拉夫）为例。他主笔的《文艺月刊》发刊词《达赖满 DYNAMO 的声音》中也是借用人性论来对抗阶级话语，却在自相矛盾的含混中难以真正构建起民族主义文学的理论系统。到了抗战时期，仍然只是在呼吁"文艺能创造民族性，而民族也能陶铸文艺作品。文学是民族生命的楷模，民族的优良气质都有赖于

---

① 王平陵：《战时中国文艺运动》，《文艺月刊·战时特刊》第一卷第五期，1938 年 1 月 1 日。

② 王平陵：《深入田间宣传的艺术》，《文艺月刊·战时特刊》第一卷第二期，1937 年 11 月 1 日。

③ 王平陵：《编制士兵读物的我见》，《文艺月刊·战时特刊》第一卷第十期，1938 年 4 月 16 日。

④ 王平陵：《新兵队的艺术生活》，《文艺月刊·战时特刊》第三卷第三、四期，1939 年 4 月 16 日。

⑤ 《民族主义文艺运动宣言》，《前锋月刊》创刊号，1930 年 10 月 10 日。

文学的影响，发扬光大"①。

以上说明，王平陵并不擅长于以哲学为基础的理论性、系统性较强的现代批评。作为一位勤奋高产的创作者，王平陵的文学批评更多地带有传统的感悟式的特点，批评文体并不讲究严谨也不强调逻辑，虽然也会有分析归纳的严肃，但更多的是散漫随感式的表达甚至时而带有主观情感成分，而且因为作家的身份，他也侧重于关注具体的文艺创作的微观技巧。这种比较直观印象式的批评，并不符合三十年代文艺界追求共性、理性的审美思潮，对于写作技巧的文学批评也容易被视为雕虫小技。然而，这些并不妨碍他的文学批评中闪烁出一些真知灼见。王平陵在文学和政治的自觉平衡过程中，比较注意文艺的本体性，虽然出发点是更好地发挥文学的工具性，但他强调的文学创作必须要有所"货色"，重视读者的观点从传媒接受角度看来是颇有科学性的。"如果一定要把自己的作品，推荐给作者，那就发生了社会的价值，直接间接与社会的一切不能不发生相当的影响；所以，在题材的选取，意识的投入，全篇的设计，技巧的训练，都不能不经过充足时间的学习与准备。要是仍旧存着愚弄读者的心理，以粗制滥造的作品，侥幸读者的青睐，这是杀害了文艺，毁灭了自己的。"② 王平陵认为成功的作品需要一个认真负责的创作态度，要在艺术上反复构思，"必须是先经过实际的观察，摄取了较具体的印象，再运用合理的想象力，唤醒过去的回忆，使被描写的主人公的生命和自己融成一片，再把扩展了的故事内容加以组织和整理，才能动手写下来"③。他曾经专门撰文探讨过自从"五四"以来文艺界没落的原因，20 年来受欧美文学的各类时髦风的影响，中国文坛在创作题材上缺乏引领时代的中心思想；艺术上缺乏创造精神，不能在自己的本土里努力耕耘，而总是在别人的园地里徘徊观望。此外，尚有个人主义色彩太浓，作者修养贫乏，能鉴赏文艺的读者太少等弊端。在谈到文艺批评的标准未曾确立时，针对现实中各类口号、理论大战，他由衷感喟道："批评家的责任在乎指示作家应该使自己怎样适合于一般群众之间，调整及教养一般群众的文学趣味，能以科学的分析的眼光指出作品的优点和缺点，使创作家能有改善反省的机会；同时，增加创作家的自信心，使能大胆去写作，完成他们独特的风格。"④ 比起按派别山头、关系远近的文坛乱骂混战，这种主要从艺术本体角度考虑的批评立

---

① 王平陵：《略论文学和民族性》，《国防周报》第五卷第三期，1942 年 2 月 22 日。
② 王平陵：《中国艺人的使命》，《文艺月刊》第十卷第三期，1937 年 3 月 1 日。
③ 王平陵：《中国新文学的诞生》，《文艺月刊》第八卷第一期，1936 年 1 月 1 日。
④ 王平陵：《清算中国的文坛》，《文艺月刊》第十卷第一期，1937 年 7 月 1 日。

场，还是比较理性且有见地的。

王平陵自己创作较多的是小说和剧本，所以关于这两种文体的论述也比较中肯。关于戏剧的创作，他不但能指出电影剧本和戏剧剧本的不同，而且能观察到戏剧艺术的综合性，因此剧本的写作就受到多重因素的影响，需要强调剧本创作与演出相结合的问题。在剧本的创作过程中，要考虑到演出的条件以及舞台的设置、光线、观众的情绪等问题。比如战时的戏剧演出条件有限，就不能把依靠近代技术设置的都市舞台剧搬到偏僻的乡镇上演，更不能把只具备舞台条件的剧本拿到街头上演。战时的移动演剧具有自身的特点，"是以戏剧中之最简捷灵活形式将最充实、丰富、紧张、而生动的广大群众自身生活中的现实的斗争内容的一片段在无论任何场所的露天之下同广大群众演出的一种流动的小型戏剧"①。必须注意到戏剧艺术的综合性因素，才能有较为全面和深入的认识，进而创作出成功的剧本。至于"'小说'在诸种文艺部门中，是最难讨好的一种，它是客观的描写，透入现实相最深一层的剖解而不是主观的批判，一种浮相似的叙述"②。在小说的创作上，选择题材、组织结构和塑造人物等方面都必须予以重视，而这一切都是为主题服务的。"关于主题的表现，应该由故事的结构，情节的变化而决定，这是作家从平素所储蓄的印象和观念中，拣选最有用的部分，经过组织，融化，构成完整的故事，再尽可能地向着预设地最高峰，从过场，伏线，作一种极自然地发展。作品地主题，既随着严密地设计，极自然地表出，连带地也就有那一种典型地人物，这在创作地过程中，实在是一件事。主题不明确地作品，故事一定不完整，人物地性格，当然也是动摇不定，来无影，去无踪地。"③ 如果没有丰富的实践创作经验，就很难在文学鉴赏和技巧评析上道出如此准确中肯的意见。相对而言，王平陵那些政治式文学评论和时代参与性强的文学批评，就缺乏艺术实力的质感，有时甚至沦为一种情感和观念的呐喊宣传。

王平陵文学和政治的自觉平衡并不仅仅体现在他的文学创作和批评中，而是几乎贯穿了他所有的文艺活动。例如，他在具体参与的刊物编辑、丛书编印、副刊及社论指导、电影剧本评审等多项文艺实践活动中基本上都倾向于温和的"包容并蓄"，特别是在他主管的刊物编辑过程中，其关注的问题、讨论的话题、编辑的策略等诸多方面都有这种特色的体

① 王平陵：《战时的移动演剧》，《战时文学论》，汉口：上海杂志公司 1938 年版，第 61 页。
② 王平陵：《战时小说的创制》，《战时文学论》，汉口：上海杂志公司 1938 年版，第 52 页。
③ 王平陵：《抗战四年来的小说》，《文艺月刊》第十一年八月号，1941 年 8 月 16 日。

现，这些都基于他对文艺的清楚认识，不愿误用和滥用这个工具。可是，当现实中的文艺和政治联手建构民族国家的话语权时，王平陵并没能开拓出"一条坦坦的大道"，相反，在与强势的普罗阶级话语的抗衡中，显得比较被动。主要原因还是在于，国民党政府仅仅把文艺政策当作民族想象和国家统治的装饰品，从未有过真正尊重文艺规律的长远设计，也没有务实地聚集人才进行文艺的研究和创作。王平陵在政治的需要和文艺的自由之间，更多的是力有不逮的矛盾和紧张，现实中更多的是守护窘迫而消极的防线，或者动用政权暴力审查禁止对方，或者收容消耗异己的力量。由于缺乏文艺的核心实力——作家和作品，解决此类矛盾的主要方法是一种无奈的含混，也就是尽力弱化党派色彩，拉拢中间文人，正如《文艺月刊》"模棱"的刊物特色一样，在一片喧嚣中听不清自己的民族话语的声音，而人来人往的热闹过后，仍旧是冷寂而难以开拓的园地。

王平陵在文学与政治之间的两难困境可以理解为双重身份认同的冲突所致，具有一种社会普遍性。"作为一个近代意义上的知识分子，他在社会关系中所确立的角色实际是双重的。一方面，他是民族文化的主要社会载体。与其他社会阶层一样，知识分子也具有独立的社会分工和社会职业，即建构、传播和发展科学文化知识。他将这些活动视作包含独立存在价值的至上事业，视作赖以生存、自我确证的职业本位。另一方面，他又是国家政治实体中不可或缺社会精英。知识分子以他得天独厚的文化修养和精神素质，以他超越自身的济世胸怀和宽阔视野，在社会政治生活中拥有一席毋庸置辩的决策参与权。"① 也就是说，在社会历史的舞台上，知识分子对于自身的身份认同有着学术与政治的双重属性。

出生于读书人家庭的王平陵，年少时就喜爱文艺，在杭州省立第一师范学校期间勤苦求学，其师李叔同出家前，将自己全部文艺藏书赠送给他。这位文艺人年纪轻轻就开始发表作品，1924 年在上海主编《时事新报》副刊《学灯》，结交名士。1929 年离开上海暨南大学，前往南京主编《中央日报》的《大道》与《清白》副刊。以一个名声渐起的文人身份进入国民党宣传部就职，多年的文艺学习、创作经验，使他自然而然地把文艺事业视作职业本位的自我认同，所以在文艺职业领域有着高度的自觉和自律。当年共事的陈天对中国文艺社颇有微词，但也不得不承认王平陵对于文艺问题确实是潜心研究，勤奋撰稿，兼能翻译英法文艺书籍，在中国文艺社职员（干事类）中，用功之苦、志气之豪无出其右者。

---

① 许纪霖：《大时代中的知识人》，北京：中华书局 2012 年版，第 18 页。

文艺需要为政治服务，政治也应为文艺创造提供相当的独立自由空间。官方文人在学术和政治之间的平衡，其实就是专业技术本位和社会政治精英这双重社会身份的整合认同。对于王平陵的双重身份确认而言，是复杂而矛盾的。一方面，从政治意识形态的文学理论建构的角度来看，由于文人个体和官方体制的多重因素，不管是王平陵本人的文学批评还是他主编规划的《文艺月刊》理论世界，都没能获得预期的影响力，未能在文坛上形成一种强势的民族话语；另一方面，正是这种政治文艺话语霸权的建构弱势，使得王平陵不得不向文学本体方向倾斜，留下了一些有分量的文学批评和《文艺月刊》这个喧嚣繁杂的文学空间。尤其是《文艺月刊》，王平陵一方面骄傲于它的"内容总是规规矩矩站在文艺的本质上努力的"，不像当时"许多以新的姿态出现着的文艺刊物"，"病在所选取的作品，踏入了前期革命时代所流行的口号式的喊叫，并没有什么东西留给我们"。另一方面，又遗憾它"不曾树立起一个门户，也不曾创造出'只此一家，别无分设'的诗格和文体"。[1] 更有意思的是，王平陵在 1937 年里变卖祖田，借了外债，去竞选江苏溧阳县国民大会代表，惨败而归，只好重新回到文艺领域进行编辑创作工作，自此依附在政治体制内，以文为生，以文为业，最后在去台后的贫病交迫中，逝世于自家写作的书桌上。王平陵在双重身份认同过程中所遭遇的焦虑失衡，是一种时代的悲剧，是中国现实社会的必然。民国时期的中国社会并不存在政治、经济、文化三方多元化权力的格局，而仍然是一个传统的以政治权力为中心的一元化权力格局，因此王平陵在文学和政治间的平衡性追求，注定只会在现实的层面两难冲突，而不是有机整合。

第二节　现实认识与艺术表现的统一：韩侍桁个案研究

"五四"以来，从外国传入的形形色色的文艺思想，经过时间的过滤和本土的筛选呈现出丰富而活跃的状态，三十年代的政治斗争形势日益尖锐化，各种文艺思想之间的争辩也随之频繁激烈起来。除了左翼、右翼两大阵营的文艺思潮，自由主义（泛自由主义）文学也是一股不容忽视的文艺思潮。在中国传统文学中，自由主义精神源远流长，近代以来西方自由主义思想进入，逐步成为文人的主流思想之一。许多追求文艺自身价值，

---

[1]　王平陵：《我与文艺月刊》，《人言》第 2 卷第 1 期，1935 年 2 月 2 日。

不愿卷入政治漩涡的文人尝试从不同的路径探索文艺的本质，反抗文艺的政治工具化。从倡导启蒙、改造文化的"现代评论派"到宣扬"人性论"的"新月派"，从以胡秋原、苏汶为代表的"自由人""第三种人"文学到林语堂的"幽默文学"、周作人的"性灵文学"以及文化底蕴深厚、作家人数众多的京派文学等，都是自由主义文艺思潮的具体呈现。他们或借助西方思想资源，或依托中国传统文化，来推衍自己的文学主张，捍卫自由主义的文学原则。李长之在总结1934年的中国文艺主潮时，把民族文艺、左翼文艺、"第三种人"的文学和幽默文学按序排列。① 相对而言，"第三种人"文学与其他自由主义文艺流派比较，更加斑驳迷离，他们多出身于"左联"，文艺理论上受到马克思主义思想不同程度的影响；他们也并不是独立自由的作家，而是活跃于《现代》等刊物的主要撰稿作家群中，与新感觉派、现代派的文艺新潮流难以剥离清晰；此外"第三种人"的演化过程复杂，其成员也较松散，虽然他们都坚持文艺自由的基本原则，但个体风格区别很大，无法一概而论。② "第三种人"追求"艺术性"，可是这种"艺术性"并没有什么固定的标准，在其内部也完全是仁者见仁的处理方式。"第三种人"中，韩侍桁在《文艺月刊》上发表文章最多，有文艺论著、创作，也有大量译述，其中以韩侍桁（侍桁）之名的16篇，以东声之名的9篇。在此，将对其文艺批评的著述作专门的介绍讨论。

韩侍桁原名韩云浦，笔名侍桁、东声、索夫。1908年3月出生于天津，后随其父在北平生活过几年。韩家本来富裕优渥，后因投资失败而家道中落，以致韩侍桁在南开读高中时不得不辍学。1924年，韩侍桁筹措资金前往日本留学。他从中学时代起就对文艺有着浓厚的兴趣，1928年开始从事文学翻译工作，先从翻译日本文学理论文章入手，发表在《语丝》等各个文学杂志上，后经北新书局约请编成《近代日本文艺论集》（1929年）和《西洋文艺论集》（1929年）。他在《语丝》上发表多篇译文之后，得到鲁迅的赏识并与之通信，从此建立了师生般的情谊和比较密切的联系。1929年韩侍桁回国，鲁迅为之在北平奔忙找工作，终未能如愿，韩侍桁前往聊城山东省立第三师范学校教书。1930年1月又辗转到了上海，经鲁迅介绍移居景云里，和柔石、冯雪峰建立了友谊。同样是在鲁迅的引荐下，1930年3月2日出席中国左翼作家联盟成立大会，成为"左联"发起

① 李长之：《一年来的中国文艺》，《民族》第3卷第1期，1935年1月1日。
② 窦康：《从"第三种人"到"第三种人"集团——中国现代文学史上的"第三种人"之演变》，《二十一世纪》2003年第2期。

人之一。韩侍桁在鲁迅主编的《奔流》《萌芽月刊》等刊物上发表不少作品，还在鲁迅主编的"现代文艺丛书"中翻译了《铁甲列车》（伊凡诺夫原著），该书由神州国光社1932年初版，言行出版社1939年再版。但此后，与鲁迅关系日渐疏远，韩侍桁自言多因误会所致，纵观历史人事，主要应是与两人性格不合，人生观念、文艺理念不同有关。1931年至1932年，韩侍桁转去广州任中山大学教授。1934年，在左恭、王昆仑的介绍下，他任中山文化教育馆（孙科主持）特约编译，并参与了《时事类编》《中山文化教育馆季刊》等文化刊物的编辑和撰稿。1937年之后，韩侍桁任职于中央通讯社，担任记者和编审等工作，后来还担任过重庆文风书局总编辑，创办了国际文化服务社，出版各种文艺翻译作品。中华人民共和国成立以来，他专门致力于翻译工作，直到去世，译著甚多。

韩侍桁的文艺批评活动集中在三十年代，同时也有少量小品文的创作，他比较重要的文艺评论大都集中在《文学评论集》（现代书局1934年）、《小文章》（良友图书印刷公司1934年）、《参差集》（良友图书印刷公司1939年）、《浅见集》（中华书局1939年）数种论著中。从1930年底到1934年间，《文艺月刊》成为韩侍桁一个主要的文章发表基地，这和当时该刊的编辑缪崇群有直接的关系。韩、缪以及赵广湘（笔名侯朴）三人是南开的同学又同往日本留学，缪崇群和韩侍桁在日本还是同室好友。回国后，缪崇群前往南京参与编辑《文艺月

韩侍桁的《文学评论集》

刊》，韩侍桁和赵广湘都有不少作品发表在《文艺月刊》上。

一、文学的基本主张："现实的认识"与"艺术的表现"统一

在三十年代文艺纷争激烈的文坛，韩侍桁的文艺理念和他坚持自己这

种理念的独立精神密切联系在一起。他曾在散文集《胭脂》（新中国书局1933年）自序中说："我时时刻刻在要求着使用自己的笔，写出自己的所想，自己的所见，自己的感觉。"这一点从他与鲁迅的交往波折中可以看出一些端倪。① 这位有着独立人格，不愿为时代潮流所左右的文艺批评者一直孜孜不倦地追求着"艺术性"。他在初入评论界时，针对中国新文坛的建设明确表示："无论你是抱着什么主义，打着什么标语，你的武器是什么？你的唯一武器就是艺术本身哟！"② 他的文艺观念并不是纯粹的艺术观，而是受到19世纪俄国唯物主义哲学观反映论的影响，"文学是为生活服务的"。他在《关于"现实的认识"与"艺术的表现"》一文中说得非常清楚，文学应该反映现实，应该为反映这个社会时代而存在。

现实的正确的认识和艺术的正确的表现，并没有轻重的分别，因为在艺术里，如果没有艺术的正确的表现也就不会有现实的正确的认识了；艺术，作为一个整体的东西，它是不允许人来部份地讲话的，为了观念的明晰，我们虽然可以说，艺术的构成是经过像现实的认识和艺术的表现这样的步骤，而从一种完成的艺术品里若想抽出那是属于现实认识的部份的，那是属于艺术表现的部份的，将是不可能的事，这正如一种色彩，虽是经两种颜料混合成的，而既经配合之后，还想指示出那是某种颜料的部份，同样是不可能的，但我们却可以说有着怎样混合的颜料的比例的成份是能够产生出怎样不同的色彩。③

从这里可以看出，韩侍桁的文学基本主张是"现实的认识"与"艺术的表现"的有机统一，两者有着不可分离、互相建构的关系。如果一个作家只有现实的认识而无艺术的表现，那么就会毁坏那认识的部分；如果只有艺术的表现而无现实的认识，那就不是真正的艺术了。他对于"艺术的表现"也有自己特定的看法："除去思想的骨干之外的一切的构想、布景、事件的选择，人物的性格举动或穿插以及思想的具体的表现等等都在内

---

① 韩侍桁：《忆恩师鲁迅》，《鲁迅研究月刊》1987年第8期。

② 韩侍桁：《评〈从文学革命到革命文学〉》，上海《语丝》周刊第4卷第19、20期，1928年5月。

③ 韩侍桁：《关于"现实的认识"与"艺术的表现"》，《申报·自由谈》，1932年12月11日。

的。"① 至于"现实的认识",来源于多姿多彩的生活,而不是单纯的政治生活。"现实的认识"除了从具体现实中直接获取的部分,他进一步意识到艺术来源于生活而又高于生活的道理,因此对客观的理性认识不能原封不动地移到艺术上来,必须经过变形处理,形成"艺术的现实"。

作为一个艺术家或文学家,他的创作的真实性,并非是在其有无现实的问题,而是在其对于现实认识的程度和正确性,以及如何不破坏艺术的均整使他的认识具体地形成一种艺术品。所以艺术的现实,或是那被移到艺术里来的现实,不只是作家对于现实的一般认识的表现了,那认识要是深刻的正确的,并且那认识的表现也要艺术地正确的。更明白地讲,艺术制作的过程,第一步是在现实的认识,第二步是在艺术的表现。我以前所谓的"艺术力"就是指这得者的。②

韩侍桁的文学主张中,"现实"和"艺术"的有机统一体现出马克思主义中物质与意识的辩证关系原理。而在这两者中,他更加关注"艺术性"的价值和运用,这主要是鉴于三十年代文艺界流行的过于功利的文学工具论对文艺本身造成的巨大危害。韩侍桁撰文从多个角度阐述艺术价值的重要性,提倡文学的自由品格,主张艺术的多元性。由于孜孜不倦地追求文学的"艺术性",他一直坚持"为批评而批评"的态度,再三强调"艺术的价值是艺术的根本的价值,在这最根本的价值之上,才能讲到其他的价值的问题"。③ 这种执着独立的个性甚至显露出固执的"傻气",他仿佛是"敌我不分"地参与多种文艺争论,如与徐懋庸的论争,革命文学的论争以及大众文艺、"第三种人"等问题讨论。我们从他这些具体的文艺活动中,可以看出其践行自己文艺主张的坚决,而在"艺术性"的原则基础上多是对事而不对人,道不同则不相为谋。

最初,韩侍桁因在《语丝》大量发文而引起文坛关注,但他否认自己是语丝派,而只是认同《语丝》对个性的尊重。后期创造社同人大谈"革命文学",对鲁迅大肆批判,韩侍桁写了不少文章反驳。到"左联"时期,由于不赞同左翼机械狭隘的文艺观,身为"左联"发起人之一的韩侍桁离

① 韩侍桁:《关于"现实的认识"与"艺术的表现"》,《申报·自由谈》,1932年12月11日。
② 韩侍桁:《现实的认识》,徐懋庸:《徐懋庸杂文集》(第2版),北京:生活·读书·新知三联书店1983年版,第47页。
③ 韩侍桁:《文艺简论》,《文艺月刊》第四卷第一期,1933年7月1日。

开了该组织，并与恩师鲁迅愈行愈远。影响最大的自然还是关于"第三种人"的论争，韩侍桁最早对杜衡的"第三种人"做了比较清楚的阐释，指出"第三种人"的四种特征，[①] 后来在 20 世纪 40 年代又发表了一篇《"第三种人"的成长及其解消》，表明他加入论争的缘由是"在左右尖锐的斗争中，一部分无政治党派性的作家颇感左右为难，而不能不有一个比较明白的表示的，他们企图形成一个中间派，或可减少民族文艺发展中的妨碍"[②]。不管是在文艺理论上支援杜衡，还是呼应杨邨人的"小资产阶级革命文学"，韩侍桁追求"真实"的"艺术性"的心态在 1933 年 1 月 3 日与杜衡的通信中表露无遗：

我看见了你最近写的几篇论文，我知道我的思想是和你有许多相同之点，大概因此，我写的东西你也就有点欢喜，我想象你劝我似地，同样劝你继续写下那一类的文章去。在可能范围以内，我们要表现出我们的"心之声"，那纵是反动的也罢，而那是"真实"的代表，历史上从来没有过空白，我们自信我们不是时代中极独特的例子，所以我们绝对有表现出我们的思想的必要，而构成历史上的一段落。[③]

"第三种人"论争消散之后，韩侍桁逐步淡出文艺批评界，主要投入文学翻译介绍事业中。进入战争时期，全国文艺界统一在"抗战"主题之下，文学理所当然地成为政治宣传工具。抗战初期，梁实秋、沈从文等自由主义作家纷纷撰文呼吁尊重文艺的本体价值，回归文学特殊性的专门性的工作，克服工具式公式化倾向，努力使文学作品从普通的宣传品成为民族百年立国经典。在这场"与抗战无关论"的论争中，韩侍桁坚持自己一贯的"艺术性"理念，认为"因为对于时代的过度的服务，因为对于抗战服务的过度的热心，便形成了目前一般认为不满的抗战八股"，作家们"对于他们的过度的抗战服务的热情有加以深刻检讨的必要"，"不应当再任着时代的洪流推逐"。[④]

---

① 韩侍桁：《论"第三种人"》，《文学评论集》，上海：现代书局 1934 年版，第 112 页。

② 韩侍桁：《"第三种人"的成长及其解消》，《文艺月刊·战时特刊》第四卷第三、四期，1940 年 4 月 16 日。

③ 韩侍桁：《致杜衡函一通》，孔另境编：《现代作家书简》，上海：生活书店 1936 年版。

④ 韩侍桁：《抗战文艺的再出发》，《文艺月刊·战时特刊》第四卷第二期，1940 年 3 月 16 日。

二、批评的具体路径：批判与建设相结合

迫于生计的缘故，韩侍桁回国后主要做翻译工作，虽有心往文艺批评和文学史研究的方向努力，但因学识能力不够、自我要求严格等而保持着沉默的态度。然而，在 1933 年前后，"当关联着社会现象而考察文学作品的时候"，他每每觉得面对这幼稚的中国文坛，自己有说一些话的必要了。韩侍桁仍然认为自己"只是漠然地感到一些门径，尚不能把握住一种统一的思想"，于是选择了随笔式的批评方法："把自己在记忆中想要讲的话，以及由于新的读书所得到的观察，暂时断片地写出。"① 他的这些"断片"式的文稿看似随意而零碎，但还是有规律可循的，那就是总把文本放置在社会历史环境中进行观察和评价，并从批判与建设两条具体的路径来完成他的文艺批评。

在韩侍桁的眼中，中国文坛是幼稚的，文艺批评更是一片荒地，所以从"现实的认识"和"艺术的表现"的统一出发，秉持尊重艺术价值和维护文艺自由多元的原则，不可流于谩骂或奉承，而是应该努力做真实客观的工作，凡是有违于"艺术性"的均可批判。韩侍桁的有些文艺批判对象带有明显的"五四"新文化运动理路的痕迹，其《杂论中国文学》（《文艺月刊》第三卷第一期）一文深刻批判了中华民族的传统生活方式和观念。他认为古典文学的作者们鲜少有自觉的艺术创作意识，多是个人生活失意的发泄，完全没有西方式的生活艺术者以及静观的哲学者，这些固然与中国社会环境、生活有关，更重要的是那些根深蒂固的落后思想和道德观念堵塞了人们发展艺术才干的空间。韩侍桁并不反对整理国故，但他认为最近十几年来的国故整理多是从材料收集、年限排列、作者考证、辞藻鉴赏等方面入手，显得非常肤浅；如想做出有效的整理工作，需要从事"突锐的批评和新的立场的鉴赏"，另外把散落在中国文学中的未成熟的材料进行良好的艺术加工，这样不但可以展现古典文学的真实面目，对新文学也有积极影响。

另外，关于礼教杀人的记录，关于旧式文学鸳鸯蝴蝶派在韩侍桁的《文艺随笔》中也有大量批判。韩侍桁更多的文艺批判对象带有浓厚的社会时代色彩。例如，针对三十年代文坛两大对持阵营——左翼、右翼文学都持有相同的批判态度，原因就是他否定"一切艺术是宣传的"观念，艺术尤其不能成为纯然的政治工具。1932 年 12 月他在《关于文坛的倾向的

---

① 韩侍桁：《文学评论集·序》，上海：现代书局 1934 年版。

考察》一文（《文学评论集》）中指责上海的民族主义文学作家不愿在文艺理论上做切实的工作，利用政治势力摧残文艺界，从而激起一般青年对普罗文学的同情，刺激出版商往庸俗下流读物中去营利。而普罗文学运动的最大特点是以一种阶级的政治学为理论基础，以文学为其应用的工具，达到其政治目标。这种新的文艺学说虽然适合了当时中国社会环境，并借由出版的成功而蓬勃发展，但也出现了偏激狭隘、公式化等诸多弊端。韩侍桁在如前提及的多次文艺论争中都曾撰文批判，如《揭起小资产阶级革命文学之旗》和《革命的浪漫蒂克》等文章就直接对准左翼文学，批评左翼理论家的专横以及新写实主义的弊端，赞成把"革命浪漫蒂克"作为小资产阶级革命文学的创作特色。他在《文艺月刊》发表的《再论"作为生活认识的文艺"》[①]，再次强调艺术不能取纯然的政治见地，生活的材料本来就是丰富多彩的，艺术创作中的取材（现实的认识的来源）既可以有政治生活材料，也可以有其他生活比如一般情感生活的材料。而"作为生活认识的文艺"并不是要把对于生活材料的选择看成文艺价值的唯一标准，相对而言，对于生活认识的深刻性和准确性更重要。

除了防止艺术沦为政治的奴婢，韩侍桁也敏锐地捕捉到了商品经济对文学的影响，警惕文艺成为商业营利的工具。他借由苏汶的《文人在上海》谈起，批评上海文坛间过分的商贾气，作家、出版商串通一气为经济利益弄虚作假，无所不用。而作为广告宣传和满足读者好奇心的书评，本来是一种文艺批评的常见形式，但基于商业利益的驱动一味赶"时髦"，不问书的文艺价值，只看是不是新书；为迎合读者口味，总是采用革命论、阶级斗争论等单调的批评方式，凡此种种都不利于文艺的发展。[②]

那么，健康规范的文艺道路究竟应该如何建设发展呢？首先，韩侍桁选择了"努力介绍外国文学"这一条路。他在《文艺月刊》上发表的译述篇目要多过文艺批评的文章，主要包括托尔斯泰对莫泊桑、莎士比亚的文艺论著，不少日本文学评论家的论著如杉捷夫关于斯台尔夫人的文学论，冈泽秀虎关于郭果尔艺术的研究，厨川白村对英国的厌世诗派的批评，还有丹麦评论家勃兰兑斯对于法朗士、梅礼美等作家的论述。此外也有少量英国小说的翻译。虽然涉及多国作家作品，但当时韩侍桁个人更倾向于苏俄文学的介绍，因为他觉得俄罗斯文学更加具备勇敢激动而丰富的"力"，

---

① 韩侍桁：《文艺丛谈》，《文艺月刊》第五卷第一期，1934 年 1 月 1 日。
② 韩侍桁：《文艺丛谈之论海派作家》，《文艺月刊》第五卷第一期，1934 年 1 月 1 日。

可以较好地医治中国文学的单调，对改变民族气质有积极影响。① 有意思的是，韩侍桁并不能直接使用俄语，他需要通过日文书籍来转译。留学日本多年，他认为日本现代文学的负面影响更多，感情多是复杂而不合理的，对生活的选材琐碎庸俗，其文学上的微细，是由于不能准确理解艺术的具体表现以及表现的象征性。即使个人对日本文学并不欣赏，韩侍桁还是理性地提出"最重要的事，并不是在于抵制，而是在如何慎重于介绍"②。他对于外国文学的引进功效也有比较清楚科学的认识——"要知道外国文学的侵入，只能做一点小帮助，而不能走入了正宗去，在文学表现的方法与意识，或者能稍有影响，而对于一个民族的传统的情调，是不能根本推翻的，并且我们相信，一个民族若是他自有情调失了，总是外来的奴隶，不会有更伟大的作品产生。"③中国的新文坛真正需要的是既融合了外来文学影响，又在内容和形式上完全属于我们民族的作品。

因此，韩侍桁也在文艺本体理论的园地里努力耕耘。他既注意到了创作主体的重要性，也没有忽视读者受众的作用，更加难得的是在创作方法技巧的把握和文学文体的鉴赏方面都有不俗的见地。从创作主体角度考察看来，作家出身的阶级虽然是决定文艺作品意识的条件之一，但不是绝对的；作家创作的成败，最重要的不是什么阶级意识的作用（如小资产阶级意识），而是与他对生活的认识以及对艺术特殊性的认识的程度密切相关。④ 关于艺术氛围的营造，当然与作家身处的环境和创作的心情有关，但更重要的还是由作家的艺术撰构能力来决定，"要文字，故事，技巧的各方面的调和才能产生的"⑤。在讨论到文艺大众化问题时，谈到接近民族的真实的大众需要采用"一个读者掠夺的办法"，也就是要以最多数的民众为文艺接受对象来进行创作。"只要你肯抛掉艺术至上主义者的观念，只要你时时留心观察着我们的大众在理知上在情感上所能消受所急需的是什么东西，而是一步一步实际为着他们来写作，你自然将晓得这方法。一个作家所行的方法，是可以成为另一个作家的暗示或至进步的基础。"⑥

韩侍桁的文艺观念注重对社会现实的认识和反映，所以关于写实主义

---

① 韩侍桁：《论文学介绍》，《文学评论集》，上海：现代书局1934年版。

② 韩侍桁：《论文学介绍》，《文学评论集》，上海：现代书局1934年版。

③ 韩侍桁：《评〈从文学革命到革命文学〉》，上海《语丝》周刊第4卷第19、20期，1928年5月。

④ 韩侍桁：《文艺简论之作家的出身问题》，《文艺月刊》第四卷第六期，1933年12月1日。

⑤ 韩侍桁：《文艺简论之作家的出身问题》，《文艺月刊》第四卷第六期，1933年12月1日。

⑥ 韩侍桁：《文艺简论之大众文艺和文艺的大众化》，《文艺月刊》第四卷第一期，1933年7月1日。

的方法和艺术的真实性等问题关注较多。他认为写实主义的真实性，绝不是现实生活的原版照搬，而是需要从生活的表面真实进入更深层（内部）的真实，而要达到这种最高的写实，需要"冥想"的手段和方法。① 这种"冥想"是针对文艺创作思维的多元化和深刻化提出的，也就是要求作者对客观现实能较好地做出间接的、概括的、能动的反映。如果说"现实的认识"需要理性思考深度，那么"艺术的表现"则需要想象力的广度，而生动新颖的形象性正是想象力的基本特征。韩侍桁认为对于作家的生活经验和创作之间的关系没有必要做出机械的限制，正如人们既依靠直接经验又依靠间接经验一样，作家们可以利用有价值的观察或流传的故事来充分发掘想象力，从而使自己的创作丰富多彩。② 在韩侍桁的文艺理论建设中，艺术真实的价值要远远高于现实的真实，他是这样来解释典型人物的真实性的："严守着艺术的法则，使艺术的本身形成一个整体，是时常可以弥补人物的缺欠和夸张的。"有艺术力，即使是虚构一种预感或理想，也可以成为典型，比如屠格涅夫《父与子》中的巴扎洛夫；若没有艺术力，就算完全照搬现实人物，也不是典型更谈不上真实性，比如阿志巴绥夫《沙宁》中的沙宁。③

发表在《文艺月刊》上的理论批评文章里，韩侍桁曾专门对诗歌和传记文学这两类文学文体进行过探讨。他仍然是从"文艺是生活的反映"这一基础出发，来研究诗歌在现代日趋衰弱的原因。诗歌是所有文章体裁中，拥有最长久的历史、最浓郁的古典气味、最特殊的艺术性的一类，所以人们对诗有着最传统的观念。作为传统精神大本营的诗歌，没有跟随现代物质文明和文化产业的发展而及时改变它的传统法则，于是就在与时代的冲突中消沉下去了。诗歌还是有着突围希望的，韩侍桁在文中从内容和形式两个方面提出建议：一方面也是最重要的，必须从现代生活中提取诗歌的节奏，这种新节奏要切合时代的节拍，是"力的歌，劳动的歌，吟咏物质文明胜利的歌"；另一方面，随着诗歌调子的变化，需要用新的词句、新的意象来进行艺术的表现。这种表现与以往的过于装饰、抽象不同，更需要"力的单纯的词句"和"生活的具体的意象"。至于传记文学在中国很有发展的必要，有价值的传记是可以通过个人看集体看时代的，而且个

---

① 韩侍桁：《文艺简论之冥想和写实》，《文艺月刊》第四卷第一期，1933 年 7 月 1 日。

② 韩侍桁：《文艺简论之大众文艺和文艺的大众化》，《文艺月刊》第四卷第一期，1933 年 7 月 1 日。

③ 韩侍桁：《文艺简论之典型人物与艺术力》，《文艺月刊》第四卷第六期，1933 年 12 月 1 日。

人思想和时代思想总是错综交互的关系。真实的传记文学并不是家谱式或履历式的记载，另外也无须把平凡的血肉之躯写成英雄，只需要塑造出更真实的血肉之躯就行了。①

韩侍桁的文艺理论批评不管是用以批判还是建设的路径，都惯常使用社会历史的研究方法，总是从社会历史各种联系中处理文艺问题，尤其注重作家对生活的认识和反映现实的真实性，同时也考察作品的艺术性如何完成，完成得怎样。他的理论批评不是生搬硬套的空中楼阁，也不是谩骂奉承之下的投匕摇旗，而是从具体文艺现象、作家创作、作品文本出发，通过对现象或作品的仔细解读分析来发表出自己的见地，他也不避讳自己的学识不足甚至主观偏激，但他仍是自信、独立和执着的，因为这种以事实为前提、以作品为中心的批评方式是一种较为客观的文本批评，本质上确实也是一种对艺术自律性的追求。

三、批评的方式风格：冷静理性的"专门"性批评

韩侍桁从提笔开始写作那一刻起，就有"向着文艺批评这方面努力的志愿"，但现实中翻译工作总是占用了他更多的时间和精力，这与为生活养身家有关系，也由于"我的迟钝的思路不能使我作为一个创作者而立身得住，因此我必得借助于翻译"。② 这是一种带有自谦的说辞，实际上韩侍桁对于文艺批评的理解有着浓郁的现代专业性的意味，他称之为"专门的技术"。

"文学，越是到了近代，也越是科学化了的。"他的这种认识带有强烈的时代色彩，"如果我们承认文学也是一种专门的技术，文学制作者也就必是一个专门的技术家"。与工厂里的技师能同时指挥无数工人不同的是，"文学制作，是要每一个从事者的自身的实力的，每一个文学者都要成为专门的技师才行"。③就像给科学家提供实验室一样，人们也应该供给文学家一切必需的条件，而那种宁要思想不要文学的跋扈的文学理论和批评是荒诞的，若真是如此，还不如直截了当地制成社会统计，又何必写成小说、诗歌、戏剧的形式。韩侍桁的这种专业性见地，是近代以来西学东渐影响下的结果。现代知识门类扩充，社会职业分工细化，专门性文化知识的价值逐渐被社会承认，知识阶层因此独立于社会各阶层之中，他们的学

---

① 韩侍桁：《文艺丛谈之传记文学》，《文艺月刊》第五卷第一期，1934 年 1 月 1 日。
② 韩侍桁：《浅见集·序》，上海：中华书局 1939 年版。
③ 韩侍桁：《文艺丛谈之现今文学的要求》，《文艺月刊》第五卷第一期，1934 年 1 月 1 日。

术功能也不再被政治功能所遮蔽掩盖。正是基于这样的时代意识下，韩侍桁认为文学批评是需要专门知识的一种工作，而作为艺术的文学，其本质属性也就是艺术性了。文学批评可以有各种各样的风格，但不管是何种风格，都需要遵循艺术的原则，看他批评时"使用的方法好不好，或正确不正确"。出于这样的专业性自觉，他否定那些深奥难懂的乱套公式的学究式批评，也反对那种根据普通常识而来的印象式批评，他主张"批评是必要保持它独自的特殊的专门性的"，不允许外行人乱讲。① 在文学的艺术原则中，他最注重的就是"真实"，这既指作者们需要一种认真的创作态度，也包括了艺术地真实地反映现实。所以他提倡要给予新起的年轻作家谦逊和宽容，认为"凡是脚踏实地，肯不取巧，不欺骗地，走上文艺旅程的一切的作家们，比那趋逐时髦，把许多并未消化的革命思想装进文艺作品里来，于是便蔑视一切的大作家们，我看，将是更有益于我们的文艺的发展的吧"，而今日文学的要求就是"一切真实的作家的真实的作品"。②

　　如前文已经多次提到的，韩侍桁自己选择的所谓"专门性"的方法是社会历史批评和文本批评的结合，也就是既要考察作品与社会历史现实的联系，又要考察作品本身的艺术性，使得批评方式比较立体全面。落实到某一具体作品时，就要从思想内容和艺术技巧两个方面来进行评价，相对而言，韩侍桁更重视艺术技巧的批评。他谈论周作人的闲适小品文时，赞赏其兼有中外文学之技艺，"文章的表面的形式带着浓厚的日本的色彩，而其内部的文字的构成，又绝对是老中国式的，得到了中国笔记文学的神髓"。但在联系社会现实观察时，韩侍桁锐利地指出作者思想上的矛盾，"他之与他的时代的确是相抵触的，他缺少热力，而他的时代是正在需要热力的人；他要求清淡和闲暇，而他的时代正是处在漩涡的中心"。③ 在《文艺月刊》上，韩侍桁撰文对丁西林的戏剧进行专门批评，他认为丁西林作品反映现实的价值不高，认为"这位作家的思想确实是幼稚的"，但是，"他的这种缺欠，是以一种精练的艺术的手法弥补着，而且弥补得很好"。关于其作品的艺术性，韩侍桁热情洋溢地给予了很高的评价，甚至是有些夸张地表达了自己的感受。

　　读者展开了他的剧本，便看见了那极富于幽默的人物与极富于幽默的

① 韩侍桁：《文艺丛谈之印象的批评》，《文艺月刊》第五卷第一期，1934年1月1日。
② 韩侍桁：《文艺丛谈之现今文学的要求》，《文艺月刊》第五卷第一期，1934年1月1日。
③ 韩侍桁：《关于"自己的园地"》，《文艺论文集》，上海：现代书局1934年版。

对话，人物的性格的可爱成了剧中的主要的元素，剧情的发展都成了为完成某一种机智的附属的东西，更不用说思想了。读者在那样愉快的作品里是不敢要求思想的表现的。

在使同艺术的方法而获得意向与效果的一致的这一长处上看来，不只在我们现今的戏剧的文学中，就在我们一切部类的文学制作中，有很少的作者，能够有像西林先生这样的成功。①

其实，韩侍桁的文艺批评主要特点还是行文冷静，喜欢就事论事，分析细致，论证时较为全面客观，显示了较好的理论修养。他在展开文艺批评或讨论之前，会对核心概念进行一番辨析，厘清之后才层层深入，发表见地，逻辑思维线路比较清晰。例如《文艺丛谈之论海派文学家》（第五卷第一期）是要批判上海文坛中过分的商贾气，为了准确地达到这一目的，文章开篇对"海派文学家"这一称谓做了大量解释说明，避免棒打一大片，提高了论证的精确度。讨论到"大众文艺"，注意厘清"大众文艺"和"文艺的大众化"的不同所指、不同性质，并分析两者的历史关系和必然进程。② 他的理性风格常常带来一种对艺术宽容自由的良好效果，比如他指出文坛上的商业气氛导致对作家产量、作品数量的盲目追求。追求数量并没有什么错，重要的是同时不要忽视了"微小的精美的艺术"，要允许作家循序渐进，尤其要给青年作家以成长的时间和空间，为文艺事业长远计，要坚持"质高过于量"的原则。③ 相对于当时文坛上一些叫嚣的公式化批评或某些粗暴生硬的文艺批评，韩侍桁更善于在有理有力的论述中沉着地表达他的嘲讽。他在一篇文章中分析左翼文学弊病时，全部借用苏俄普罗文艺理论来进行批判：用鲁那卡夫斯基的理论来批评左翼否认艺术价值，全盘政治价值导向的偏激；用布哈林的理论斥责左翼文艺的狭隘机械的弊端，嘲弄排斥其他文学如小资产阶级文学，囫囵吞枣地转运或制造纲领，而不从事切实合理的批评和创作。④

文艺批评总是要从概念、理论出发来论证创作，这就容易使得行文枯燥沉闷，韩侍桁在冷静理性的底色上也善于加入感性的色彩，注重针对作品抒发自己强烈的情感，并用恰当的比喻来使文笔生动，道理浅出。例

① 韩侍桁：《"西林独幕剧"评》，《文艺月刊》第三卷第二期，1932 年 2 月。
② 韩侍桁：《文艺简论之大众文艺和文艺的大众化》，《文艺月刊》第四卷第一期，1933 年 7 月。
③ 韩侍桁：《文艺丛谈之质与量》，《文艺月刊》第五卷第一期，1934 年 1 月。
④ 韩侍桁：《文艺简论之理论的借镜》，《文艺月刊》第五卷第一期，1934 年 1 月。

如，他如此激烈地抨击鸳鸯蝴蝶派：

这鸳鸯蝴蝶派是什么呢，一言以蔽之，是保存古董，想把棺材里的死人抬出来，令他新生，而同时又尽力想把新时代的活人拉进棺材里去……如果说新文艺是一个摩登小姐的话，那么这鸳鸯蝴蝶派就可以成为娼妓了，而且还是害了一身梅毒的娼妓。①

他在论及诗歌的文体特色时，利用比喻、比较等方法来进行论述，使得抽象难解的理论变得生动形象而浅显易懂。

反映在小说或戏剧之上的生活，是固体的，有着较凝结的形象；而反映在诗之上的生活，是流动体的，是一种不容易把握住的形象……诗，在文艺的领域里，是带着最浓厚的音乐的要素。由这里可以看取诗之特质。它像音乐一样地是诉诸直觉的，它也像音乐一样地是有着谐调的节奏，然而它还有音乐所不能完成的，那便是它和音乐的朦胧的意象不同而在人的心灵上刻下明确的意象。②

---

① 韩侍桁：《文艺随笔之新的比喻》，《文艺月刊》第三卷第十一期，1933 年 5 月。
② 韩侍桁：《文艺简论之诗之前途》，《文艺月刊》第四卷第六期，1933 年 12 月。

结　语

　　《文艺月刊》是为了实践国民党的文艺政策而出现的一种大型文艺刊物，是国民党政府培植自己的文学力量，建设"国家民族文学"，加强文学艺术领域控制的具体努力。《文艺月刊》创刊于革命文学论争的余波和无产阶级文学热潮之中，发展繁盛于政治化日益严重的三十年代文坛，衰微停刊于全国文艺界联合抗战的相持阶段，是右翼文艺阵营中持续时间最长、版面内容较多、影响力较大的一个刊物。这个刊物从诞生之日伊始，就肩负着与左翼文学阵营争夺文化话语权的责任。而面对文艺界更多数量的处于中间状态的文人群体时，《文艺月刊》理性地采取了兼容并蓄的编辑策略，使得刊物获得了庞大的作者群和丰富的稿源，几乎涵盖了三十年代文坛上主要文艺派别风格的作家作品。与大部分同类报纸刊物（如《前锋周报》《前锋月刊》等）相比，它没有犀利的战斗气息，保持一种相对温和中立的政治立场，在远离商业性的同时保持对文学本体的自觉追求，显示出温文儒雅的学院气，是一份风格独特的期刊。这种独特的气质与主办者中国文艺社的历史变迁以及不同时期主编的文化心态也有着不应忽视的密切关系。但是随着国民党对期刊出版的控制加强和抗战时期整个文艺界的巨变，它无可奈何地处于一种衰微的局势中。《文艺月刊》所呈现的文学世界，没能提供"民族主义文学"的典型理论，更多是借鉴他者来充实刊物的文艺批评园地，通过对王平陵和韩侍桁的个案观察，我们可以更具体地了解到这种杂陈的理论状态。文学创作方面，《文艺月刊》的大量作品集中在民族认同和人文关怀这两个主题之下，显示出民族文化建构的自觉积极和人本主义精神的灿烂光芒。因为刊物的官方背景，《文艺月刊》中虽然也出现了一些政治性附庸作品，但总的看来还是更多地呈现了斑斓多彩的文学图景和较高的文学品位，为现代文学史留下了丰富的艺术宝藏。《文艺月刊》弱化政治党派色彩，大气兼容的办刊策略为国民党的"国家民族文学"建构提供了一种可操作的较为合理的模式。但如果用葛兰西的文化霸权理论来考察这种模式的实际效用却是不成功的，最直接的原因在于《文艺月刊》没有能够建立起"国家民族文学"的话语霸权，而是让自己的声音掩盖在众声喧哗之中。

所谓"霸权"，通常意义是指一方力量对另一方力量的支配和控制。葛兰西从政治思想层面指出，霸权是统治阶级对被统治的从属阶级的意识形态方面的优势。葛兰西认为现代革命的重心正在从暴力夺取政权向争夺文化霸权转移，国家统治不可能仅仅依靠政治权力的强制性，也需要重视在文化和意识形态领域的领导权。统治阶级必须建构文化霸权，使得被统治阶级接受自己的思想道德、政治经济和文化价值，才能够真正巩固统治阶级在国家社会和文化意识上的领导地位。南京国民政府成立之后，考虑到文艺对于人的情感、意识以及道德观、价值观都有着巨大的影响力，在党治文学上有相关政策制定和具体实施，而从统一社会各界思想、推进民族国家建设、巩固本党统治的理论基础等一系列目的出发，尤其面对着左翼文学运动的热潮，夺取并重新建构文化霸权显得迫在眉睫。根据葛兰西的理论，文化霸权的真正夺取和掌控至少要从两个方面来实现，即统治阶级的话语权威建构和被统治阶级的服从同意。话语权威并不能凭借政治暴力来树立，而是来自更加优越的价值意义和更强势的社会影响力。与主要依靠物质性力量的权力不同，权威更多的是依靠精神性的力量，诸如价值观、信仰度、信誉度等元素来促使人们从内心到行为上产生服从同意。《文艺月刊》包括国民党的文艺运动在这个层面上，都未能真正完成建构起话语权威的任务，文艺理论建设的贫瘠尤其是文艺创作的匮乏使其难以拥有控制和支配他者的文化能力，也未能有效地把己方的文化意识深入融进社会结构之中来获取政治的合法地位。在劝诱被统治阶级服从同意这个层面，《文艺月刊》比大多数激进战斗性的右翼文艺期刊都要做得更为理性睿智。它放弃了那种依靠政权暴力来强制性实行文化话语权支配的方式，而选择了一种大气兼容、温和学究的姿态，试图以此来证明自己作为先进的合法的文化话语权威的存在。而且它审时度势地选用"民族"的话语概念来代表国家社会中各个阶层（包括被统治阶级）的最大利益，进而来获取民众对国民党党派文艺和现行社会政治秩序的积极认可。由于政治经济、社会时代等众多因素的影响，被统治阶级在"完全同意"与"完全拒绝"两个极限之间，还存在着复杂多样的不同程度的选择，所以《文艺月刊》的这种策略在现实中较好地缓解了话语冲突。在以官方为主导的不断妥协平衡的调和过程中，尤其在统治阶级集团在经济方面做出一定让步后，《文艺月刊》尽可能地获取了大量的志同道合的知识分子，同时创造了一个丰富多彩的文学世界。然而，这种缺乏自己的精神力量、主要依靠其他因素勉强支撑起来的"文化霸权"是脆弱而不稳定的，我们从中国文艺社纷繁复杂的人事关系和自由散漫的活动方式，从《文艺月刊》的文学世界里细弱的右翼之声和喧哗的各种音响里，可以得知"文化霸权"是在多方的争夺、谈判、妥协中艰难维持。被统治阶级缺乏内心自觉认同，身不由己地屈从了官方的话语，就注定了这个文化话语权的支配过程充满了抵抗和融合的交织互渗。国民党当局显然清楚地认识到了这种斗争的激烈，因此运用统治者的政治强制性力量优势，不断加强对相关社团、期刊编辑出版的控制。当抗战全面爆发，国家面临空前危机的时刻，在伦理和意识形态方面的文化话语权的争夺暂时统一在抗战救亡的主题下，国民党的文化霸权建构基本上由强制性国家机器取代，《文艺月刊》不可避免地进入衰微中。我们还应该注意到的是，作为文化霸权实施主体的知识分子在这一过程中的重要作用。在社会结构中知识分子是文化的制造者、传承者、执行者，因此他们既可以成为文化霸权的制造守护者，又可以是破坏文化霸权的掘墓人。基于知识分子在文化批判、道德建设、思想斗争等多方面的重要作用，统治阶级需要将自己出类拔萃的知识分子放置在文化和意识形态结构中的战略位置，而且必须与具有影响力的其他精英知识分子联合，共同夺取并巩固文化霸权。在这个方面，《文艺月刊》显然缺乏这种能够领导文化和意识形态的精英知识分子，团结联合其他知识分子在刊物的前期做得颇有成效，但随着国民党文艺领域政治强制性的逐步强化，不同派别的精英分子纷纷离开，《文艺月刊》和中国文艺社也就相继沉寂终结。总而言之，从国民党文艺运动的角度看，《文艺月刊》这种具体期刊运作范式并不成功，没有能够建立起"国家民族文学"的文化话语霸权，但也正因为此，它给其他文艺思想和话语留存了空间，造就了一个色彩纷呈、丰富多彩的文学世界，彰显了三十年代文艺期刊传媒在政治性、经济性、文学性多重因素影响下的复杂迷人景观。

十二年间的《文艺月刊》，内涵是极其丰富的，这里仅仅是一种初步的研究尝试，如果从现代期刊传播、不同知识分子群体、文学场域的建构、具体文体的流变等多个角度进行考察，都可以发现新颖多彩的文学图景。《文艺月刊》中还有不少被现有文学史忽视了的作家作品和社团流派，他们的文化思想和文艺理念、创作值得我们继续去关注、理清。本书尚未能涉及和深入的部分，有待今后进一步的探索研究。

附　录

附录一　王平陵主要文艺活动年表

1898 年

5 月 20 日（四月初一），出生于江苏溧阳，名仰嵩，字平陵，其父王洪钧为清末秀才。

1914 年（16 岁）

就读于浙江省立杭州第一师范学校。

1918 年（20 岁）

在杭州省立第一师范学校就读期间，其师李叔同出家前，将自己全部文艺藏书赠送给王平陵。

1919 年（21 岁）

毕业于省立杭州第一师范学校。

1920 年（22 岁）

任教于沈阳第一师范学校。

在《时事新报》副刊发表处女作小说《雷峰塔下》。

1921 年（23 岁）

任教于江苏溧阳县立同济中学。

1922 年（24 岁）

任教于南京美术专科学校，进入震旦大学南京分校攻读法文。

发表《读了〈论散文诗〉以后》，原载《时事新报·文学旬刊》第二十五号，1922 年 1 月 11 日。

1923 年（25 岁）
与吕瑛女士结婚。

1924 年（26 岁）
至上海主编《时事新报》副刊《学灯》，声名渐起。
《西洋哲学概论》，上海泰东书局 1924 年出版。

1926 年（28 岁）
《中国妇女恋爱观》，上海光华书局 1926 年出版。
《社会学大纲》，上海泰东书局 1926 年出版。

1928 年（30 岁）
任上海暨南大学中文系教授。

1929 年（31 岁）
受聘《中央日报》社，主编《大道》与《清白》副刊。
独幕剧《回国以后》在商务印书馆出版的《妇女杂志》1929 年第 15 卷第 5 期上刊出。

1930 年（32 岁）
6 月参与起草《民族主义文艺运动宣言》。
中国文艺社于南京成立，叶楚伧任社长，张道藩、王平陵等为理事，该社 8 月创办大型期刊《文艺月刊》，王平陵任主编。

1932 年（34 岁）
7 月由陈立夫出面，与罗家伦、吴稚晖等人发起成立"中国教育电影协会"，下设"电影剧本研究""国产影片评述"和"中国电影年鉴编纂"三个专门委员会。
担任正中书局出版委员会委员，主编"文艺丛书"和"新生活丛书"。

1933 年（35 岁）

与鲁迅论战。

王平陵的《最通的文艺》发表于 1933 年 2 月 20 日《武汉日报》副刊《文艺周刊》——鲁迅在《伪自由书·不通两种》中回击。

王平陵的《骂人与自供》发表于 1933 年 12 月 30 日上海《大美晚报》副刊《火树》——鲁迅在《准风月谈·后记》中回击。

1934 年（36 岁）

《文艺家的新生活》，南京正中书局 1934 年 5 月出版。

短篇小说集《期待》，南京正中书局 1934 年 7 月出版。收《期待》《父与子》等短篇小说 6 篇。

编辑《读书顾问》（季刊），南京正中书局出版。

发表《中国电影剧本的编制问题》，原载《中国电影年鉴 1934》，中国教育电影协会年鉴编辑委员会编辑。

1935 年（37 岁）

国民党正式成立"全国报纸副刊及社论指导室"，叶楚伧委派王平陵任主任。成立"电影剧本评审委员会"，亦由王平陵任评审委员。

1936 年（38 岁）

陈立夫通过教育部成立"中国电影协会"，委派王平陵主编五百万字的《电影年鉴》，内容涵盖各国电影概况、政府法规及检查制度，另有电影理论和技术。

诗集《狮子吼》，南京正中书局 1936 年 5 月出版。收《血钟响了》《扬子江的波涛》《乏力的呼喊》等诗作 53 首。

译诗集《虞赛的情诗》，商务印书馆 1936 年 8 月出版。原著者法国虞赛，徐仲年、候佩尹、王平陵合译。

12 月 16 日起，与张道藩在《新民报》开辟《文艺俱乐部》周刊。

1937 年（39 岁）

竞选江苏溧阳"国大"代表，惨败。

《浮尸》在《东方杂志》1937 年第 34 卷第 13 号上发表。

参与"一九三七年中国戏剧运动之展望"笔谈特辑（《戏剧时代》创刊号 1937 年 5 月）。

12 月，为募集资金援助前线抗战的广大军队，由广东前锋剧社、中国文艺社、中国旅行剧团、抗战戏剧社、军委会政训处抗敌剧团等数十个团体联合发起，公推洪深、唐槐秋、田汉、俞珊、王泊生、朱双云、郑用之、阳翰笙、王平陵、马彦祥、赵丹等组成演出委员会，举行全国戏剧界劳军联合大公演。

12 月 26 日，武汉的各戏剧团体在普海春酒楼举行宴会，洪深、阳翰笙、王平陵发起建立中华全国戏剧界抗敌协会（简称"剧协"）筹备委员会。12 月 31 日"剧协"即在汉口大光明戏院宣告成立。

1938 年（40 岁）

2 月 14 日，王平陵和茅盾、郁达夫、老舍等 18 位作家，在《抗战文艺》联名发表《致周作人的一封公开信》。

3 月 27 日，中华全国文艺界抗敌协会（简称"文协"）在汉口总商会礼堂举行成立大会。由王平陵、冯乃超等 8 人组织大会秘书处，王平陵作协会筹备经过的报告，被推选为"文协"理事，并在 4 月 4 日召开的第一次理事会上，被选为常务理事、组织部主任。

5 月，老舍代表"文协"主持召开"怎样编制士兵通俗读物"座谈会，王平陵出席发言。

编著《电影文学论》，商务印书馆 1938 年 5 月出版。

出任《扫荡报》编辑。

文论集《战时文学论》，汉口上海杂志公司 1938 年出版。

短篇小说集《东方的坦伦堡》，重庆艺文研究会 1938 年 10 月出版。收《东方的坦伦堡》《国贼的母亲》等短篇小说 6 篇。

1939 年（41 岁）

2 月，中华全国文艺界抗敌协会小说座谈会成立，负责人为欧阳山、徐盈和罗烽。王平陵出席了第一次会议，会上决定了工作方针，推定七人组成小组委员会，负责对抗战以来的小说、报告、通讯等进行总结，并起草介绍到国外去的论文。

7 月，全国慰劳总会组织慰劳团，分南北两路奔赴前方劳军。"文协"由常务理事老舍、王平陵、胡风、姚蓬子参加。王平陵参加北路慰劳团。

发表《悼诗人王礼锡并介绍其近作〈去国草〉》，原载 1939 年 9 月 7

日《大公报》。

10 月 19 日，"文协"等 14 个文化单位在重庆举行鲁迅逝世三周年纪念大会，王平陵与会做了演讲。

1939 年冬，王平陵任桂南战地记者。

1940 年（42 岁）

年初亲赴前线，写了国军光复昆仑关的综合报道，产生了重大影响。

1 月，姚蓬子主持《蜀道》首次座谈会——"如何保障作家战时生活"。该会议记录初载 1940 年 1 月 31 日《新蜀报》。王平陵与会并发言，提出让作家改行去当教员、职员的想法。

三幕剧《狐群狗党》，中国戏曲编刊社 1940 年 3 月出版。在重庆上演了一个多月，社会效果良好。

10 月 10 日，《从苏联电影谈到中国电影》在《中苏文化》第 7 卷第 4 期发表。

10 月 19 日，"文协"、中苏文化协会、中国文艺社、国际反侵略中国分会等 12 个团体在重庆巴蜀小学广场举行鲁迅逝世四周年纪念大会，王平陵出席该会，并在此次大会纪念特刊（由"文协"负责编辑、出版）上发表文章。

11 月 10 日，"文协"老舍、胡风、王平陵等 60 余人举办戏剧晚会，胡风任主席，讨论题为"怎样表现主题与怎样创造人物"。

11 月 24 日，"文协"举办诗歌晚会，参与者达 70 余人，由艾青任主席，会议讨论了诗的语言问题。王平陵与会发言。

1941 年（43 岁）

短篇小说集《夜奔》，长沙商务印书馆 1941 年 3 月出版。收《夜奔》《新贵人》等短篇小说 8 篇。

《中国文艺界的新任务》，原载《文艺青年》1941 年 11 月，积极宣传国民党政府的三民主义文艺政策。

《伟大的民族战争》，胜利出版社江西分社 1941 年出版。

《战时教育电影的编制和放映》，原载《时代精神》1941 年第四卷第三期。

1942 年（44 岁）

2 月 7 日至 15 日，国民党中央文化运动委员会联合重庆 36 个机关团体举办"国家总动员文化界宣传周"。"文协"在中央广播电台举办广播讲座及诗歌朗诵,王平陵参与其中。

5月,五幕剧《维他命》,青年出版社出版。

7月,短篇小说集《送礼》,重庆商务印书馆出版。收《大地震》《国贼的母亲》《救国会议》等短篇小说11篇。

7月,独幕话剧《俘虏》,重庆国民图书出版社出版。

10月,《展望烽火中的文学园地》,载于军事委员会政治部编印《抗战五年》。

11月10日,小说《进城》,原载《文艺先锋》第一卷第三期。

1943 年 (45 岁)

为商务印书馆主编"大时代文艺丛书",共20册。

7月,中篇小说集《女优之死》,重庆现实出版社出版。收《女优之死》《活跃的火花》中篇小说2篇。

8月,作品集《新狂飙时代》,重庆商务印书馆出版。内分3辑,收《新狂飙时代》《为什么没有伟大的作品?》《战时电影编剧论》等杂文28篇。

9月,四幕话剧《情盲》,重庆商务印书馆出版。

1944 年 (46 岁)

12月,短篇小说集《晚风夕阳里》,重庆国民图书出版社出版。收《晚风夕阳里》《休矣!十二时!》等短篇小说6篇。

独幕剧集《卖瓜者言》,贵阳文通书局出版。

1945 年 (47 岁)

长篇小说《归舟返旧京》,在《扫荡报》连载(后改为《和平日报》)。

长篇小说《国宝》,在天津《民国日报》连载九个月,小说长达三十多万字。

6月,合集《副产品》,商务印书馆出版。收诗9首,散文8篇,杂文17篇,收《希腊颂》《月下渡江》《儿童最需要的礼物》等作品,另有《短序——副产品》。

12月,小说集《祖国的黎明》,重庆国民图书出版社出版。

1946 年（48 岁）

2 月，独幕剧《开会》，原载《文艺先锋》第八卷第二期。

7 月，短篇小说集《娇喘》，上海亚洲图书社出版。

5 月，《七年来的中国抗战文学》收入正中书局出版的《中国战时学术》，肯定了田汉、萧军、舒群、白朗、罗烽等许多左翼文人的抗战作品，是研究抗战文学史的一篇重要参考文献。

1947 年（49 岁）

5 月，短篇小说集《湖滨秋色》，上海商务印书馆出版。收短篇小说《新亭泪》等 9 篇，收《重庆的一角》《湖滨秋色》《期待》《陵园明月夜》等散文 9 篇。

短篇小说集《期待》，上海大公报出版。

1948 年（50 岁）

担任重庆文化运动委员会委员，同时在重庆的巴蜀中学兼课。

1949 年（51 岁）

1 月，《扬子江上的倦游者》，原载《旅行杂志》第二十三卷第一期。

11 月 26 日，携长子王允昌从重庆飞往台湾。

1950 年（52 岁）

3 月 23 日，《新生报》副刊在台北中山堂举办盛况空前的文艺作家座谈会，王平陵和张道藩、齐如山、戴杜衡、陈纪滢等一起受邀出席。会议内容是讨论"战斗文艺"的开展和成立一个"全国性"的文艺团体。

参加《新生报》关于"战斗文艺"的讨论，王平陵认为"战斗文艺"在"战斗"的同时可兼顾趣味，不必筑室道谋。《新生报》采纳了这位资深作家的意见，由此确立了"战斗性第一，趣味性第二"的原则作为审稿标准。

5 月 4 日，中国文艺协会于台北市正式宣告成立。出席成立大会的会员有 153 人。成立大会产生第一届理事会，由张道藩、陈纪滢、王平陵任常务理事，出版机关刊物《文艺创作》。

5 月 19 日起，在程大城创办的《半月文艺》任专稿撰述委员。

妻子和长女、次子从大陆辗转到台湾，另有两个女儿留在江苏老家。

获得台湾"教育部"戏剧奖金和奖章。

1951 年（53 岁）

参与编辑台湾中华文艺奖金委员会主办的机关杂志《文艺创作》，第 52 期到第 60 期由王平陵主编。此刊发行人是张道藩，依次主编为葛贤宁、胡一贯、王平陵、虞君质。王平陵在任主编期间，重视文艺评论，每期至少刊登五篇论文，用以鼓吹官方所倡导的文艺，辅导青年创作。

8 月，发表《怎样编副刊》，原载于《报学》第一卷第一期，1951 年 8 月。

1952 年（54 岁）

4 月 1 日，《中国文艺》创刊于台湾，社长唐贤龙，主编王平陵。

4 月起兼任《中国语文》编委。

短篇小说集《残酷的爱》，台北正中书局出版。

1953 年（55 岁）

长篇小说《茫茫夜》，台北华国出版社出版。

参与筹办中国青年写作协会，该协会 1953 年 8 月 2 日成立于台北市，直接受台湾官方的"中国青年反共救国团"领导。

1955 年（57 岁）

赴曼谷任《世界日报》总编辑，一年后返台湾。

短篇小说集《归来》，中华书局出版。

短篇小说集《火种》，中央文化供应社出版。

1958（60 岁）

短篇小说集《游奔自由》，台北中央文化供应社出版。

1959 年（61 岁）

应马尼拉华侨师范专科学校之聘，任教两年。与此同时，为《大中华日报》文艺专栏撰稿，并经常帮助菲侨开展戏剧一类的文艺活动。

戏剧《锦上添花》，亚洲出版社出版。

戏剧《台北夜话》，亚洲出版社出版。

戏剧《自由魂》，亚洲出版社出版。

戏剧《夜》，改造出版社出版。

1960 年（62 岁）

散文集《幸福的泉源》，正中书局出版。

1961 年（63 岁）

主编《薰风》月刊，任《创作》月刊社社长。

7 月，应聘为台湾政工干校专任教授。最后一部长篇《爱情与自由》，便是在教课之余写就。

1962 年（64 岁）

《夜》，正中书局出版。

《追怀弘一大师》，原载菲律宾佛教印经委员会印行的《华严集联三百》书后。

1964 年（66 岁）

1 月 12 日，病逝于台北。

戏剧、散文合集《爱情与自由》，共 20 余种，正中书局出版。

评论集《卅年来文坛沧桑录》，台北中国文艺社出版。

另附录谢冰莹整理的书目——《王平陵先生的著作目录》

[谢冰莹：《谢冰莹文集》（中册），合肥：安徽文艺出版社 1999 年版，第 126 – 128 页]

一、理论部分

《西洋哲学概论》（十三年上海泰东书局出版）

《中国妇女恋爱观》（十五年上海光华书局出版）

《社会学大纲》（十五年上海泰东书局出版）

《电影文学论》（十九年商务印书馆出版）

《新狂飚时代》（三十三年三月商务印书馆出版）

《创作艺术论》（将出版）

此外尚有美学大纲、心理学论丛、文艺家的新生活、战时文学论等。

二、小说部分

1. 长篇小说

《少女心》（芋酒之友连载未完）

《归舟返旧京》（上海怀正书局）

《六十年代》（作品连载未完）

《爱情与自由》（五十三年正中书局）。

《魔姬》

《钩心斗角》

2. 中篇小说

《新泪》

《茫茫夜》（商务印书馆）

《娇喘》

《乘风破浪》

3. 短篇小说

《期待》（十一年正中书局）

《湖滨秋色》（三十六年商务印书馆）

《送礼》（商务印书馆）

《残酷的爱》（四十年正中书局）

《旋涡》（四十三年香港自由出版社）

《归来》（四十四年中华书局）

《夜奔》（商务印书馆）

《火种》（中华书局）

《游奔自由》（中华书局）

三、散文集

《副产品》（商务印书馆）

《雕虫集》（四十四年香港自由出版社）

《我在马尼拉的生活》（大道连载、遗著将出版）

《走目苏花路》（遗著将出版）

四、戏剧

《狐群狗党》（独幕剧）

《夜》（独幕剧，四十八年四月改造出版社）

《自由魂》（香港亚洲出版社）

《锦上添花》（同前）

《台北夜话》（同前）

《爱的感召》（同前）

《幸福的泉源》（改造出版社）

《情盲》（正中书局）

《维他命》

五、电影剧本

《重婚》

《贵妇怨》

《紫金山的春天》

《慈母心》

《阳春白雪》

《孤城落日》

《生命线》

六、诗集

《狮子吼》（三十五年南京书局）

《虞赛的情诗》（法文译本）

七、歌词

《民共抗俄总动员》（黄友棣作曲）

《大时代进行曲》（谈修作曲）

八、报道文学

《三十年文坛沧桑》

附录二　《文艺月刊》主要作家作品一览表

该表选取在《文艺月刊》上发表作品（包括译作）十篇以上的作家的作品。

《文艺月刊》1930 年创刊时以中文注明卷号、期号、民国纪年。

＊1941 年复刊时以《文艺月刊》创刊第十一年为卷，月份为号，民国纪年。

作　者	卷、期和年	作品名称
曹葆华	第四卷，第一期，民国二十二年	《约翰梅士斐诗选》
曹葆华	第四卷，第二期，民国二十二年	《一个乞妇》
曹葆华	第四卷，第三期，民国二十二年	《农家怨》
曹葆华	第四卷，第三期，民国二十二年	《磨坊工人》
曹葆华	第四卷，第三期，民国二十二年	《酒楼侍女》
曹葆华	第四卷，第五期，民国二十二年	《末日》
曹葆华	第四卷，第五期，民国二十二年	《再来看你》
曹葆华	第四卷，第六期，民国二十二年	《送一年过去》
曹葆华	第四卷，第六期，民国二十二年	《回答》
曹葆华	第五卷，第一期，民国二十三年	《宣告》
曹葆华	第五卷，第一期，民国二十三年	《决断》
曹葆华	第五卷，第一期，民国二十三年	《眼里》
曹葆华	第五卷，第一期，民国二十三年	《我常想》
曹葆华	第五卷，第二期，民国二十三年	《听说你走了（悼朱湘）》
曹葆华	第五卷，第二期，民国二十三年	《洗衣女》
曹葆华	第五卷，第二期，民国二十三年	《无题两首》
曹葆华	第五卷，第五期，民国二十三年	《给》
曹葆华	第五卷，第六期，民国二十三年	《再给》
曹葆华	第六卷，第三期，民国二十三年	《深夜带走》
曹葆华	第六卷，第四期，民国二十三年	《诗》

（续上表）

作　者	卷、期和年	作品名称
曹葆华	第六卷，第四期，民国二十三年	《无题》
曹葆华	第七卷，第一期，民国二十三年	《走》
曹葆华	第七卷，第一期，民国二十三年	《无题》
曹葆华	第七卷，第二期，民国二十四年	《一粒星光》
曹葆华	第七卷，第二期，民国二十四年	《你是》
曹葆华	第七卷，第三期，民国二十四年	《无题（二首）》
曹葆华	第七卷，第六期，民国二十四年	《无题》
常任侠	第三卷，第七期，民国二十二年	《热情》
常任侠	第三卷，第八期，民国二十二年	《秋晨》
常任侠	第四卷，第三期，民国二十二年	《千代子的忧郁》
常任侠	第四卷，第六期，民国二十二年	《西风歌》
常任侠	第五卷，第三期，民国二十三年	《爱之梦》
常任侠	第五卷，第四期，民国二十三年	《病榻小曲》
常任侠	第六卷，第二期，民国二十三年	《滨洒家的少女》
常任侠	第六卷，第四期，民国二十三年	《秋天的园子》
常任侠	第七卷，第六期，民国二十四年	《挽歌》
常任侠	第八卷，第一期，民国二十五年	《夜行船》
常任侠	第八卷，第一期，民国二十五年	《银座》
常任侠	第九卷，第三期，民国二十五年	《闻歌》
常任侠	第十卷，第三期，民国二十六年	《人与神之爱》
常任侠	第十卷，第四、五期合刊，民国二十六年	《演员的修养》
常任侠	战时特刊第一卷，第四期，民国二十六年	《兄弟们，我们决心不愿做奴隶!》
常任侠	战时特刊第一卷，第十一期，民国二十七年	《安昌浩礼赞》
常任侠	战时特刊第二卷，第十一、十二期，民国二十八年	《"爱我们苦难的父老"》

（续上表）

作　者	卷、期和年	作品名称
常任侠	战时特刊第三卷，第一、二期，民国二十八年	《胜利的史迹》（台儿庄大捷周年纪）
常任侠	＊战时特刊第十一年，五月号，＊民国三十年	《蒙古调》
常任侠	＊战时特刊第十一年，五月号，＊民国三十年	《蒙古的牧歌与战歌》（译）
常任侠	＊战时特刊第十一年，七月号，＊民国三十年	《抗战四年来的诗创作》
常任侠	战时特刊第十一年，十一月号，民国三十年	《蒙古的宿星》
陈梦家	第二卷，第二期，民国二十年	《一个杀死的人》（Hardy 著）
陈梦家	第二卷，第二期，民国二十年	《城上的星》
陈梦家	第二卷，第二期，民国二十年	《白马湖》
陈梦家	第二卷，第五、六期，民国二十年	《七重封印的梦》
陈梦家	第二卷，第十一、十二期合刊，民国二十年	《青的一段》
陈梦家	第四卷，第二期，民国二十二年	《白俄老人》
陈梦家	第四卷，第六期，民国二十二年	《黄河谣》
陈梦家	第五卷，第一期，民国二十三年	《泰山与塞外的浩歌》
陈梦家	第六卷，第四期，民国二十三年	《两只青鸟》（［英］劳伦斯作）
陈梦家	第九卷，第一期，民国二十五年	《一个绝望的女人》（［英］D. H. Lawrance 著）
陈瘦竹	第四卷，第二期，民国二十二年	《人物素描》（［希腊］Theophrastus 作）
陈瘦竹	第四卷，第五期，民国二十二年	《人物素描》（续）（［希腊］Theophrastus 作）
陈瘦竹	第四卷，第六期，民国二十二年	《人物素描》（续完）（［希腊］Theophrastus 作）

（续上表）

作　者	卷、期和年	作品名称
陈瘦竹	第五卷，第一期，民国二十三年	《文艺鉴赏论》（Arnold Bennet 作）
陈瘦竹	第五卷，第二期，民国二十三年	《文艺鉴赏论》（续）（Arnold Bennet 作）
陈瘦竹	第五卷，第三期，民国二十三年	《文艺鉴赏论》（续）（Arnold Bennet 作）
陈瘦竹	第五卷，第四期，民国二十三年	《文艺鉴赏论》（续）（Arnold Bennet 作）
陈瘦竹	第五卷，第五期，民国二十三年	《文艺鉴赏论》（续完）（Arnold Bennet 作）
陈瘦竹	第六卷，第三期，民国二十三年	《始末》（斯梯因作）
陈瘦竹	第六卷，第五、六期合刊，民国二十三年	《古瓷》（兰姆）
陈瘦竹	第六卷，第五、六期合刊，民国二十三年	《初次观剧记》（兰姆）
陈瘦竹	第七卷，第二期，民国二十四年	《遗憾》
陈瘦竹	第七卷，第六期，民国二十四年	《导演与演员》（Edward Lewis）
陈瘦竹	第八卷，第一期，民国二十五年	《导演与演员》
陈瘦竹	第八卷，第二期，民国二十五年	《导演与演员》
方玮德	第二卷，第二期，民国二十年	《时代》
方玮德	第二卷，第二期，民国二十年	《诉》
方玮德	第二卷，第二期，民国二十年	《一只野歌》
方玮德	第三卷，第十期，民国二十二年	《煤山》
方玮德	第三卷，第十期，民国二十二年	《紫色的梦》
方玮德	第三卷，第十一期，民国二十二年	《献诗三章》（译 Yeats）
方玮德	第四卷，第一期，民国二十二年	《Hai-Alai》
方玮德	第四卷，第二期，民国二十二年	《问》

（续上表）

作　者	卷、期和年	作品名称
方玮德	第四卷，第三期，民国二十二年	《再来一次》（John Galsworthy 著）
方玮德	第六卷，第二期，民国二十三年	《疲惫者之歌》
费鉴照	第二卷，第一期，民国二十年	《夏芝》
费鉴照	第二卷，第二期，民国二十年	《"嘎瑟"复兴与英国浪漫运动》（Gothic Revival and Roman-tieism in England）
费鉴照	第二卷，第五、六期，民国二十年	《彭纳德》（Arnold Bennett）
费鉴照	第二卷，第十期，民国二十年	《史曲雷希利登》
费鉴照	第三卷，第七期，民国二十二年	《杜思退夫斯基的"白痴"》（J. Middleton Murry 著）
费鉴照	第四卷，第五期，民国二十二年	《世纪末英国艺术运动》
费鉴照	第五卷，第一期，民国二十三年	《今代英国文学鸟瞰》
费鉴照	第五卷，第三期，民国二十三年	《不朽俱乐部》（Stacy Anmonier 著）
费鉴照	第五卷，第五期，民国二十三年	《最短的一夜》（Jessie K. Marsh 著）
费鉴照	第五卷，第六期，民国二十三年	《霍尔姆斯》（George Modre 著）
费鉴照	第六卷，第四期，民国二十三年	《济慈与莎士比亚》
费鉴照	第七卷，第四期，民国二十四年	《济慈的一生》
费鉴照	第七卷，第五期，民国二十四年	《济慈美的观念》
顾仲彝	第一卷，第三期，民国十九年	《门外汉》
顾仲彝	第二卷，第一期，民国二十年	《忘了帽子》
顾仲彝	第二卷，第四期，民国二十年	《剃刀》（［日］吉村藏本著）
顾仲彝	第三卷，第一期，民国二十一年	《苔丝姑娘（第一卷）》（［美］哈代著）
顾仲彝	第三卷，第二期，民国二十一年	《苔丝姑娘（续）》（［美］哈代著）

（续上表）

作　者	卷、期和年	作品名称
顾仲彝	第三卷，第三期，民国二十一年	《苔丝姑娘（续）》（［美］哈代著）
顾仲彝	第三卷，第四期，民国二十一年	《苔丝姑娘（三续）》（［美］哈代著）
顾仲彝	第三卷，第五、六期，民国二十一年	《苔丝姑娘（续）》（［美］哈代著）
顾仲彝	第三卷，第七期，民国二十二年	《苔丝姑娘（续）》（［美］哈代著）
顾仲彝	第三卷，第八期，民国二十二年	《苔丝姑娘（续）》（［美］哈代著）
顾仲彝	第三卷，第九期，民国二十二年	《苔丝姑娘（续）》（［美］哈代著）
顾仲彝	第三卷，第十期，民国二十二年	《苔丝姑娘（续）》（［美］哈代著）
顾仲彝	第三卷，第十一期，民国二十二年	《苔丝姑娘（续）》（［美］哈代著）
顾仲彝	第三卷，第十二期，民国二十二年	《苔丝姑娘（续）》（［美］哈代著）
顾仲彝	第五卷，第五期，民国二十三年	《天边外》（［美］奥尼尔（Eugene O. Neill）著）
顾仲彝	第五卷，第六期，民国二十三年	《天边外》（Eugene O. Neill 著）
顾仲彝	第七卷，第一期，民国二十三年	《戏剧的本质》
顾仲彝	第七卷，第六期，民国二十四年	《文艺中心漫话》
顾仲彝	第九卷，第一期，民国二十五年	《过渡时代》
顾仲彝	第十卷，第四、五期合刊，民国二十六年	《关于翻译欧美戏剧》
韩侍桁	第三卷，第一期，民国二十一年	《杂论中国文学》
韩侍桁	第三卷，第二期，民国二十一年	《龙虾》（［英］L. A. G. Strong 作）

159

（续上表）

作　者	卷、期和年	作品名称
韩侍桁	第三卷，第三期，民国二十一年	《郭果尔的生活与思想》（［日］冈泽秀虎作）
韩侍桁	第三卷，第四期，民国二十一年	《郭果尔的生活与思想（续）》（［日］冈泽秀虎作）
韩侍桁	第三卷，第五、六期，民国二十一年	《"西林独幕剧"评》
韩侍桁	第三卷，第八期，民国二十二年	《俄罗斯文学上的郭果尔时代》（［日］冈泽秀虎作）
韩侍桁	第三卷，第九期，民国二十二年	《俄罗斯文艺上的郭果尔时代（续）》（［日］冈泽秀虎作）
韩侍桁	第三卷，第十一期，民国二十二年	《文艺随笔》
韩侍桁	第三卷，第十二期，民国二十二年	《爱与死》（鲁加尔德·吉伯龄作）
韩侍桁	第四卷，第一期，民国二十二年	《文艺简论》
韩侍桁	第四卷，第三期，民国二十二年	《妻的病及其他》
韩侍桁	第四卷，第六期，民国二十二年	《文艺简论》
韩侍桁	第五卷，第一期，民国二十三年	《文艺丛谈》
韩侍桁	第六卷，第一期，民国二十三年	《勃兰兑斯论梅礼美》
韩侍桁	第六卷，第二期，民国二十三年	《勃兰兑斯论梅礼美》
韩侍桁	第六卷，第三期，民国二十三年	《勃兰兑斯论梅礼美》
韩侍桁	战时特刊第四卷，第二期，民国二十九年	《抗战文艺的再出发》
韩侍桁	战时特刊第四卷，第二期，民国二十九年	《战时静思录（一）》
韩侍桁	战时特刊第四卷，第三、四期，民国二十九年	《"第三种人"的成长及其解消》
韩侍桁（东声）	第一卷，第二期，民国十九年	《论莫泊桑》（原著托尔斯泰）
韩侍桁（东声）	第二卷，第二期，民国二十年	《论莎士比亚》（原著托尔斯泰）

（续上表）

作　者	卷、期和年	作品名称
韩侍桁 （东声）	第二卷，第三期，民国二十年	《论莎士比亚（续）》 （原著托尔斯泰）
韩侍桁 （东声）	第二卷，第五、六期，民国二十年	《赶火车》 （［英］Arnold Bennett）
韩侍桁 （东声）	第二卷，第八期，民国二十年	《关于斯台尔夫人的"文学论"》（［日］杉捷夫作）
韩侍桁 （东声）	第二卷，第九期，民国二十年	《关于斯台尔夫人的"文学论"（续）》（［日］杉捷夫作）
韩侍桁 （东声）	第二卷，第十期，民国二十年	《一匹花马的故事》 （W. H. Hudson 作）
韩侍桁 （东声）	第二卷，第十一、十二期合刊，民国二十年	《郭果尔的艺术》 （［日］冈泽秀虎作）
韩侍桁 （东声）	第三卷，第五、六期，民国二十一年	《勃兰兑斯论》法朗士（译）
韩侍桁 （东声）	第三卷，第五、六期，民国二十一年	《牧童所见》 （妥玛斯·哈代作）
韩侍桁 （东声）	第四卷，第六期，民国二十二年	《英国的厌世诗派》 （厨川白村作）
何德明	第四卷，第六期，民国二十二年	《跛子李》
何德明	第四卷，第六期，民国二十二年	《诱惑》
何德明	第五卷，第二期，民国二十三年	《悲剧》
何德明	第五卷，第四期，民国二十三年	《赵妈》
何德明	第五卷，第五期，民国二十三年	《他的一生》
何德明	第五卷，第六期，民国二十三年	《孤独人日记抄》
何德明	第六卷，第一期，民国二十三年	《研房庄》
何德明	第六卷，第三期，民国二十三年	《屠宰作坊》
何德明	第七卷，第一期，民国二十三年	《出走》
何德明	第七卷，第三期，民国二十四年	《残破》

（续上表）

作　者	卷、期和年	作品名称
何德明	第七卷，第四期，民国二十四年	《谁告诉你》
何德明	第七卷，第六期，民国二十四年	《二歌女》
何德明	第八卷，第六期，民国二十五年	《衰败》
侯佩尹	第三卷，第七期，民国二十二年	《画角》
侯佩尹	第三卷，第十期，民国二十二年	《莱拍齐格之战》 ［ARNDT（1769—1860）作］
侯佩尹	第三卷，第十期，民国二十二年	《永别了生命》（KORNER 作）
侯佩尹	第三卷，第十一期，民国二十二年	《欧伦比我的愁情》 （嚣俄（Hugo）作）
侯佩尹	第四卷，第一期，民国二十二年	《男儿》（拉马丁著）
侯佩尹	第四卷，第四期，民国二十二年	《战士的奖励》 （［古希腊］Callinus 作）
侯佩尹	第四卷，第五期，民国二十二年	《代宝·瓦莫夫人诗选译》
侯佩尹	第五卷，第一期，民国二十三年	《瑞拉底诗选》
侯佩尹	第五卷，第三期，民国二十三年	《大诗人不律道墨》
侯佩尹	第五卷，第四期，民国二十三年	《马赛曲同几首爱国诗歌》
侯佩尹	第六卷，第一期，民国二十三年	《德国二个爱国诗人》
侯佩尹	第八卷，第二期，民国二十五年	《漓江舟行杂诗》
华林	战时特刊创刊号，民国二十六年	《智力劳力合作协会》
华林	战时特刊第一卷，第三期，民国二十六年	《国际强盗与世界文化》
华林	战时特刊第一卷，第四期，民国二十六年	《欧战时的巴黎——我的回忆录》
华林	战时特刊第二卷，第六期，民国二十七年	《孤岛归来》
华林	战时特刊第二卷，第七期，民国二十七年	《一夕话》
华林	战时特刊第二卷，第八期，民国二十七年	《行为与文艺家的风度》

（续上表）

作　者	卷、期和年	作品名称
华林	战时特刊第二卷，第八期，民国二十七年	《认识自己的国民性》
华林	战时特刊第三卷，第三、四期，民国二十八年	《文艺家与精神总动员》
华林	战时特刊第三卷，第七期，民国二十八年	《漫谈文艺家与生产建设》
华林	＊战时特刊第十一年，六月号，民国三十年	《文化运动的任务》
华林一	第四卷，第一期，民国二十二年	《逆旅主妇》（［意大利］Carlo Goldoni 著）
华林一	第四卷，第二期，民国二十二年	《逆旅主妇》（［意大利］Carlo Goldoni 著）
华林一	第五卷，第一期，民国二十三年	《送行》（Max Beerbohm 著）
绛燕	第七卷，第二期，民国二十四年	《辩才禅师》
绛燕	第八卷，第一期，民国二十五年	《茂陵的雨夜》
绛燕	第八卷，第二期，民国二十五年	《失去了的诗情》
绛燕	第八卷，第二期，民国二十五年	《悬崖上的家》
绛燕	第八卷，第三期，民国二十五年	《你来》
绛燕	第八卷，第三期，民国二十五年	《厓山的风浪》
绛燕	第八卷，第六期，民国二十五年	《马鬼驿》
绛燕	第十卷，第一期，民国二十六年	《赠答题五章》
绛燕	第十卷，第二期，民国二十六年	《新作两章》
绛燕	第十卷，第二期，民国二十六年	《苏承相的悲哀》
绛燕	第十一卷，第一期，民国二十六年	《航海吟外二章》
绛燕	＊战时特刊第十一年，七月号，民国三十年	《期待》
老舍	第三卷，第七期，民国二十二年	《爱的小鬼》
老舍	第三卷，第九期，民国二十二年	《同盟》

（续上表）

作　者	卷、期和年	作品名称
老舍	第三卷，第十一期，民国二十二年	《谜》
老舍	第三卷，第十一期，民国二十二年	《打刀曲》
老舍	第四卷，第一期，民国二十二年	《大悲寺外》
老舍	第四卷，第四期，民国二十二年	《歪毛儿》
老舍	第五卷，第一期，民国二十三年	《也是三角》
老舍	第十一卷，第一期，民国二十六年	《教育局长》
老舍	战时特刊第一卷，第五期，民国二十七年	《写家们联合起来》
老舍	战时特刊第一卷，第七期，民国二十七年	《游击战（鼓词）》
老舍	战时特刊第一卷，第九期，民国二十七年	《入会誓词》
老舍	战时特刊第一卷，第十二期，民国二十七年	《王家镇》
老舍	战时特刊第二卷，第一期，民国二十七年	《轰炸》
老舍	战时特刊第二卷，第二期，民国二十七年	《国宝》
老舍	战时特刊第二卷，第三期，民国二十七年	《中华在九一八后》
老舍	战时特刊第二卷，第十一、十二期，民国二十八年	《"受难的同胞"》
老舍	战时特刊第三卷，第八、九期，民国二十八年	《残雾（四幕剧）》
老舍	战时特刊第三卷，第十、十一期，民国二十八年	《残雾（第二幕）》
老舍	战时特刊第三卷，第十二期，民国二十八年	《残雾（第三幕）》

（续上表）

作　者	卷、期和年	作品名称
老舍	战时特刊第四卷，第一期，民国二十九年	《残雾（四幕剧）（续完）》
老舍	战时特刊第四卷，第三、四期，民国二十九年	《剑北篇（长诗）》
老舍	战时特刊第五卷，第一期，民国二十九年	《写给导演者》
老舍	*战时特刊第十一年，四月号，民国三十年	《宜川清涧途中（《剑北篇》之二十四）》
老舍	*战时特刊第十一年，六月号，民国三十年	《我的话》
李坚磨	第二卷，第五、六期，民国二十年	《诗四首》
李坚磨	第二卷，第八期，民国二十年	《淡愁》
李坚磨	第二卷，第九期，民国二十年	《高岗之巅》
李坚磨	第三卷，第五、六期，民国二十一年	《赠花》
李坚磨	第四卷，第六期，民国二十二年	《歌》
李坚磨	第四卷，第六期，民国二十二年	《秋夜》
李坚磨	第五卷，第一期，民国二十三年	《悲哀的源泉》
李坚磨	第五卷，第三期，民国二十三年	《父亲的故事》
李坚磨	第六卷，第二期，民国二十三年	《飞水潭前》
李坚磨	第七卷，第六期，民国二十四年	《吕博士家的条误会》
李金发	第四卷，第三期，民国二十二年	《太阳的祈祷》
李金发	第五卷，第一期，民国二十三年	《自语》
李金发	第五卷，第一期，民国二十三年	《末路的人》
李金发	第六卷，第一期，民国二十三年	《重入都会》
李金发	第六卷，第一期，民国二十三年	《有题》
李金发	第六卷，第一期，民国二十三年	《错综的灵魂》
李金发	第六卷，第三期，民国二十三年	《归来》（［德］海涅作）
李金发	第六卷，第四期，民国二十三年	《北海之诗》（［德］海涅作）

（续上表）

作　者	卷、期和年	作品名称
李金发	第七卷，第二期，民国二十四年	《各家诗抄》
李金发	第七卷，第四期，民国二十四年	《海涅的散文诗》
李金发	第八卷，第六期，民国二十五年	《不落家女人的幸福》
李青崖	第一卷，第四号，民国十九年	《机器》
李青崖	第一卷，第五号，民国十九年	《那一场洗礼》（原著莫泊桑）
李青崖	第二卷，第一期，民国二十年	《一个十八岁的儿子（独幕剧)》（［法］贝尔纳尔作）
李青崖	第二卷，第三期，民国二十年	《一个学习检察官》（佛朗士作）
李青崖	第二卷，第五、六期，民国二十年	《吉祥话》
李青崖	第二卷，第七期，民国二十年	《近水楼台》（［法］郭季叶作）
李青崖	第二卷，第九期，民国二十年	《新家具》
李青崖	第二卷，第十一、十二期合刊，民国二十年	《官迷的梦》（［法］都德著）
李青崖	第三卷，第四期，民国二十一年	《鸿沟》
李青崖	第四卷，第五期，民国二十二年	《溃灭的一裔》
李青崖	第六卷，第二期，民国二十三年	《巴黎贫女记》（斐礼伯作）
李青崖	第六卷，第三期，民国二十三年	《巴黎贫女记》（斐礼伯作）
李青崖	第六卷，第四期，民国二十三年	《巴黎贫女记》（斐礼伯作）
李青崖	第六卷，第五、六期合刊，民国二十三年	《巴黎贫女记》（斐礼伯作）
李青崖	第七卷，第五期，民国二十四年	《雨果先生年谱稿略》
马彦祥	第二卷，第五、六期，民国二十年	《论莎士比亚》（小泉八云作）
马彦祥	第二卷，第十期，民国二十年	《订婚》（一名《续青鸟》）梅特林克原著）五幕剧
马彦祥	第二卷，第十一、十二期合刊，民国二十年	《订婚》（一名《续青鸟》）（续）梅特林克原著）五幕剧

（续上表）

作　者	卷、期和年	作品名称
马彦祥	第三卷，第八期，民国二十二年	《法国近代剧概观》（Ludwig Lewisohn 作）
马彦祥	第三卷，第十期，民国二十二年	《法国近代剧概观（续）》（Ludwig Lewisohn 作）
马彦祥	第三卷，第十一期，民国二十二年	《法国近代剧概观（续）》（Ludwig Lewisohn 作）
马彦祥	第三卷，第十二期，民国二十二年	《法国近代剧概观（续）》（Ludwig Lewisohn 作）
马彦祥	第六卷，第一期，民国二十三年	《卡利比之月》（奥尼尔作）
马彦祥	第六卷，第二期，民国二十三年	《战线内》（欧尼尔作）
马彦祥	第七卷，第三期，民国二十四年	《戏剧的情境》
马彦祥	第八卷，第一期，民国二十五年	《械斗》
马彦祥	第八卷，第二期，民国二十五年	《早餐之前》
缪崇群	第一卷，创刊号，民国十九年	《自传》
缪崇群	第一卷，第二期，民国十九年	《亭子间里的话》
缪崇群	第一卷，第三期，民国十九年	《秋树》
缪崇群	第一卷，第四号，民国十九年	《小品》
缪崇群	第二卷，第一期，民国二十年	《胜利的人》
缪崇群	第二卷，第三期，民国二十年	《过年》
缪崇群	第二卷，第五、六期，民国二十年	《棋》
缪崇群	第三卷，第二期，民国二十一年	《菜花》
缪崇群	第三卷，第二期，民国二十一年	《我的病》
缪崇群	第三卷，第五、六期，民国二十一年	《寄 X》
缪崇群	第四卷，第三期，民国二十二年	《江户帖》
缪崇群	第五卷，第五期，民国二十三年	《池畔》（续江户帖之九、十）
缪崇群	第六卷，第一期，民国二十三年	《茶馆》
缪崇群	＊战时特刊第十一年，九月号，民国三十年	《散文四篇》

167

（续上表）

作　者	卷、期和年	作品名称
缪崇群（终一）	第一卷，第三期，民国十九年	《随笔》
缪崇群（终一）	第二卷，第七期，民国二十年	《秦妈》
缪崇群（终一）	第二卷，第五、六期，民国二十年	《田园诗情》
缪崇群（终一）	第二卷，第八期，民国二十年	《砂丘日记》
缪崇群（终一）	第二卷，第九期，民国二十年	《桥畔之家》
沙雁	第九卷，第三期，民国二十五年	《丰收的梦》
沙雁	第十卷，第一期，民国二十六年	《锅炉口》
沙雁	第十卷，第三期，民国二十六年	《歌声》
沙雁	第十卷，第四、五期合刊，民国二十六年	《提倡"通俗戏剧"运动》
沙雁	第十卷，第四、五期合刊，民国二十六年	《评"赛金花"》
沙雁	战时特刊创刊号，民国二十六年	《关于高志航》
沙雁	战时特刊第一卷，第二期，民国二十六年	《青纱帐》
沙雁	战时特刊第一卷，第三期，民国二十六年	《战时文艺工作者应有的态度》
沙雁	战时特刊第一卷，第五期，民国二十七年	《战时的小说》
沙雁	战时特刊第一卷，第六期，民国二十七年	《要塞退出的时候（报告文学)》
沙雁	战时特刊第一卷，第七期，民国二十七年	《河寨（报告文学)》

（续上表）

作　者	卷、期和年	作品名称
沙雁	战时特刊第一卷，第八期，民国二十七年	《充满了硫磺气息的家乡》
沙雁	战时特刊第一卷，第九期，民国二十七年	《文艺工作的开展》
沙雁	战时特刊第一卷，第十期，民国二十七年	《蒙古之歌》
沙雁	战时特刊第一卷，第十一期，民国二十七年	《五月之感》
沙雁	战时特刊第一卷，第十二期，民国二十七年	《追》
沙雁	战时特刊第二卷，第一期，民国二十七年	《重庆文坛散步》
沙雁	战时特刊第二卷，第二期，民国二十七年	《哨兵李占鳌》
沙雁	战时特刊第二卷，第三期，民国二十七年	《关东人家》
沙雁	战时特刊第二卷，第六期，民国二十七年	《复活了枯黑的生机》
沙雁	战时特刊第二卷，第七期，民国二十七年	《评苏联名片〈雪中行军〉》
沙雁	战时特刊第二卷，第八期，民国二十七年	《魁楼》
沙雁	战时特刊第二卷，第九、十期，民国二十八年	《螺山村》
沙雁	战时特刊第二卷，第十一、十二期，民国二十八年	《螺山村》
沙雁	战时特刊第三卷，第一、二期，民国二十八年	《山城的歌声》

（续上表）

作　者	卷、期和年	作品名称
沙雁	战时特刊第三卷，第三、四期，民国二十八年	《文艺总动员》
沙雁	战时特刊第三卷，第三、四期，民国二十八年	《硝皮厂》
沙雁	战时特刊号外一，民国二十八年	《垂死的悸动（速写)》
沙雁	战时特刊第三卷，第五、六期，民国二十八年	《告火野苇平》
沙雁	战时特刊第三卷，第五、六期，民国二十八年	《送作家战地访问团》
沙雁	战时特刊第三卷，第七期，民国二十八年	《没有流产》
沙雁	战时特刊第三卷，第八、九期，民国二十八年	《全村的父老们求下了哥哥的命》
沙雁	战时特刊第三卷，第十、十一期，民国二十八年	《讨论与争论》
沙雁	战时特刊第三卷，第十、十一期，民国二十八年	前夜《傀儡之女》之一
沙雁	战时特刊第三卷，第十、十一期，民国二十八年	《吊礼锡（诗）》
沙雁	战时特刊第三卷，第十二期，民国二十八年	《再普及？再提高?》
沙雁	战时特刊第四卷，第一期，民国二十九年	《艺术作品的积极性》
沙雁	战时特刊第四卷，第二期，民国二十九年	《不是闲话》
沙雁	战时特刊第四卷，第三、四期，民国二十九年	《我们要求严正的批评》

（续上表）

作　者	卷、期和年	作品名称
沙雁	战时特刊第四卷，第五、六期，民国二十九年	《哨兵棚》
沙雁	战时特刊第五卷，第一期，民国二十九年	《扑面的风火（散文诗)》
沙雁	战时特刊第五卷，第一期，民国二十九年	《杏儿山麓》
沈从文	第一卷，第二期，民国十九年	《平凡故事》
沈从文	第一卷，第三期，民国十九年	《三个男子和一个女人》
沈从文	第一卷，第四号，民国十九年	《论汪静之的蕙的风》
沈从文	第一卷，第五号，民国十九年	《现代中国文学的小感想》
沈从文	第二卷，第一期，民国二十年	《论朱湘的诗》
沈从文	第二卷，第二期，民国二十年	《论刘半农扬鞭集》
沈从文	第二卷，第四期，民国二十年	《论中国创作小说》
沈从文	第二卷，第五、六期，民国二十年	《论中国创作小说（续)》
沈从文	第二卷，第七期，民国二十年	《街》
沈从文	第二卷，第七期，民国二十年	《山花集介绍》
沈从文	第二卷，第八期，民国二十年	《窄而霉斋闲话》
沈从文	第二卷，第九期，民国二十年	《三三》
沈从文	第三卷，第二期，民国二十一年	《厨子》
沈从文	第三卷，第四期，民国二十一年	《凤子》
沈从文	第三卷，第五、六期，民国二十一年	《凤子（续)》
苏芹荪	第三卷，第七期，民国二十二年	《凶手》（［英］Ernest Hemingway）
苏芹荪	第三卷，第十二期，民国二十二年	《出征》
苏芹荪	第四卷，第一期，民国二十二年	《约翰梅士斐诗选》
苏芹荪	第四卷，第二期，民国二十二年	《戏剧家高尔斯华绥》（H. Alexander 著）
苏芹荪	第四卷，第三期，民国二十二年	《情侣》（英 Liam O'Flaherty 著）

（续上表）

作　者	卷、期和年	作品名称
苏芹荪	第四卷，第五期，民国二十二年	《苏联的儿童戏院》
苏芹荪	第四卷，第六期，民国二十二年	《自我表现》 （Allan N. Monkhouse 作）
苏芹荪	第四卷，第六期，民国二十二年	《马尔格太太》 （Lord Dunsany 作）
苏芹荪	第五卷，第二期，民国二十三年	《留英须知》 （［法］A. Manrois）
苏芹荪	第五卷，第五期，民国二十三年	《上海小景》（勃克夫人著）
苏芹荪	第六卷，第三期，民国二十三年	《锁了的箱子》（梅士斐作）
苏芹荪	第六卷，第五、六期合刊，民国二十三年	《忽必烈汗》（柯立奇）
苏芹荪	第十卷，第四、五期合刊，民国二十六年	《外国人眼中的中国戏》
孙佳讯	第四卷，第五期，民国二十二年	《八带鱼》
孙佳讯	第五卷，第二期，民国二十三年	《我知道在梦中》
孙佳讯	第五卷，第二期，民国二十三年	《黑夜中的歌人》
孙佳讯	第五卷，第二期，民国二十三年	《小船》
孙佳讯	第五卷，第二期，民国二十三年	《呼唤》
孙佳讯	第六卷，第一期，民国二十三年	《吹过梨花树的风》
孙佳讯	第六卷，第一期，民国二十三年	《有忆》
孙佳讯	第八卷，第一期，民国二十五年	《怀念》
孙佳讯	第八卷，第一期，民国二十五年	《苦别》
汪锡鹏	第三卷，第八期，民国二十二年	《都市人家》
汪锡鹏	第三卷，第十二期，民国二十二年	《南阳之夜》
汪锡鹏	第四卷，第二期，民国二十二年	《在逃的罪人》
汪锡鹏	第四卷，第五期，民国二十二年	《怅惘》
汪锡鹏	第六卷，第三期，民国二十三年	《小说的图解》
汪锡鹏	第六卷，第四期，民国二十三年	《异种》

（续上表）

作 者	卷、期和年	作品名称
汪锡鹏	第六卷，第五、六期合刊，民国二十三年	《歌谣形式的研究》
汪锡鹏	第七卷，第二期，民国二十四年	《歇后语的研究》
汪锡鹏	第八卷，第二期，民国二十五年	《童谣例解》
汪锡鹏	第九卷，第六期，民国二十五年	《徒步旅行全国的人》
王鲁彦	第一卷，第三期，民国十九年	《哈其该恩超》（原著［保加利亚］卡拉范维夫）
王鲁彦	第二卷，第五、六期，民国二十年	《翻译员欧根（独幕喜剧）》（［法］Tsintrn Bernard 作）
王鲁彦	第二卷，第八期，民国二十年	《坷苏库尔拍趣和美女琶扬—游牧民族启尔基兹的传说》（K. Bogusevic 作）
王鲁彦	第三卷，第七期，民国二十二年	《唐裘安》（莫里哀著）
王鲁彦	第三卷，第八期，民国二十二年	《唐裘安（续）》（莫里哀著）
王鲁彦	第三卷，第十期，民国二十二年	《我们的太平洋王》
王鲁彦	第三卷，第十二期，民国二十二年	《阿尔台美斯》
王鲁彦	第三卷，第十二期，民国二十二年	《比利士佛兰德人的名歌》（Jeaune Van Boekel 作）
王鲁彦	第四卷，第一期，民国二十二年	《岔路》
王鲁彦	第四卷，第三期，民国二十二年	《伴侣》
王鲁彦	第四卷，第四期，民国二十二年	《贱人》
王鲁彦	第四卷，第五期，民国二十二年	《李妈》
王鲁彦	第四卷，第五期，民国二十二年	《比利士的文学》（Maur Joumotte 作）
王鲁彦	第四卷，第六期，民国二十二年	《最后的幽会》（波兰 M Ga Walewreg 作）
王鲁彦	第四卷，第六期，民国二十二年	《比利士的文学（续完）》（Maur Joumotte 作）

（续上表）

作　者	卷、期和年	作品名称
王鲁彦	第五卷，第二期，民国二十三年	《星》（意 Toscani 作）
王鲁彦	第五卷，第三期，民国二十三年	《乔治但丁》（［法］莫利哀著）
王鲁彦	第五卷，第四期，民国二十三年	《乔治但丁》（［法］莫利哀著）
王鲁彦	第五卷，第五期，民国二十三年	《乔治但丁（续完）》（［法］莫利哀著）
王鲁彦	战时特刊第二卷，第一期，民国二十七年	《重逢》
王平陵	第一卷，创刊号，民国十九年	《会见谢寿康先生的一点钟》
王平陵	第一卷，第二期，民国十九年	《捣鬼》
王平陵	第一卷，第二期，民国十九年	《添煤》
王平陵	第一卷，第二期，民国十九年	《副产品》
王平陵	第一卷，第二期，民国十九年	《跑龙套的》
王平陵	第三卷，第七期，民国二十二年	《自由人的讨论》
王平陵	第三卷，第八期，民国二十二年	《落寞》Lamartine 著
王平陵	第三卷，第九期，民国二十二年	《救国会议》
王平陵	第三卷，第十一期，民国二十二年	《苦像》（LeCrucifix Lamartine 著）
王平陵	第三卷，第十二期，民国二十二年	《静静的玄武湖》
王平陵	第五卷，第一期，民国二十三年	《烟》
王平陵	第五卷，第二期，民国二十三年	《文昌星》
王平陵	第五卷，第五期，民国二十三年	《重婚》
王平陵	第七卷，第二期，民国二十四年	《示威》
王平陵	第七卷，第三期，民国二十四年	《杭游散记》
王平陵	第七卷，第四期，民国二十四年	《俘虏》
王平陵	第七卷，第五期，民国二十四年	《房客太太》
王平陵	第七卷，第六期，民国二十四年	《过文德里故居》

（续上表）

作　者	卷、期和年	作品名称
王平陵	第八卷，第一期，民国二十五年	《中国新闻学的诞生》
王平陵	第八卷，第二期，民国二十五年	《孤城落日》
王平陵	第九卷，第一期，民国二十五年	《缺憾及其他》
王平陵	第九卷，第二期，民国二十五年	《杨柳岸》
王平陵	第九卷，第二期，民国二十五年	《月夜》
王平陵	第九卷，第二期，民国二十五年	《落寞》
王平陵	第九卷，第二期，民国二十五年	《摇篮里的声音》
王平陵	第九卷，第六期，民国二十五年	《夸张及其他》
王平陵	第十卷，第一期，民国二十六年	《清算中国的文坛》
王平陵	第十卷，第二期，民国二十六年	《慈母的坟茔》 （［法］A. de Lamratine 作）
王平陵	第十卷，第三期，民国二十六年	《生意经（待续）》
王平陵	第十卷，第四、五期合刊，民国二十六年	《戏剧批评者的责任》
王平陵	第十卷，第六期，民国二十六年	《生意经（待续）》
王平陵	第十一卷，第一期，民国二十六年	《生意经（续完）》
王平陵	战时特刊创刊号，民国二十六年	《焦土抗战与坚壁清野》
王平陵	战时特刊第一卷，第二期，民国二十六年	《深入田间宣传的艺术》
王平陵	战时特刊第一卷，第三期，民国二十六年	《汉奸来源的分析》
王平陵	战时特刊第一卷，第四期，民国二十六年	《难民何处去？》
王平陵	战时特刊第一卷，第五期，民国二十七年	《战时中国文艺运动》
王平陵	战时特刊第一卷，第六期，民国二十七年	《战时的高等教育》
王平陵	战时特刊第一卷，第七期，民国二十七年	《配合游击战的宣传技术》

（续上表）

作　者	卷、期和年	作品名称
王平陵	战时特刊第一卷，第八期，民国二十七年	《夺回我们的"耶鲁撒冷"》
王平陵	战时特刊第一卷，第九期，民国二十七年	《中国文艺工作者的责任》
王平陵	战时特刊第一卷，第十期，民国二十七年	《编制士兵读物的我见》
王平陵	战时特刊第一卷，第十一期，民国二十七年	《我们写些什么》
王平陵	战时特刊第一卷，第十二期，民国二十七年	《文学的提高与普及》
王平陵	战时特刊第二卷，第一期，民国二十七年	《中国文艺界的幸运》
王平陵	战时特刊第二卷，第二期，民国二十七年	《后防的文艺运动》
王平陵	战时特刊第二卷，第五期，民国二十七年	《怎样写抗战剧本》
王平陵	战时特刊第二卷，第六期，民国二十七年	《中国到自由之路》
王平陵	战时特刊第二卷，第七期，民国二十七年	《展开沦陷区域的文艺宣传》
王平陵	战时特刊第二卷，第八期，民国二十七年	《再论展开沦陷区域的文艺宣传》
王平陵	战时特刊第二卷，第九、十期，民国二十八年	《荒村之火》
王平陵	战时特刊第二卷，第十一、十二期，民国二十八年	《"日本军阀太凶暴"》
王平陵	战时特刊第二卷，第十一、十二期，民国二十八年	《第一次征求抗战军歌的经历和感想》

（续上表）

作　者	卷、期和年	作品名称
王平陵	战时特刊第三卷，第一、二期，民国二十八年	《战时作品的现实性》
王平陵	战时特刊第三卷，第三、四期，民国二十八年	《新兵队的艺术生活》
王平陵	战时特刊号外一，民国二十八年	《敌机滥炸重庆的教训》
王平陵	战时特刊第三卷，第五、六期，民国二十八年	《女优之死（长篇连载）》
王平陵	战时特刊第三卷，第七期，民国二十八年	《女优之死（中篇连载，续）》
王平陵	战时特刊第三卷，第八、九期，民国二十八年	《女优之死（中篇连载）（二续)》
王平陵	战时特刊第三卷，第十、十一期，民国二十八年	《女优之死（三续)》
王平陵	战时特刊第三卷，第十二期，民国二十八年	《女优之死（四续)》
王平陵	战时特刊第四卷，第一期，民国二十九年	《大时代的儿女们》
王平陵	战时特刊第四卷，第五、六期，民国二十九年	《登场》
王平陵	*战时特刊第十一年，五月号，民国三十年	《文艺与生产建国运动》
王平陵	*战时特刊第十一年，八月号，民国三十年	《抗战四年来的小说》
王平陵	*战时特刊第十一年，十月号，民国三十年	《提高演剧的水准》
王平陵	战时特刊第十一年，十一月号，民国三十年	《维他命》

（续上表）

作　者	卷、期和年	作品名称
王平陵 （草莱）	第十卷，第四、五期合刊，民国二十六年	《评"春风秋雨"》
王平陵 （草莱）	战时特刊第一卷，第三期，民国二十六年	《后方的志士?》
王平陵 （草莱）	战时特刊第一卷，第五期，民国二十七年	《战时的报告文学》
王平陵 （草莱）	战时特刊第一卷，第八期，民国二十七年	《战时的区乡保长》
王平陵 （草莱）	战时特刊第一卷，第九期，民国二十七年	《筹备经过》
王平陵 （草莱）	战时特刊第一卷，第十二期，民国二十七年	《朝鲜人》
王平陵 （草莱）	战时特刊第三卷，第五、六期，民国二十八年	《文艺的"孤城战"》
王平陵 （草莱）	战时特刊第四卷，第二期，民国二十九年	《"擢生"与"摧生"》
王平陵 （疾风）	战时特刊第一卷，第八期，民国二十七年	《战时的下层政治机构》
王平陵 （秋涛）	第一卷，第二期，民国十九年	《他们的戏剧》
王平陵 （秋涛）	第一卷，第二期，民国十九年	《缺憾》
王平陵 （秋涛）	第三卷，第二期，民国二十一年	《薄板的木槺》
王平陵 （秋涛）	第三卷，第十二期，民国二十二年	《地上的极限》
王平陵 （秋涛）	第四卷，第一期，民国二十二年	《父与子》

（续上表）

作　者	卷、期和年	作品名称
王平陵（秋涛）	第四卷，第四期，民国二十二年	《期待》
王平陵（秋涛）	第四卷，第五期，民国二十二年	《期待（续）》
王平陵（秋涛）	第四卷，第六期，民国二十二年	《期待（续完）》
王平陵（秋涛）	第十卷，第三期，民国二十六年	《友情》
王平陵（秋涛）	第十卷，第四、五期合刊，民国二十六年	《介绍梁译莎翁名剧》
王平陵（秋涛）	战时特刊创刊号，民国二十六年	《怎样发动抗战戏剧?》
王平陵（秋涛）	战时特刊第一卷，第三期，民国二十六年	《咏闸北八百壮士》
王平陵（秋涛）	战时特刊第一卷，第八期，民国二十七年	《歌中国飞将军》
王平陵（秋涛）	战时特刊第二卷，第三期，民国二十七年	《迷途的灵魂》
王平陵（西冷）	战时特刊第一卷，第三期，民国二十六年	《不堪回首月明中》
王平陵（西冷）	战时特刊第一卷，第四期，民国二十六年	《觅尸》
王平陵（西冷）	战时特刊第一卷，第六期，民国二十七年	《雨夜抢江舟（回忆录）》
王平陵（西冷）	战时特刊第一卷，第八期，民国二十七年	《春天带来的希望》
王平陵（西冷）	战时特刊第一卷，第十期，民国二十七年	《台儿庄》

（续上表）

作　者	卷、期和年	作品名称
王平陵（西冷）	战时特刊第二卷，第三期，民国二十七年	《忆辽宁》
王平陵（西冷）	战时特刊第二卷，第一期，民国二十七年	《"炮声隆，杀声紧"》
王平陵（西冷）	战时特刊第三卷，第一、二期，民国二十八年	《望江南》
王平陵（西冷）	战时特刊第三卷，第八、九期，民国二十八年	《后方文艺》
吴漱予	第十卷，第一期，民国二十六年	《"国防文学"访问记及其它》
吴漱予	战时特刊创刊号，民国二十六年	《忆余成友营长》
吴漱予	战时特刊第一卷，第二期，民国二十六年	《怎样把握最后的胜利》
吴漱予	战时特刊第一卷，第三期，民国二十六年	《关于肃清汉奸》
吴漱予	战时特刊第一卷，第四期，民国二十六年	《救济难民与抗战前途》
吴漱予	战时特刊第一卷，第五期，民国二十七年	《今年的文化动向》
吴漱予	战时特刊第一卷，第六期，民国二十七年	《战时的社会教育》
吴漱予	战时特刊第一卷，第八期，民国二十七年	《战时的县党委》
吴漱予	战时特刊第一卷，第九期，民国二十七年	《对于中华全国文艺界抗敌协会的希望》
吴漱予	战时特刊第一卷，第十一期，民国二十七年	《红色女郎》
吴漱予	战时特刊第二卷，第四期，民国二十七年	《宣传及其它》

（续上表）

作　者	卷、期和年	作品名称
吴漱予	战时特刊第二卷，第五期，民国二十七年	《青年恋爱营》
徐仲年	第四卷，第一期，民国二十二年	《浪漫派诗人的爱情色彩》（［法］F. Gregh 著）
徐仲年	第四卷，第二期，民国二十二年	《挪阿绮伯爵夫人》（毕杜原著）
徐仲年	第七卷，第五期，民国二十四年	《雨果论》
徐仲年	第八卷，第一期，民国二十五年	《无限凄凉的法国文学》
徐仲年	第八卷，第二期，民国二十五年	《断肠草》
徐仲年	第八卷，第三期，民国二十五年	《野马》
徐仲年	第八卷，第六期，民国二十五年	《蚊眉蟭螟》
徐仲年	第十卷，第四、五期合刊，民国二十六年	《原著》
徐仲年	第十卷，第四、五期合刊，民国二十六年	《读 le Cid 两种汉译》
徐仲年	第十卷，第六期，民国二十六年	《西特论（特辑）》
徐仲年	战时特刊第二卷，第二期，民国二十七年	《庄严的驴子》
徐仲年	战时特刊第二卷，第五期，民国二十七年	《佛佑》
徐仲年	＊战时特刊第十一年，五月号，民国三十年	《哀莫大于心死》
徐仲年	＊战时特刊第十一年，六月号，民国三十年	《青年与光明》
徐转蓬	第三卷，第十一期，民国二十二年	《村长》
徐转蓬	第四卷，第二期，民国二十二年	《果树林》
徐转蓬	第四卷，第四期，民国二十二年	《乡下医生》
徐转蓬	第四卷，第六期，民国二十二年	《诬害》

（续上表）

作　者	卷、期和年	作品名称
徐转蓬	第五卷，第一期，民国二十三年	《不务正业的男人》
徐转蓬	第五卷，第二期，民国二十三年	《工女》
徐转蓬	第五卷，第五期，民国二十三年	《破产》
徐转蓬	第五卷，第六期，民国二十三年	《寄松子》
徐转蓬	第六卷，第一期，民国二十三年	《巫婆》
徐转蓬	第六卷，第三期，民国二十三年	《生之欲》
徐转蓬	第七卷，第三期，民国二十四年	《应募》
徐转蓬	战时特刊第四卷，第五、六期，民国二十九年	《神枪手》
严大椿	第四卷，第四期，民国二十二年	《乐师》（Henry Bordeaux 著）
严大椿	第四卷，第五期，民国二十二年	《不识相的狗》（［法］Ajax et Alex Fischer 合著）
严大椿	第五卷，第一期，民国二十三年	《画师》（［法］Albert－Jean 著）
严大椿	第五卷，第一期，民国二十三年	《流水之歌》
严大椿	第五卷，第三期，民国二十三年	《蜂王》（法 Erckmann-Chatrian 作）
严大椿	第六卷，第二期，民国二十三年	《西班牙逸史》（辣斐德夫人作）
严大椿	第六卷，第五、六期合刊，民国二十三年	《现代法国文学与大战》
严大椿	第七卷，第一期，民国二十三年	《火灾》（托普勒作）
严大椿	第八卷，第二期，民国二十五年	《女拐子》
严大椿	第八卷，第四期，民国二十五年	《非常的奇遇》（［法］P. Louys 著）
严大椿	第九卷，第三期，民国二十五年	《司达哀尔夫人论》
臧克家	第三卷，第三期，民国二十一年	《战场夜》
臧克家	第三卷，第三期，民国二十一年	《忧患》

（续上表）

作　者	卷、期和年	作品名称
臧克家	第三卷，第三期，民国二十一年	《老哥哥》
臧克家	第三卷，第五、六期，民国二十一年	《希望》
臧克家	第三卷，第九期，民国二十二年	《炭鬼》
臧克家	第三卷，第九期，民国二十二年	《秋雨》
臧克家	第三卷，第十期，民国二十二年	《两个小车夫》
臧克家	第三卷，第十二期，民国二十二年	《神女》
臧克家	第三卷，第十二期，民国二十二年	《死水中的枯树》
臧克家	第四卷，第一期，民国二十二年	《生活》
臧克家	第四卷，第二期，民国二十二年	《歇午工》
臧克家	第四卷，第三期，民国二十二年	《秋雨》
臧克家	第四卷，第五期，民国二十二年	《秋》
臧克家	第五卷，第一期，民国二十三年	《花的主人》
臧克家	第五卷，第六期，民国二十三年	《都市的春天》
臧克家	战时特刊第一卷，第十期，民国二十七年	《伟大的空军》
臧克家	战时特刊第三卷，第五、六期，民国二十八年	《一寸长的棺木》
臧克家	战时特刊第三卷，第八、九期，民国二十八年	《花园之夜》
张道藩	第五卷，第三期，民国二十三年	《第一次的云雾》（Tors Gernnain 作）
张道藩	第六卷，第五、六期合刊，民国二十三年	《自误》（附舞台面三幅）
张道藩	第八卷，第四期，民国二十五年	《密电码》（电影本事）
张道藩	第八卷，第六期，民国二十五年	《狄四娘》
张道藩	第十卷，第四、五期合刊，民国二十六年	《戏剧与社会教育》
张道藩	第十卷，第四、五期合刊，民国二十六年	《最后关头》

（续上表）

作 者	卷、期和年	作品名称
张道藩	第十卷，第四、五期合刊，民国二十六年	《密电码（电影剧本）》
张道藩	战时特刊第二卷，第四期，民国二十七年	《作家们往何处去?》
张道藩	＊战时特刊第十一年，十月号，民国三十年	《中华民国四届戏剧节献辞》
张露薇	第五卷，第三期，民国二十三年	《Thomas Chatterton》
张露薇	第五卷，第三期，民国二十三年	《夜航》
张露薇	第五卷，第四期，民国二十三年	《怀乡梦》
张露薇	第五卷，第五期，民国二十三年	《时间》
张露薇	第五卷，第五期，民国二十三年	《月夜》
张露薇	第五卷，第五期，民国二十三年	《深心》
张露薇	第五卷，第六期，民国二十三年	《美国诗坛的复兴》
张露薇	第六卷，第一期，民国二十三年	《春日诗抄》
张露薇	第六卷，第二期，民国二十三年	《深秋》
张露薇	第六卷，第四期，民国二十三年	《人生》
张鸣春	第四卷，第二期，民国二十二年	《云》
张鸣春	第四卷，第五期，民国二十二年	《想家》
张鸣春	第四卷，第六期，民国二十二年	《怨女》
张鸣春	第五卷，第一期，民国二十三年	《园圃》
张鸣春	第五卷，第三期，民国二十三年	《卖糖的老人》
张鸣春	第五卷，第四期，民国二十三年	《扬子江》
张鸣春	第五卷，第五期，民国二十三年	《从早到晚》
张鸣春	第五卷，第六期，民国二十三年	《赠敌》
张鸣春	第六卷，第一期，民国二十三年	《陕西二歌女》
张鸣春	第六卷，第二期，民国二十三年	《中国是一幅画》
张鸣春	第六卷，第三期，民国二十三年	《孤愤》
钟天心	第一卷，第五号，民国十九年	《偶感》

（续上表）

作 者	卷、期和年	作品名称
钟天心	第一卷，第五号，民国十九年	《剑桥的消息》
钟天心	第一卷，第五号，民国十九年	《春日感怀》
钟天心	第一卷，第五号，民国十九年	《沙列芙山赏雪》
钟天心	第一卷，第五号，民国十九年	《孤独》
钟天心	第一卷，第五号，民国十九年	《无题》
钟天心	第一卷，第五号，民国十九年	《自白》
钟天心	第二卷，第一期，民国二十年	《归途吟》
钟天心	第二卷，第四期，民国二十年	《一个新梦》
钟天心	第三卷，第三期，民国二十一年	《不朽的灵魂》
钟宪民	第一卷，创刊号，民国十九年	《环戏的一员》 （原著提哥·希默诺维奇）
钟宪民	第一卷，第二期，民国十九年	《环戏的一员（续）》 （原著提哥·希默诺维奇）
钟宪民	第一卷，第三期，民国十九年	《环戏的一员（续）》 （原著提哥·希默诺维奇）
钟宪民	第一卷，第四号，民国十九年	《现代美国文学之趋势》 （原著 V. F. Calverton）
钟宪民	第一卷，第五号，民国十九年	《为了爱妻》（原著哈代）
钟宪民	第二卷，第一期，民国二十年	《牺牲者》（苏德曼著）
钟宪民	第二卷，第一期，民国二十年	《自由》（［美］特里塞著）
钟宪民	第二卷，第二期，民国二十年	《阵亡者之妻》 （［匈牙利］育坷摩尔著）
钟宪民	第二卷，第三期，民国二十年	《波兰的故事》 （［匈牙利］育坷摩尔著）
钟宪民	第二卷，第四期，民国二十年	《波兰的故事》 （［匈牙利］育坷摩尔著）
钟宪民	第二卷，第四期，民国二十年	《牺牲者》（尤利·巴海著）
钟宪民	第二卷，第五、六期，民国二十年	《牺牲者（续）》 （尤利·巴海著）

（续上表）

作　者	卷、期和年	作品名称
钟宪民	第二卷，第七期，民国二十年	《牺牲者（续）》 （尤利·巴海著）
钟宪民	第二卷，第八期，民国二十年	《牺牲者（续）》 （尤利·巴海著）
钟宪民	第二卷，第九期，民国二十年	《牺牲者（续完）》 （尤利·巴海著）
钟宪民	第二卷，第十期，民国二十年	《第二次选择》 （［美］特里塞著）
钟宪民	第三卷，第二期，民国二十一年	《失掉了的福伴》 （［美］里特赛著）
钟宪民	第三卷，第四期，民国二十一年	《没有小孩》 （［捷克］黑尔曼著）
钟宪民	第三卷，第七期，民国二十二年	《一吻》 （捷克 Karolina Svelta 著）
钟宪民	第三卷，第八期，民国二十二年	《一吻（续）》 （捷克 Karolina Svelta 著）
钟宪民	第四卷，第一期，民国二十二年	《死去的火星》 （A. 讬尔斯泰著）
钟宪民	第四卷，第二期，民国二十二年	《死去的火星（续）》 （A. 讬尔斯泰著）
钟宪民	第四卷，第三期，民国二十二年	《死去的火星（续）》 （A. 讬尔斯泰著）
钟宪民	第四卷，第四期，民国二十二年	《死去的火星（续）》 （A. 讬尔斯泰著）
钟宪民	第四卷，第五期，民国二十二年	《死去的火星（续完）》 （A. 讬尔斯泰著）
钟宪民	第五卷，第三期，民国二十三年	《露西亚》 （［美］国得利赛著）

（续上表）

作　者	卷、期和年	作品名称
钟宪民	第五卷，第四期，民国二十三年	《露西亚》（T. Dreiser）
钟宪民	第九卷，第二期，民国二十五年	《只是一种形式》 （原著皮蓝得娄）
钟宪民	第九卷，第四期，民国二十五年	《只是一种形式（续）》 （原著皮蓝得娄）

附录三 《文艺月刊·战时特刊》目录

创刊号
1937 年 10 月 21 日出版

创刊话	本刊同人
焦土抗战与坚壁清野	王平陵
关于高志航	沙雁
忆余成友营长	吴漱予
郭沫若前线劳军	金人
难民吟	易君左
我们的歌	李三郎
敌机威胁下的南京	陈晓南
平型关陷敌记	庞冰
歼灭虾夷（画配文）	徐悲鸿
狼烟中淞沪碎景之一	石江
智力劳力合作协会	华林
最后的胜利	李春舫
阎文海与斧田·卯之助	欧阳梓川
怎样发动抗战戏剧？	秋涛
抗战的前夜	漱予
流血的时候到了	冯白鲁
十日战讯	记者
编辑小语	编者
有关抗战等照片十五幅	

第一卷 第二期
1937 年 11 月 1 日出版

怎样把握最后的胜利	吴漱予
深入田间宣传的艺术	王平陵
抗战期中的难民问题	朴庐
北平沦陷时素描	石江
抗战流动演剧的脚本问题	舒非

抗战中的长沙	傅普
为了祖国	李朴园
怒吼了，中国！	唐绍华
青纱帐	沙雁
来自江南农村	严恭
罗店去来	永麟
老镖师	丁谛
十日战讯	记者
编辑小语	编者
有关抗战照片十三幅	

第一卷 第三期
1937 年 11 月 11 日出版

汉奸来源的分析	王平陵
根除汉奸的责任在文化界	王冠青
关于肃清汉奸	吴漱予
怎样加紧消灭汉奸的工作	朴庐
抗战要靠我们自己的力量	郎鲁逊
战时的新闻记者	赵君豪
国际强盗与世界文化	华林
战时文艺工作者应有的态度	沙雁
衡阳站	封禾子
钢盔	李朴园
不堪回首月明中	西冷
前方的英雄！	王文杰
后方的志士？	草莱
门前之火	巴人
桂香	方家达
难民室中	冯白鲁
咏闸北八百壮士	秋涛

向全体死难者致敬　　　　欧阳梓川
十日战讯　　　　　　　　记者
编辑小语　　　　　　　　编者
抗战照片十八幅

第一卷　第四期
1937 年 11 月 21 日出版

难民何处去?　　　　　　王平陵
怎样根本解决难民问题　　朴庐
救济难民与抗战前途　　　吴漱予
兄弟们，我们决心不愿做奴隶!
　　　　　　　　　　　　常任侠
欧战时的巴黎——我的回忆录
　　　　　　　　　　　　华林
祖国的孩子们（独幕儿童短剧）
　　　　　　　　　　　　阎哲吾
觅尸　　　　　　　　　　西冷
抗战中的重庆　　　　　　蒋沅英
从前线归来　　　　　　　方之中
民族的儿童　　　　　　　陈健夫
火光下　　　　　　　　　冯白鲁
十日战讯　　　　　　　　记者
编辑小语　　　　　　　　编者

第一卷　第五期
1938 年 1 月 1 日出版

一九三八年的展望　　　　方治
今年的文化动向　　　　　吴漱予
战时中国文艺运动　　　　王平陵
怎样编作移动剧本　　　　阎哲吾
战地杂吟　　　　　　　　田汉
率成即寄　　　　　　　　澌水
写家们联合起来　　　　　老舍
战时的报告文学　　　　　草莱

战时的演剧运动　　　　　宋之的
战时的漫画界　　　　　　胡考
战时的小说　　　　　　　沙雁
移动演剧的经过　　　　　洪深
战时的诗歌　　　　　　　苏芹荪
战时电影　　　　　　　　张常人
湖北劳工歌两首　　　　　冼星海
四万万条命运　　　　　　陈以德
战时的绘画　　　　　　　郎鲁逊
去轰炸来　　　　　　　　客朝
从太原归来　　　　　　　陆印泉
献给　　　　　　　　　　琴韵
闭城之前　　　　　　　　王文杰
深夜过广德　　　　　　　陈晓南
十日战讯　　　　　　　　记者
编辑小语　　　　　　　　编者

第一卷　第六期
1938 年 1 月 21 日出版
特辑

战时的高等教育　　　　　王平陵
战时的中等教育　　　　　王冠青
战时的小学教育　　　　　胡汉华
战时的社会教育　　　　　吴漱予
月下轰敌阵（战斗员自述）
　　　　　　　　　　　　石幹贞
八百壮士（大鼓书词）　　郑青士
以笔从军者晤谈记（战地随笔）
　　　　　　　　　　　　黄源
祖国的孩子（歌曲）　　　冼星海
要塞退出的时候（报告文学）
　　　　　　　　　　　　沙雁
失陷后的安阳（通讯）　　陆印泉
雨夜抢江舟（回忆录）　　西冷

后方（街头剧）　　　　　刘念渠

十日战讯　　　　　　　　记者

编辑小语　　　　　　　　编者

第一卷　第七期

1938 年 2 月 21 日出版

游击战问答序　　　　　　冯玉祥

从最后胜利说到游击战　　方振武

配合游击战的宣传技术　　王平陵

游击战新论　　　　　　　林适存

游击战（鼓词）　　　　　老舍

关于游击战　　　　　　　方浩

游击散谈　　　　　　　　金谷

皖南战区（战地实录）　　朱民威

去打游击战（朗读诗）　　穆木天

河寨（报告文学）　　　　沙雁

军民合作（戏剧）　　　　凌鹤

革命的哀歌　　　　　　　艾青

在抗日的大纛下　　　　　欧奥

国际间的双簧戏（漫画）　江枚作

军民合作抗战最后的效果（漫画）

　　　　　　　　　　　　黄秋农作

协力前进（木刻）　　　　张文元作

游击战队员（木刻）　　　李桦作

全民一致起来抗战（封面）

　　　　　　　　　　　　赖少其作

十日战讯　　　　　　　　记者

编辑后记　　　　　　　　编者

第一卷　第八期

1938 年 3 月 16 日出版

战时县党政特辑

战时的下层政治机构　　　疾风

战时的县党委　　　　　　吴漱予

战时的县长　　　　　　　谢守恒

战时的区乡保长　　　　　草莱

论　文

建立抗战的文艺阵营　　　适夷

关于鼓词　　　　　　　　茅盾

夺回我们的"耶鲁撒冷"　王平陵

歌　曲

最后胜利　　　　　田汉　星海

二一八空军大战（大鼓书词）

　　　　　　　　　　　　郑青士

生活在战斗中　　　　　　方浩

散　文

春天带来的希望　　　　　西冷

充满了硫磺气息的家乡　　沙雁

亚细亚韵暴风雨　　　　　云荪

小　说

永远不死的丈夫　　　　　老向

诗　歌

歌中国飞将军　　　　　　秋涛

剧　本

侵略的毒焰　　　　　　　王家齐

编辑小语　　　　　　　　编者

战马嘶鸣旗正飘飘（封面木刻）

　　　　　　　　　　　　赖少其刻

第一卷　第九期

1938 年 4 月 1 日出版

中华全国文艺界抗敌协会宣言

告全世界的文艺家

中华全国文艺界抗敌协会发起

旨趣

中华全国文艺界抗敌协会简章

中华全国文艺界抗敌协会筹备经

过　　　　　　　　　　　草莱

剧 本
地牢（独幕剧，待续）　　　骆文宏
插 图
本年度傀儡戏最后之一幕　高龙生
袭击　　　　　　　　　　　　达化
打同东北去（扉画）　　　龙生作

第二卷　第四期
1938 年 10 月 1 日出版
敬向文化界致词
——在九一八文化界纪念　叶楚伧
作家们往何处去？　　　张道藩
论 文
从个人文学到民族文学　胡秋原
通 讯
在战场战区窥实记　　　陆志庠
在敌机轰炸下的第二广州——长
沙　　　　　　　　　　王梦鸥
炸断黄河桥的时候　　　徐中玉
诗 歌
中国之庆　　　　　　　　任军
他微笑了　　　　　　　　方殷
散 文
宣传及其它　　　　　　吴漱予
死鼠与婴尸　　　　　　　克非
失了一个幼年中国的主人　肖曼若
小 说
小弟儿的一生　　　　　王余杞
剧 本
地牢（续）　　　　　　骆文宏
抗战必胜（扉画）　　　高龙生作

第二卷　第五期
1938 年 10 月 16 日出版
论 文
全国音乐家动员起来　　　史痕
怎样写抗战剧本　　　　王平陵
小 说
夜渡　　　　　　　　　　江涛
佛佑　　　　　　　　　徐仲年
围歼之夜　　　　　　　　巴人
诗 歌
武汉、敌人的坟墓　　　　厂民
中国马的故事　　　　　鲁之翰
黄河边岸（西线归来之一）
　　　　　　　　　　　韦系盾
杂 文
"青年恋爱营"　　　　　吴漱予
歌声　　　　　　　　　万迪鹤
感无可感之感　　　　　叶永蓁
烟，赌与抗战　　　　　卢梦殊
报告文学
失去手掌的长发　　　　　碭叔
失掉了家妫　　　　　　　嘉桂
歌 曲
白山黑水吟　　熊务民曲　赵越词
中国文艺社征求抗战军歌启事
插 图
伟大的火炬（木刻）　　龙生作
我军在构筑工事　　　张治忠作

第二卷　第六期
1938 年 11 月 1 日出版
论 文
抗战中我们所期待于文艺作家的
　　　　　　　　　　　姜公伟

"还我河山"　　　　　　宋剑珊

"看看，我们的东北"　　杨建中

第六种：从军乐歌

"春，春，春"　　　　　赵荣珂

"最逍遥，是当兵"　　　张恨水

"以军乐，乐如何！"　　刘法成

"从军乐，去当兵"　　　谢独逸

第七种：军民联欢歌

"我是兵，你是民"　　　舒舍予

"我们拿起枪杆便是兵"　郑青士

"士兵们，唱着歌"　　　马祖武

"老乡们，辛苦了"　　　吕庠

第二类：军队适用的军歌

第一种：出征歌

"枪，背上了肩膀"　　　维汉

"车辚辚，马萧萧"　　　宋偰

"我们都是乡下的老百姓"李白华

"长歌长，短歌短"　　　于右任

第二种：入伍歌

"走进营房"　　　　　　李大寰

"好男儿应该把兵当"　　沁吾

"好男要当兵，好铁龙打钉"陶雄

"当兵去，去当兵？"　欧阳梓川

第三种：上前线歌

"好男儿，志气高"　　　戈歌

"提起大刀"　　　　　　袁郁如

"听说要开差"　　　　　唐绍华

"炮声隆，杀声紧"　　　西冷

第四种：最后胜利歌

"同胞同胞莫着急"　　　徐贡真

"最后胜利必属于我"　　郑开文

"老乡，不用发愁"　　　唐贤龙

"民族的战争"　　　　　何家述

第五种：得胜歌

"我们得胜了"　　　　　云荪

"铁军愈战兴愈豪"　　　施绍文

第六种：凯旋歌

"家家门前国旗飘"　马祖武张佩宜

"夕阳照柳条"　　　李大寰　燕南

"大旗迎风飘"　　　　　李大寰

第七种：阵中乐歌

"阵中乐"　　　　　　　周筠荫

"朋友，忘掉我们的家乡"普天

"世界上快乐多"　　　　徐贡真

"敌机我不怕"　　　　　刘质平

第三类：民众适用的军歌

第一种：欢送歌

"日本军阀太凶暴"　　　王平陵

"欢迎我们的铁军"　　　李大寰

"再会见，壮士"　　　　金佩

第二种：欢呼歌

"前进！"　　　　　　　张民

"列，拉"　　　　　　　史痕

"你也笑哈哈"　　　　　熊正钧

"父老！"　　　　　　　陶雄

第三种：爱护伤兵歌

"报国仇，到沙场"　　　戴时雄

"你们受了光荣的伤"　　起昆元

"为了保卫国土"　　　　马祖武

"伤兵，伤兵"　　　　　李寿

"你们，炎黄的子孙"　　郝乃晶

第四种：爱护难民歌

"爱护难民"　　　　　　汤鹤逸

"他们离开了美丽的故乡"维汉

"爱我们苦难的父老"　　常任侠

"受难的同胞"　　　　　老舍

恐（封面）　　　　　　李可染作

第三卷　第三、四期
精神总动员特辑
1939 年 4 月 16 日出版
精神总动员特辑

文艺界的精神动员　　　郑伯奇
新兵队的艺术生活　　　王平陵
文艺家与精神总动员　　华林
两点意见　　　　　　　谢冰莹
推动"精神力"　　　　侯枫
攻心的战斗　　　　　　孔罗荪
文艺总动员　　　　　　沙雁
　　　小　说
国币壹元　　　　　　　余杞
战士底手　　　　　　　冰莹
小总队长　　　　　　　安娥
庭训　　　　　　　　　瘦竹
硝皮厂　　　　　　　　沙雁
　　　全　文
加强文艺的反攻力量　　罗荪
　　　散　文
忆南翔　　　　　　　　张一正
东京的五月　　　　　　覃子豪
荸　　　　　　　　　　西滇
　　　诗　歌
竹林的海　　　　　　　厂民
饮马长城窟行　　　　　马文珍
自吟　　　　　　　　　陆印泉
我愿意再赴烟台　　　　胡杏芬
游击军　　　　　　　　星海
蔡金花之死　　　　　　梅英
　　　札　记
草堂总检阅　　　　　　易君左

　　　戏　剧
汉奸
　Perevlai Wude 著　包起权改译
月黑之夜　　　　　　　孔厥
　　　图　画
恐（封面）　　　　　　李可染作
自勉勉人的短篇　　　　叶楚伧

号外一
1939 年 5 月 20 日出版*
敬以此刊献给
"五·三""五·四"
"五·十二""五·二五"
死难的弟兄们

重庆焚炸之后（速写画）　　晓南
焚！炸！血！火！
——实写"五·三""五·四"
"五·一二"敌机滥炸重庆市区
（报道）　　　　　　　纽斯
"五·一二"的射击（自述）席之
敌机滥炸重庆的教训　　王平陵
五月三日（诗）　　　　王礼锡
重庆五月四日晚（速写）李辉英
在防空壕里（速写）　　侯枫
垂死的悸动（速写）　　沙雁
寇机偷袭新都实见记
　　　　　　　任白涛　邓涧云
机械的运动（速写）　　张周
血与泪画成的夜景（白描）
　　　　　　　　　　　陆晶清

————————

　＊ 找不到影印本，只找到《中国现代文学期刊目录汇编》第 3 卷中的目录。和本附录相比有较多不同，如本附录中缺少注释与前面的献词，请责编定夺。

参考文献

一、报刊类

[1]《时事新报》，1921 年。

[2]《真美善》，1927—1931 年。

[3]《草野》，1929—1931 年。

[4]《前锋周报》，1930 年。

[5]《骆驼草》，1930 年。

[6]《萌芽月刊》，1930 年。

[7]《长风》，1930 年。

[8]《现代文学》，1930 年。

[9]《开展》，1930—1931 年。

[10]《橄榄》，1930—1933 年。

[11]《流露》，1930—1933 年。

[12]《申报》，1930—1937 年。

[13]《中央日报》，1930—1937 年。

[14]《民国日报》，1930—1937 年。

[15]《现代文学评论》，1931 年。

[16]《文艺新闻》，1931 年。

[17]《当代文艺》，1931 年。

[18]《前哨（文学导报）》，1931 年。

[19]《北斗》，1931—1932 年。

[20]《文艺新闻》，1931—1932 年。

[21]《前锋月刊》，1931—1932 年。

[22]《涛声》，1931—1933 年。

[23]《南华文艺》，1932 年。

[24]《申报》，1932 年。

[25]《前线文艺》，1932 年。

[26]《絮茜》，1932 年。

[27]《文学月报》，1932 年。

［28］《文艺茶话》，1932—1933 年。

［29］《矛盾》，1932—1934 年。

［30］《黄钟》，1932—1937 年。

［31］《文学》，1933—1935 年。

［32］《汗血月刊》，1933—1937 年。

［33］《汗血周刊》，1933—1937 年。

［34］《人言周刊》，1934 年。

［35］《太白》，1934 年。

［36］《民族》，1935 年。

［37］《新民报》，1935 年。

［38］《人言》，1935 年。

［39］《自由评论》，1936 年。

［40］《青年作家》，1936 年。

［41］《中心评论》，1936 年。

［42］《民族文艺月刊》，1937 年。

［43］《东方杂志》，1938 年。

［44］《中国社会》，1939 年。

［45］《文艺先锋》，1944 年。

［46］《光化》，1945 年。

二、著作类

［1］傅彦长：《艺术三家言》，上海：良友图书印刷公司 1927 年版。

［2］傅彦长：《十六之杂碎》，上海：金屋书店 1928 年版。

［3］叶秋原：《艺术之民族性与国际性》，上海：上海联合书店 1929 年版。

［4］黄震遐：《大上海的毁灭》，上海：大晚报馆 1932 年版。

［5］汪锡鹏：《丽丽》，上海：良友图书印刷公司 1932 年版。

［6］吴原：《民族文艺论文集》，南京：正中书局 1934 年版。

［7］王平陵：《文艺家的新生活》，南京：正中书局 1934 年版。

［8］王平陵：《期待》，南京：正中书局 1934 年版。

［9］韩侍桁：《文学评论集》，北京：现代书局 1934 年版。

［10］孔另境编：《现代作家书简》，上海：生活书店 1936 年版。

［11］林淙：《现阶段的文学论战》，上海：光明书局 1936 年版。

［12］傅东华：《十年来的中国》，上海：商务印书馆 1937 年版。

［13］韩侍桁：《浅见集》，上海：中华书局 1939 年版。

［14］罗家伦：《中央大学之回顾与前瞻》，重庆：中央大学出版部 1941 年版。

［15］王平陵：《情盲》，上海：商务印书馆 1943 年版。

［16］王平陵：《孤城落日》，重庆：国民图书出版社 1944 年版。

［17］王平陵：《晚风夕阳里》，重庆：国民图书出版社 1944 年版。.

［18］张道藩编：《文艺论战》，南京：正中书局 1944 年版。

［19］李何林：《近二十年中国文艺思潮论》，上海：生活书店 1945 年版。

［20］王平陵：《湖滨秋色》，上海：商务印书馆 1947 年版。

［21］《上海文艺作家协会成立纪念册》，上海：中华书局 1947 年版。

［22］徐仲年：《旋磨蚁》，南京：正中书局 1948 年版。

［23］孙中山：《孙中山选集》，北京：人民出版社 1956 年版。

［24］张静庐辑注：《中国现代出版史料》（乙编），北京：中华书局 1959 年版。

［25］丹纳著，傅雷译：《艺术哲学》，北京：人民文学出版社 1963 年版。

［26］王平陵先生遗著编辑委员会编辑：《王平陵先生纪念集》，台北：正中书局 1975 年版。

［27］苏雪林：《我论鲁迅》，台北：传记文学出版社 1979 年版。

［28］林非：《现代六十家散文札记》，天津：百花文艺出版社 1980 年版。

［29］中国社会科学院文学研究所《左联回忆录》编辑组编：《左联回忆录》（上、下），北京：知识产权出版社 1982 年版。

［30］Gellner, *Ernest Nation and Nationalism*, New York：Cornell University Press, 1983.

［31］上海通社编：《上海研究资料》，上海：上海书店 1984 年影印版。

［32］李何林：《中国文艺论战》，上海：上海书店 1984 年影印版。

［33］夏衍：《懒寻旧梦录》，北京：生活·读书·新知三联书店 1985 年版。

［34］唐沅等编：《中国现代文学期刊目录汇编》，天津：天津人民出版社 1988 年版。

［35］苏光文：《文学理论史料选》，成都：四川教育出版社 1988

年版。

　　[36] 徐乃翔、钦鸿编：《中国现代文学作者笔名录》，长沙：湖南文艺出版社 1988 年版。

　　[37] "左联"成立会址恢复办公室编：《中国三十年代文学研究》，上海：上海社会科学出版社 1989 年版。

　　[38] 上海文艺出版社编：《中国新文学大系：1927—1937》第十九集（史料·索引1），上海：上海文艺出版社 1989 年版。

　　[39] 张大明：《左联回忆录》，成都：四川文艺出版社 1992 年版。

　　[40] 马骁程：《汪辟疆先生在四十年代的轶事》，《古典文献研究》（1989—1990），南京：南京大学出版社 1992 年版。

　　[41] 刘哲民编：《近现代出版新闻法规汇编》，上海：学林出版社 1992 年版。

　　[42] 易劳逸著，陈红民等译：《流产的革命：国民党统治下的中国（1927—1937 年）》，北京：中国青年出版社 1992 年版。

　　[43] 费正清：《剑桥中华民国史》（下卷），北京：中国社会科学出版社 1994 年版。

　　[44] 中国第二历史档案馆：《中华民国史档案资料汇编》（第五辑），南京：江苏古籍出版社 1994 年版。

　　[45] 郭绪印主编：《国民党派系斗争史》，上海：上海人民出版社 1995 年版。

　　[46] 黄志雄：《中国现代文学期刊史略》，南昌：百花洲文艺出版 1995 年版。

　　[47] 鲍桑葵著，汪淑钧译：《关于国家的哲学理论》，北京：商务印书馆 1995 年版。

　　[48] 马良春、张大明主编：《中国现代文学思潮史》，北京：十月文艺出版社 1995 年版。

　　[49] 陶绪：《晚清民族主义思潮》，北京：人民出版社 1995 年版。

　　[50] 贺渊：《三民主义与中国政治》，北京：社会科学文献出版社 1995 年版。

　　[51] 曹聚仁：《文坛五十年》，上海：东方出版中心 1997 年版。

　　[52] 陈思和：《陈思和自选集》，桂林：广西师范大学出版社 1997 年版。

　　[53] 王晓明：《王晓明自选集》，桂林：广西师范大学出版社 1997 年版。

［54］包亚明主编：《文化资本与社会炼金术——布尔迪厄访谈录》，上海：上海人民出版社1997年版。

［55］钱理群：《中国现代文学三十年》（修订本），北京：北京大学出版社1998年版。

［56］陈漱渝：《鲁迅论争集》，北京：中国社会科学出版社1998年版。

［57］宋原放：《出版纵横》，上海：上海人民出版社1998年版。

［58］杨义：《中国现代小说史》，北京：人民文学出版社1998年版。

［59］旷新年：《1928：革命文学》，济南：山东教育出版社1998年版。

［60］鲁湘元：《稿酬怎样搅动文坛——市场经济与中国近现代文学》，北京：红旗出版社1998年版。

［61］郭志刚、李岫主编：《中国三十年代文学发展史》，长沙：湖南教育出版社1998年版。

［62］周葱秀、涂明：《中国近现代文化期刊史》，太原：山西教育出版社1999年版。

［63］王富仁：《王富仁自选集》，桂林：广西师范大学出版社1999年版。

［64］符兆祥编：《卓尔不群的王平陵——平陵先生纪念选集》，台北：世界华文作家出版社1999年版。

［65］王进珊：《王进珊选集》，上海：上海文化艺术出版社2000年版。

［66］江沛、纪亚光：《毁灭的种子——国民政府时期意识形态管理研究》，西安：陕西人民教育出版社2000年版。

［67］埃里克·霍布斯鲍姆著，李金梅译：《民族与民族主义》，上海：上海人民出版社2000年版。

［68］李世涛主编：《知识分子立场——民族主义与转型期中国的命运》，长春：时代文艺出版社2000年版。

［69］宋应离主编：《中国期刊发展史》，开封：河南大学出版社2000年版。

［70］张汝伦：《现代中国思想研究》上海：上海人民出版社2001年版。

［71］钱振纲：《民族主义文艺运动研究》，北京：中国国家图书馆2001年版。

［72］尼克·史蒂文森著，王文斌译：《认识媒介文化：社会理论与大众传播》，北京：商务印书馆 2001 年版。

［73］李欧梵著，毛尖译：《上海摩登——一种新都市文化在中国（1930—1945）》，北京：北京大学出版社 2001 年版。

［74］布尔迪厄：《艺术的法则——文学场的发生与结构》，北京：中央编译出版社 2001 年版。

［75］莫里斯·哈布瓦赫著，毕然、郭金华译：《论集体记忆》，上海：上海人民出版社 2002 版。

［76］林精华：《民族主义的意义与悖论——20—21 世纪之交俄罗斯文化转型问题研究》，北京：人民出版社 2002 年版。

［77］安东尼·D. 史密斯著，龚维斌、良警宇译：《全球化时代的民族与民族主义》，北京：中央编译出版社 2002 年版。

［78］Chris Newbold，*The Media Book*，London：A member of the Hodder Headline Group，2002.

［79］陈建华：《"革命"的现代性——中国革命话语考论》，上海：上海人民出版社 2002 年版。

［80］厄内斯特·盖尔纳著，韩红译：《民族与民族主义》，北京：中央编译出版社 2002 年版。

［81］赵家璧等：《编辑生涯忆鲁迅》，石家庄：河北教育出版社 2002 年版。

［82］马俊山：《走出现代文学的"神话"》，北京：中国社会科学出版社 2002 年版。

［83］王本朝：《中国现代文学制度研究》，重庆：西南政法大学出版社 2002 年版。

［84］李世涛：《民族主义与转型期中国的命运》，长春：时代文艺出版社 2002 年版。

［85］本尼迪克特·安德森著，吴叡人译：《想象的共同体：民族主义的起源与散布》，上海：上海人民出版社 2003 年版。

［86］倪伟：《"民族"想象与国家统制：1928—1948 年南京政府的文艺政策及文艺运动》，上海：上海教育出版社 2003 年版。

［87］孔海珠：《左翼·上海（1934—1936）》，上海：上海文艺出版社 2003 年版。

［88］胡正强：《中国现代报刊活动家思想评传》，北京：新华出版社 2003 年版。

［89］罗志田：《乱世潜流：民族主义与民国政治》，上海：上海古籍出版社 2003 年版。

［90］杜赞奇著，王宪明译：《从民族国家拯救历史：民族主义话语与中国现代史研究》，北京：社会科学文献出版社 2003 年版。

［91］费约翰著，李恭忠等译：《唤醒中国国民革命中的政治、文化与阶级》，北京：生活·读书·新知三联书店 2004 年版。

［92］朱晓进等：《非文学的世纪：20 世纪中国文学与政治文化关系史论》，南京：南京师范大学出版社 2004 年版。

［93］陈国球：《文学史书写形态与文化政治》，北京：北京大学出版社 2004 年版。

［94］刘增人等纂著：《中国现代文学期刊史论》，北京：新华出版社 2005 年版。

［95］许纪霖编：《20 世纪中国知识分子史论》，北京：新星出版社 2005 年版。

［96］张静庐：《在出版界二十年》，南京：江苏教育出版社 2005 年版。

［97］魏朝勇：《民国时期文学的政治想象》，北京：华夏出版社 2005 年版。

［98］杨联芬：《二十世纪中国文学期刊与思潮（1897—1949）》，南昌：百花洲文艺出版社 2006 年版。

［99］吴孟庆主编：《文苑剪影》，上海：上海辞书出版社 2006 年版。

［100］张小红：《左联与中国共产党》，上海：上海人民出版社 2006 年版。

［101］朱晓进：《政治文化与中国二十世纪三十年代文学》，北京：人民出版社 2006 年版。

［102］广州美术学院编：《墨香悲秋——晓南纪念集》，长沙：湖南美术出版社 2006 年版。

［103］赵凌河：《国统区文学传播形态》，沈阳：辽宁人民出版社 2006 年版。

［104］王晓渔：《知识分子的"内战"：现代上海的文化场域（1927—1930）》，上海：上海人民出版社 2007 年版。

［105］胡星亮主编：《中国现代文学论丛·第二卷·1》，上海：上海人民出版社 2007 年版。

［106］郑大华、邹小站主编：《中国近代史上的民族主义》，北京：社

会科学文献出版社 2007 年版。

［107］秦艳华：《现代出版与二十世纪三十年代文学》，济南：山东人民出版社 2008 年版。

［108］张俊才等：《现代中国文学的民族性建构》，太原：山西人民出版社 2008 年版。

［109］曹清华：《中国左翼文学史稿》，北京：中国社会科学出版社 2008 年版。

［110］周海波：《现代传媒视野中的中国现代文学》，北京：中华书局 2008 年版。

［111］李金铨主编：《文人论政：知识分子与报刊》，桂林：广西师范大学出版社 2008 年版。

［112］张大明：《国民党文艺思潮：三民主义文艺与民族主义文艺》，台北：秀威资讯科技股份有限公司 2009 年版。

［113］许觉民、张大明主编：《中国现代文论》（下卷），合肥：安徽教育出版社 2010 年版。

［114］潘树广主编：《中国文学史料学》，上海：华东师范大学出版社 2012 年版。

［115］许纪霖：《大时代中的知识人》（增订本），北京：中华书局 2012 年版。

三、论文类

［1］蒋洛平：《关于"民族文艺"——一个备忘的提纲》，《重庆师范学院学报（哲学社会科学版）》1982 年第 4 期。

［2］袁玉琴：《从〈黄钟〉看后期"民族主义文艺运动"》，《南京师大学报（社会科学版）》1986 年第 3 期。

［3］朱晓进：《从〈前锋月刊〉看前期"民族主义文艺运动"》，《南京师大学报（社会科学版）》1986 年第 3 期。

［4］唐纪如：《国民党 1934 年〈文艺宣传会议录〉评述》，《南京师大学报（社会科学版）》1986 年第 3 期。

［5］秦家琪：《关于开展"国统区右翼文学"研究的若干问题的思考》，《南京师大学报（社会科学版）》1986 年第 3 期。

［6］周惠忠：《试论三十年代"民族主义"文艺思潮》，《上海大学学报（社会科学版)》1992 年第 4 期。

［7］徐贲：《新历史主义批评和文艺复兴文学研究》，《文艺研究》

1993 年第 3 期。

　　［8］刘世平：《关于三十年代左翼文艺界统一战线的辨析》，《广东社会科学》1994 年第 2 期。

　　［9］王列：《国家的文化意识形态职能》，《文史哲》1994 年第 6 期。

　　［10］朱晓进：《论三十年代文学杂志》，《南京师大学报（社会科学版）》1999 年第 3 期。

　　［11］朱晓进：《政治文化心理与三十年代文学》，《文学评论》2000 年第 1 期。

　　［12］朱晓进：《论三十年代文学群体的"亚政治文化"特征——以"左联"的政治文化性质为例》，《求是学刊》2000 年第 2 期。

　　［13］钱振纲：《论民族主义文艺派所主张的民族主义的二重性格》，《中国现代文学研究丛刊》2001 年第 2 期。

　　［14］王奇生：《党政关系：国民党党治在地方层级的运作（1927—1937)》，《中国社会科学》2001 年第 3 期。

　　［15］张梦阳：《左翼文学资源对当代中国的意义》，《中国现代文学研究丛刊》2002 年第 1 期。

　　［16］钱振纲：《论黄震遐创作的基本思想特征》，《中国文学研究》2002 年第 3 期。

　　［17］朱晓进：《政治化角度与中国 20 世纪 30 年代文学论争》，《南京师大学报（社会科学版）》2002 年第 4 期。

　　［18］钱振纲：《论民族主义文艺派的文艺理论》，《文学评论》2002 年第 4 期。

　　［19］张震宇、高彩霞：《20 世纪中国文学与媒体的互动关系》，《石家庄经济学院学报》2002 年第 5 期。

　　［20］窦康：《从"第三种人"到"第三种人"集团——中国现代文学史上的"第三种人"之演变》，《二十一世纪》2003 年第 2 期。

　　［21］钱振纲：《民族主义文艺运动社团与报刊考辨》，《新文学史料》2003 年第 2 期。

　　［22］赵学勇：《左翼文学精神与 20 世纪中国文学的现代化论纲（下）》，《兰州大学学报（社会科学版）》2003 年第 2 期。

　　［23］钱振纲：《论三民主义文艺政策与民族主义文艺运动的矛盾及其政治原因》，《江西社会科学》2003 年第 4 期。

　　［24］蒋晓丽：《传者与传媒——中国近代知识分子对大众传媒话语权的争取》，《湘潭大学社会科学学报》2003 年第 5 期。

［25］陈刚：《民族主义的兴起》，《南京工业大学学报（社会科学版）》2004 年第 2 期。

［26］方长安主持：《民族主义与 20 世纪中国文学（专题讨论）》，《河北学刊》2004 年第 2 期。

［27］王富仁：《传播学与中国现代文学研究》，《读书》2004 年第 5 期。

［28］周云鹏：《关于 30 年代"民族主义文学"研究的几个"点"》，《湖南科技大学学报（社会科学版）》2005 年第 4 期。

［29］赵丽华：《〈青白〉、〈大道〉与 20 年代末戏剧运动》，《中国现代文学研究丛刊》2007 年第 1 期。

［30］解志熙：《历史的悲剧与人性的悲剧——抗战时期的历史剧叙论》，《中国现代文学研究丛刊》2007 年第 2 期。

［31］段从学：《文协是怎样建立起来的》，《新文学史料》2008 年第 4 期。

［32］刘超：《中国大学的去向——基于民国大学史的考察》，《开放时代》2009 年第 1 期。

［33］李军：《文化霸权·知识分子·文学——葛兰西文化霸权理论研究》，《北方论丛》2009 年第 5 期。

［34］韩雪林：《张力与缝隙：民族话语中的文学表达——对〈文艺月刊〉（1930—1937）话语分析》，《文艺争鸣》2010 年第 13 期。

［35］林庚：《新文学略说》，《中国现代文学研究丛刊》2011 年第 1 期。

［36］李钧：《生态文化学与 30 年代小说主题研究》，山东师范大学博士学位论文，2006 年。

［37］毕艳：《三十年代右翼文艺期刊研究》，湖南师范大学博士学位论文，2007 年。

后　记

　　多年前的那个上午，在华东师大中文系资料室的偏僻角落与一长列的《文艺月刊》原刊邂逅时，没有料到会和它同行一段长长的路。博士论文以此为题，在工作、学习、生活诸多事之间，拖延良久才勉强成文。一直惭愧自责的是，对于此刊的探索付出有限。有时是客观条件的限制，无奈却步；有时觉得问题如泥沙俱下，无法接载；更多时候是面对材料而缺乏必要的知识能力准备，只能在一次次的痛苦无措中挣扎前行。论文只是做了一些初步的工作，把《文艺月刊》的基本面貌简单勾勒出来。通过这份风格特殊的期刊，希望可以更加真切地贴近观察那个时代的文坛空间和社会实况，领略探寻各种文人（包括大量文学史上的"消失者"）的艺术风采和文化心态。原计划对博士论文进行持续修补和深入，无奈后来的研究领域发生了不算意外的转移，因此，只是力所能及地做了部分改善。

　　尽管过程繁难，文章不如人意；尽管研究领域变动较大，但探究民国时期《文艺月刊》的经历将永远是生命中难忘的进步和鞭策。这段岁月里，非常感谢导师杨扬先生对我这个慵懒愚钝的学生的宽容和教导，使我收益颇多。在华东师大求学期间，还有幸得到过陈子善、王铁仙、吴俊、方克强、马以鑫、倪文锦、赵志伟等多位老师的指教，在此表示感谢。家人多年来的全力支持和热忱奉献是我持续前行的强大动力，还要感谢许多关心过我的同学朋友，特别是周兴杰、牟泽雄两位同窗，在论文修改阶段给予我大量的帮助。

　　相关研究刚刚开始，就获得了教育部人文社会科学研究青年项目：《文艺月刊》（1930 年—1941 年）研究（12YJC751079），去年已经顺利结题。本书稿得到暨南大学华文学院学术出版资金全力资助以及暨南大学出版社编辑部的帮助，在此表示由衷的谢意。

　　今年的五月晴朗炎热，阳光明晃晃的，令人有些恍惚。还记得那年博士毕业，雨水多得出奇，湿漉漉的周末里轻松完成了论文致谢。如今着手来写这份书稿的后记，云淡风轻的蓝天下并没有如释重负的感觉。逝者如斯夫，教研之道阻且长，唯劼行不止矣。

王　晶

2018 年 5 月于广州瘦狗岭